„Der Narr

der absichtlich eine Frau herausfordert,
wird zu einem dunklen Engel
und bereitet sich eine neue Hölle.
Im Vergleich zu dieser
sind alle anderen Qualen
ein reines Freizeitvergnügen...“

*Beaumont & Fletcher*
***„Cupid’s Revenge“***
1612



*John Webster*
***„The White Devil“***
1612

„Was machen

die Toten, Onkel? Essen sie, hören sie Musik,
jagen sie und sind glücklich wie wir Lebenden?“

„Nein, sie schlafen.“

„Ach Gott, ach Gott, wäre ich nur tot,
denn in sechs Nächten habe ich nicht geschlafen.“

SANDMAN: DIE GÜTIGEN, TEIL 1
erscheint im Verlag Thomas Tilsner
Postfach 1829, 83637 Bad Tölz

Chefredaktion:
Bernd Kronsbein
Umschlaggestaltung:
XiMOX!, Bielefeld
Redaktion:
Martin Budde & Bernd Kronsbein

Originalausgaben:
*The Sandman* 57 – 63
„Das Schloss" aus *Vertigo Jam* 1
Originally published by DC Comics
1700 Broadway, New York, NY 10019

Druck:
Norma Editorial S.A., Spanien.

Vertrieb Deutschland und Österreich:
Modern Graphics
Lochfeldstr. 30, 76437 Rastatt
Tel. 07222-9568-0, Fax 07222-9568-22.
Vertrieb Schweiz: Kaktus
Postfach 459, CH-8501 Frauenfeld
Tel. 052-7223190, Fax 052-7221782.

ISBN 3-933773-66-0 (Softcover)
ISBN 3-933773-67-9 (Hardcover)

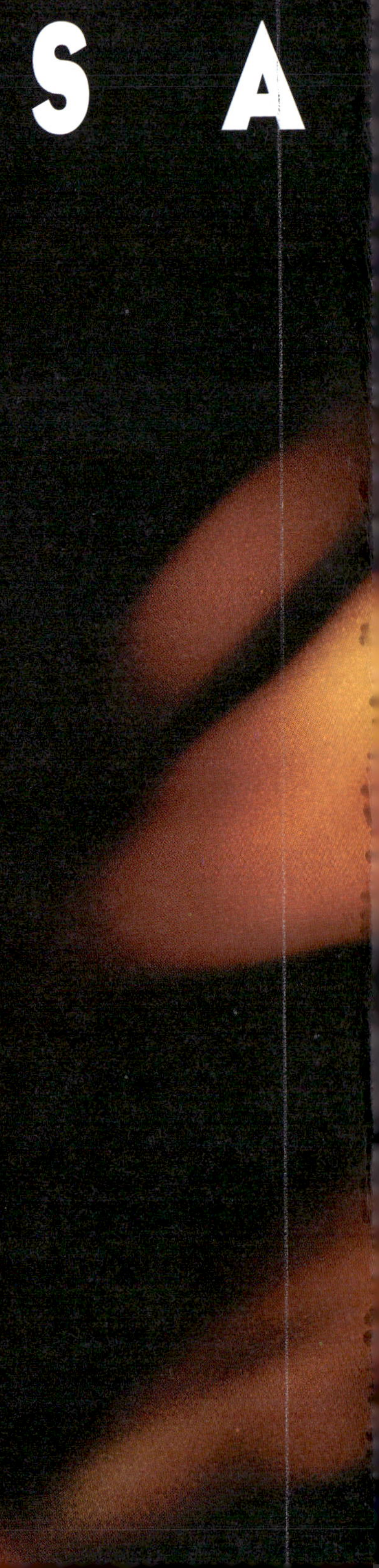

# Die Gütigen

# N D M A N

Teil 1

*von* **Neil Gaiman**

*illustriert von*

**Marc Hempel**
**D'Israeli**
**Glyn Dillon**
**Charles Vess**
**Dean Ormston**
**Kevin Nowlan**

*farben von*
**Daniel Vozzo**

*übersetzt von*
**Gerlinde Althoff**

*geletiert von*
**Matthias Rottler**

*cover von*
**Dave McKean**

*einleitung von*
**Frank McConnell**

# INTRO

## EINLEITUNG

**Mittlerweile** ist es beinahe sinnlos zu erwähnen, dass Neil Gaiman ein virtuoser Geschichtenerzähler und vielleicht ein Genie ist. Oder dass die Sandman-Serie, die in den „Gütigen" ihre erhabene Katastrophe erlebt und tragische Erfüllung findet, eines der ungewöhnlichsten Ereignisse in der Comicgeschichte ist. Gaiman hat mehr Science Fiction-, Fantasy- und Comicpreise gewonnen, als einem menschlichen Wesen zuträglich sind – und es ist keine Kleinigkeit, dass er trotz dieser Aufmerksamkeit ein netter Kerl geblieben ist –, er braucht also keine weiteren Lobpreisungen, und was das Werk selbst angeht, so muss man nur irgendeinen Sandman-Band an irgendeiner Stelle aufschlagen, und wenn man lesen kann, hält man den Atem an, und wenn man wieder Atem schöpft, stellt man fest, dass man sich dort befindet, wohin einen alle große Literatur versetzen sollte: in der Gegenwart des Heiligen.

Heilig gehört nicht zu den Worten, die ich leichtfertig gebrauche. Als Amiri Baraka noch Leroi Jones hieß, schrieb er, dass Kunst all das ist, was einen stolz macht, ein Mensch zu sein. Das ist eine verdammt gute Definition von Kunst und auch für den religiösen Trieb, der schließlich nichts ist als der künstlerische Trieb in anderem Gewand: Der Wunsch, etwas auszusagen oder wahrzunehmen, das uns davon überzeugt, dass wir wichtig sind, dass unsere kurzen, chaotischen Leben trotz aller Kürze und Unübersichtlichkeit einen Sinn, eine Richtung, einen klaren Vektor haben. Kunst ist nicht „die Ordnung des Chaos" – das ist Gottes Problem, wer er oder sie auch sein mag.

Kunst ist der Traum von Ordnung aus dem Empfinden des Chaos heraus: das Zielen auf die achte Kugel mit einem Stoß, der dreimal die Bande berührt, der bearbeitete Stein, der aussieht wie Apollo, Charlie Parker, wie er „How High the Moon" improvisiert oder Fred Astaire, wie er einfach nur durch einen Raum geht. Oder „Die Gütigen". Sie halten eine der erstaunlichsten Geschichten der vergangenen fünfzig Jahre – egal, in welchem Medium – in Händen.

Peter Straub beendete sein Nachwort zu „Kurze Leben", einem früheren Abschnitt der Geschichte, mit den Worten: „Wenn dies nicht Literatur ist, dann gibt es keine". Ich kann nur vehement zustimmen. (Ich wünschte bloß, es wäre Straub nicht als Erstem eingefallen). Sobald die gelehrten Kritiker ihre berüchtigt unempfindlichen Hintern bewegen – ich habe mit ihnen zu tun, also glauben Sie mir, die würden glatt den zweiten Orgasmus verschlafen – sobald sie also ihre Hintern bewegen und merken, dass es okay ist, einen Comic zu bewundern, wird man Dissertationen sehen, Bücher und eine Fülle von Anmerkungen zum Sandman und zu den anderen großen Comicautoren, die ihm vorangingen, wie Alan Moore, Frank Miller, Will Eisner – die Liste ist lang. Gaiman wird diesen Vergleich hassen, denn er ist ein bescheidener Mensch, aber für die Comics hat er getan, was Duke Ellington in den Dreißigern für den Jazz tat: er schuf ein Werk von solch überwältigender Großartigkeit, dass selbst unbeeindruckbare Snobs und hoffnungslos unmusikalische Leute sich damit beschäftigen.

Dream stirbt am Ende. Tut mir Leid, die Seifenblase zu zerstören, aber es handelt sich um eine Tragödie – so klassisch, wie sie lange nicht mehr geschrieben wurde – man sollte also zu Beginn wissen, was sich zum Schluss abspielt. Aber möchte man denn etwa, dass Hamlet feststellt, dass alles nur ein albernes Missverständnis war, dass er Ophelia heiratet und sich in einem netten Dorf in einer schönen Gegend Dänemarks niederlässt?

Dream stirbt am Ende, und zum Teil ist „Die Gütigen" so wunderbar, weil dieser Tod, in der Art aller großen Tragödien, so unausweichlich und – das Wort ist nicht zu stark gewählt – letztendlich bereichernd erscheint.

Dream stirbt. Aber kann eine anthropomorphe Projektion des Bewusstseins wirklich sterben? Natürlich nicht, aber in anderer Hinsicht schon. In der letzten Episode stirbt tatsächlich Dream von den sieben Ewigen, Morpheus, Gestalter der Form, das Prinzip des Geschichtenerzählens – oder vielleicht begeht er auf komplizierte Weise Selbstmord –, um durch einen anderen Aspekt seiner selbst ersetzt zu werden, durch einen neuen Dream, der er ist und eben doch nicht, der subtil und entscheidend anders ist, denn Menschen können ebenso wenig leben, ohne sich Geschichten zu erzählen, wie sie sich nicht umbringen können, indem sie einfach den Atem anhalten.

Gaiman hat wiederholt betont, dass der Sandman enden würde, wenn die Geschichte, die im ersten Heft begann, vollständig wäre. Vielen, die der Geschichte in ihrer fünfjährigen Entwicklung gefolgt sind, schien das oft ein heldenmütiger, aber eher voreiliger Anspruch. „Die Gütigen" endet mit dem Monatsheft #69, und in dieser Ausgabe löst Gaiman sein Versprechen ein. Im ersten Heft wurde Dream von einem schwarzen Magier in England eingekerkert (im Jahre 1916), um 1988 schließlich zu entkommen und sein Reich zurückzufordern, in jenem Jahr natürlich, in dem Sandman zum ersten Mal erscheint. Einer der Ewigen, der sieben Übergöttlichen, die in Wahrheit Bestandteile des menschlichen Bewusstseins sind, wurde von einem gewöhnlichen Sterblichen gefangen und macht die schmerzhafte Erfahrung, dass er nicht einfach eine transzendente Projektion des menschlichen Bewusstseins ist, sondern dass seine Existenz vom menschlichen Bewusstsein abhängt. In den „Gütigen" bekennt sich Dream fünf Jahre nach seiner Flucht (Gaiman ist pedantisch, was Zeitangaben angeht) zu seiner Abhängigkeit von der Gewöhnlichkeit menschlichen Lebens und akzeptiert – oder betreibt? – seinen Tod und die Verklärung zu einem neuen Dream, in eine menschlichere Version als er selbst je sein könnte – der neue Dream ist das erhöhte Kind Daniel.

Dies ist das grundlegende Plot der „Gütigen" und des Sandman insgesamt: Dreams heraufdämmernde Erkenntnis der Bitterkeit des Sterblichen und seine eigene, unausweichliche Verwicklung in diese Bitterkeit. Die Gütigen, die Erinnyen, die Furien oder Eumeniden verfolgen ihn durch das Buch, denn er hat seinen Sohn Orpheus getötet, zwar auf Orpheus' Wunsch hin, aber er hat ihn getötet. Mit dieser Tat ist Dream in die Zeit eingetreten, in Wahlmöglichkeiten, Schuld und Reue und somit in die Sphäre des Menschlichen. In Kapitel elf, als er die Sicherheit des Träumens verlassen hat, stellt ihm die Fee Nuala, die ihn herzitiert hatte, die Frage, die vielleicht das zentrale

Geheimnis der Erzählung birgt. „Ihr ... Ihr wollt, dass sie Euch strafen, oder? Ihr wollt für Orpheus' Tod bestraft werden."

Das nächste Bild, Dreams Antwort, ist lediglich eine wortlose Nahaufnahme seines gequälten Gesichts. (Das ist übrigens ein Effekt, den weder ein Roman noch ein Film in gleicher Stärke erzielen könnte, denn ein Roman müsste sein Gesicht beschreiben, ein Film könnte uns nur einen Schauspieler zeigen, der versucht, diese leere Maske der Reue zu imitieren. Der Comic in Marc Hempels brillantem, reduzierten Zeichenstil vermittelt uns die Sache selbst.)

Ich erwähnte bereits die Unausweichlichkeit der Tragödie. Und unausweichlich ist sie mit Sicherheit. Von allen Storybögen Gaimans hat diese den klarsten und zielgerichtetsten Erzählschwung. Es beginnt und endet mit den Gütigen, den Furien persönlich, doch nicht in ihrem rächenden, sondern ihrem schicksalhaften Aspekt: die junge Clotho spinnt den Lebensfaden, die mütterliche Lachesis misst ihn und die alte Athropos schneidet ihn durch. Dies ist die archaische Dreiergottheit, die im Sandman vom zweiten Heft an vorkommt und deren Macht sogar größer ist als die der Ewigen.

Es ist jedoch charakteristisch für Gaimans Phantasie, dass diese mächtigen Göttinnen als Frauen unterschiedlichen Alters dargestellt werden, die Garn spinnen und in einem gemütlichen englischen Häuschen wohnen, wenn auch die Älteste eine tote Maus statt Keks zum Tee isst. Diese Schichtung des Mythischen und des Alltäglichen ist es, die dem Buch einen unnachahmlichen Ton verleiht, einen Ton, den man auch bei Joyce, Faulkner und Pynchon vernimmt.

Aber da ist noch mehr. Man beachte, dass das Gespräch der Damen zu Beginn absichtlich so konstruiert wurde, dass es sich auf den Akt des Erzählens des letzten großen Teils der Sandman-Serie bezieht. „Und was soll es nun werden?" fragt Clotho Lachesis im dritten Bild des ersten Kapitels. „Ich bin mir noch nicht ganz sicher, Süße", antwortet sie. „Aber es ist ein gutes Garn, und zweifellos passend. So was passt zu allem." Die Story beginnt als Geschichte über das Geschichtenerzählen, aber auch als eine Geschichte von beinahe mythischer Einfachheit in eigener Sache: ohne, man verzeihe mir den Vergleich, eine Masche fallen zu lassen.

Tatsächlich beginnen acht der dreizehn Kapitel im ersten Bild mit irgendeinem Faden, der sich durch das Panel zieht, und einem Kommentar, der gleichermaßen auf das Erzählen der Geschichte und die Erzählung selbst anspielt: „Und? Wie lange wird es dauern?" (Kapitel 2), „Ich glaube, es wird größer als ich geplant hatte." (3) „Ich wollte, ich wäre überzeugt davon, das Richtige zu tun." (4) Und so weiter, und so weiter.

Dies ist nun eine Art des Schreibens, die Literaturkritiker gern „postmodern" nennen: man gibt dem Leser zu verstehen, dass man weiß, was man da tut. Und ein Autor wie Gaiman ist intelligent genug wahrzunehmen, dass diese Art der Durchführung etwa so „modern" ist wie die Odyssee oder die Göttliche Komödie. Die großen Erzähler wollten uns schon immer ebenso sehr vom Geschäft des Schreibens wie von der Geschichte selbst unterrichten. Gaimans fadendurchzogene Anfangsbilder mit den Kommentaren zur Geschichte entsprechen einfach seiner Art zu betonen, dass die Erzählung ihn genau so vereinnahmt wie uns – und dass der Faden der Geschichte zu ihrem unvermeidlichen Ende führen muss, wie viele Knoten und Schlingen beim Entwirren auch auftreten mögen.

Und Knoten und Schlingen treten Gott sei Dank auf. Die ersten vierzig Sandman-Hefte schienen, obwohl großartig, sprunghaft: geniale Geschichten, aber ohne Mittelpunkt und ohne klare Richtung. Und dann, einsetzend mit „Kurze Leben", bekam die ganze Sache eine überwältigende Geschwindigkeit und Gestalt: Die Umwege und Abstecher der frühen Erzählungen begannen sich zu verbinden zu einem erstaunlichen, letzten Vorstoß: der Vergleich mit der Struktur einer Symphonie ist nicht unpassend.

Und von diesem letzten Vorstoß handelt das Buch, das Sie in den Händen halten.

Gaiman hat viele Charaktere und Storylines im Laufe dieses – okay, ich sag's – Epos erfunden. Er hat germanische, griechische, ägyptische und japanische Götter wiederbelebt, und alle mit Akkuratesse und Respekt, er hat köstliche Figuren im Reich der Träume angesiedelt, wie den steifen Bibliothekar Lucien, den klugscheißerischen Kürbiskopf Mervyn, und er hat uns mit fehlbaren Menschen bekannt gemacht, von der ziellosen Rose Walker bis zum arroganten, fast unsterblichen Hob Gadling und der bitteren, halb wahnsinnigen Lyta Hall. All jene und andere begegnen uns in den „Gütigen" – just wie im vierten Satz einer Symphonie Themen aus den ersten drei Sätzen aufgegriffen werden. In all diesem findet sich etwas Ernstes und zögerlich an Dickens Gemahnendes. Wie Dickens, der ebenfalls Serienpublikationen schrieb (was bedeutet, dass man nicht zurückblättern kann und das vorhergehende Kapitel überarbeiten, weil es bereits im Druck ist), wirft er viele Bälle in die Luft, hält sie während der Vorführung in der Schwebe und fängt sie schließlich alle auf, bevor er sich verbeugt.

„Was haben wir getan? Was war es nun am Ende?“ fragt Clotho Lachesis in ihrem gemütlichen Heim ganz am Schluss. „Das, was es immer ist“, antwortet Lachesis, „eine Hand voll Garn, ein bisschen Weben und Stricken, vielleicht etwas Stickerei. Ein paar lose Enden, aber das war zu erwarten.“ Wenn es ein befriedigenderes Ende in einem neueren fiktiven Werk gibt – oder eine bessere Definition von Fiktion – dann kenne ich sie nicht.

Bedeutet das, dass Gaiman ein Verwandter Mozarts ist, der jedes Detail der Komposition von der ersten Note an kannte, oder von Charlie Parker, der mit einer Improvisation begann, um sie dann aufs Geratewohl mit eigenen Melodien zu einem tadellosen Ganzen zu verweben? Ich habe von ihm keine klare Antwort darauf bekommen, und vielleicht weiß er es selbst nicht. Egal: wenn man nicht realisiert, dass Wolfie und Bird gleichermaßen großartig sind, sollte man gar keine Musik hören. (Versuch's mit Kenny G.)

Die Sache ist die, dass diese Geschichte eine wunderbare Parabel über die Menschwerdung des Mythos ist: darüber, wie die Werte Reue, Verantwortung und furchtbare Liebespflicht selbst die Macht und Majestät der Götter wett machen, die wir erfinden und denen wir huldigen. Der allerletzte Handlungsbogen, „The Wake“, stellt den neuen Dream (ehemals Daniel, Morpheus gibt es nicht mehr) der Familie der Ewigen vor: Destiny, Death, Destruction, der seinen Posten verlassen hat, Desire, Despair und der herrlichen Delirium, die einst Delight hieß. Es ist eine Coda: ein anmutiger, ernster, melancholischer Abschied von Gaimans erstaunlich origineller Mischung aus Mythos, Folklore, Comedy, menschlichem Streben und menschlicher Verirrung. Gar nicht zu reden von den Feinheiten, den Plots in Plots, dem Witz und vor allem von der unerschöpflichen, anspielungsreichen Sprache: dafür ist kein Platz.

Wenn dies also keine Literatur ist, dann gibt es keine – ich zitiere Bruder Straub – und mehr noch, dies ist der Stoff, aus dem Literatur gemacht wird: gelehrt, komplex, zielgerichtet, lustig, melancholisch und unwiderstehlich menschlich.

## Einleitung von Frank McConnell

Frank McConnell machte seinen B.A. in Notre Dame und seinen Ph.D. in Yale in dem Jahr, in dem Sergeant Pepper herauskam. Er lehrte in Cornell, als die Doors ganz oben waren, an der Northwestern zwischen dem Sturz Nixons und dem Siegeszug der Clash, an der UC Santa Barbara, als Reagan Männchen machte, Bush bummelte und Clinton trödelte. (Auch in Ostberlin, in dem Jahr, bevor die Mauer fiel – er hat aber nichts damit zu tun). Hat viele Bücher, Essays und vier Kriminalromane geschrieben, die alle besser versteckt sind als das geheime Testament von Eliphas (das, nebenbei bemerkt, nicht existiert). Beharrt darauf, nicht zu wissen, was Halloween 1985 aus der Katze wurde und kann Neil Gaiman nicht dazu überreden, vor dem Mittag einen Brandy mit Bier runterzuspülen. Bis dahin.

DA IST DIESER TRAUM, IN DEM RIESENHAFTE, GESICHTSLOSE FRAUEN MIT WÖLFEN AUF DEM RÜCKEN AN MEINEN EINGEWEIDEN UND BEINEN FRESSEN. SIE HABEN SCHARFE ZÄHNE.
OBWOHL ES SCHMERZHAFT UND UNANGENEHM IST, ERSCHRECKT ES MICH NICHT.
SCHRECKLICH WIRD ES, WENN ICH NACH EINER GREIFE UND VERSUCHE, SIE DAZU ZU BRINGEN, DASS SIE LOSLÄSST. IHR KOPF IST RIESIG UND LEER UND MEINE HAND DRINGT DURCH IHREN FLEISCHIGEN, DÜNNEN SCHÄDEL. HAARE UND SCHLEIM KLEBEN AN MEINEN FINGERN, DIE INS LEERE TASTEN.
SIE HAT KEIN GEHIRN, UND WENN MIR DAS KLAR WIRD, FANGE ICH VERZWEIFELT AN UM MICH ZU SCHLAGEN UND ZU SCHREIEN.
HNN... HNN... HNN...
ICH ERWACHE SCHWITZEND UND KEUCHEND ALLEIN IN EINEM HOTELZIMMER. DIE ROTEN ZIFFERN ZEIGEN 02:14 IN DER DUNKELHEIT.
BEI DER RÜCKKEHR IN DEN SCHLAF GIBT ES EINEN AUGENBLICK DER ANGST. EIN ZÖGERN: ES GIBT FINSTERNISSE HINTER DEM SCHLEIER DES WACHSEINS, UND SCHATTEN GREIFEN NACH MEINEM HERZEN...
ZU SPÄT.
ICH BIN FORT.
Das Schloss
(Prolog)
Zeichner
Kevin Nowlan

SIE KOMMEN ALSO WEGEN DER BESICHTIGUNG, HM? ICH HATTE SIE MIR *GANZ* ANDERS VORGESTELLT. NA, MACHT NICHTS. MÖCHTEN SIE MIT ETWAS BESTIMMTEM ANFANGEN?
*NEIN?*
NA SCHÖN.
BEGINNEN WIR ALSO MIT MEINEM AUFGABENGEBIET. ICH BIN DER *BIBLIOTHEKAR,* MÜSSEN SIE WISSEN.
DIE MEISTEN LEUTE MACHEN SICH NICHT KLAR, WIE *WICHTIG* BIBLIOTHEKARE SIND.
LETZTENS STIESS ICH AUF EIN BUCH, IN DEM BEHAUPTET WURDE, DASS FRIEDEN UND WOHLSTAND EINER KULTUR *EINZIG* DAVON ABHINGEN, WIE VIELE BIBLIOTHEKARE ES IN IHR GIBT.
VIELLEICHT LEICHT ÜBERTRIEBEN. ABER EINE KULTUR, DIE IHRE BIBLIOTHEKARE NICHT SCHÄTZT, SCHÄTZT AUCH IDEEN NICHT. UND WO WÄREN WIR OHNE IDEEN?
DREAMS BIBLIOTHEK IST DIE GRÖSSTE BIBLIOTHEK, DIE ES NIE GAB. ICH BIN SICHER, ALLE IHRE BÜCHER SIND DA.
WAS SAGEN SIE DA? SIE HABEN KEINE BÜCHER GESCHRIEBEN?
ABER NATÜRLICH HABEN SIE. HIER IST EINS.
ES HEISST "DER ROMANTISCHE SPIONAGE-THRILLER-BESTSELLER, ÜBER DEN ICH GEWÖHNLICH IM BUS NACHDACHTE UND DER SICH EINE MILLIARDE MAL VERKAUFT HÄTTE WAS HIESSE, DASS ICH NIE MEHR ARBEITEN MÜSSTE."
NICHT GERADE DER EINGÄNGIGSTE TITEL, WAS?
GEHEN WIR HINAUS.

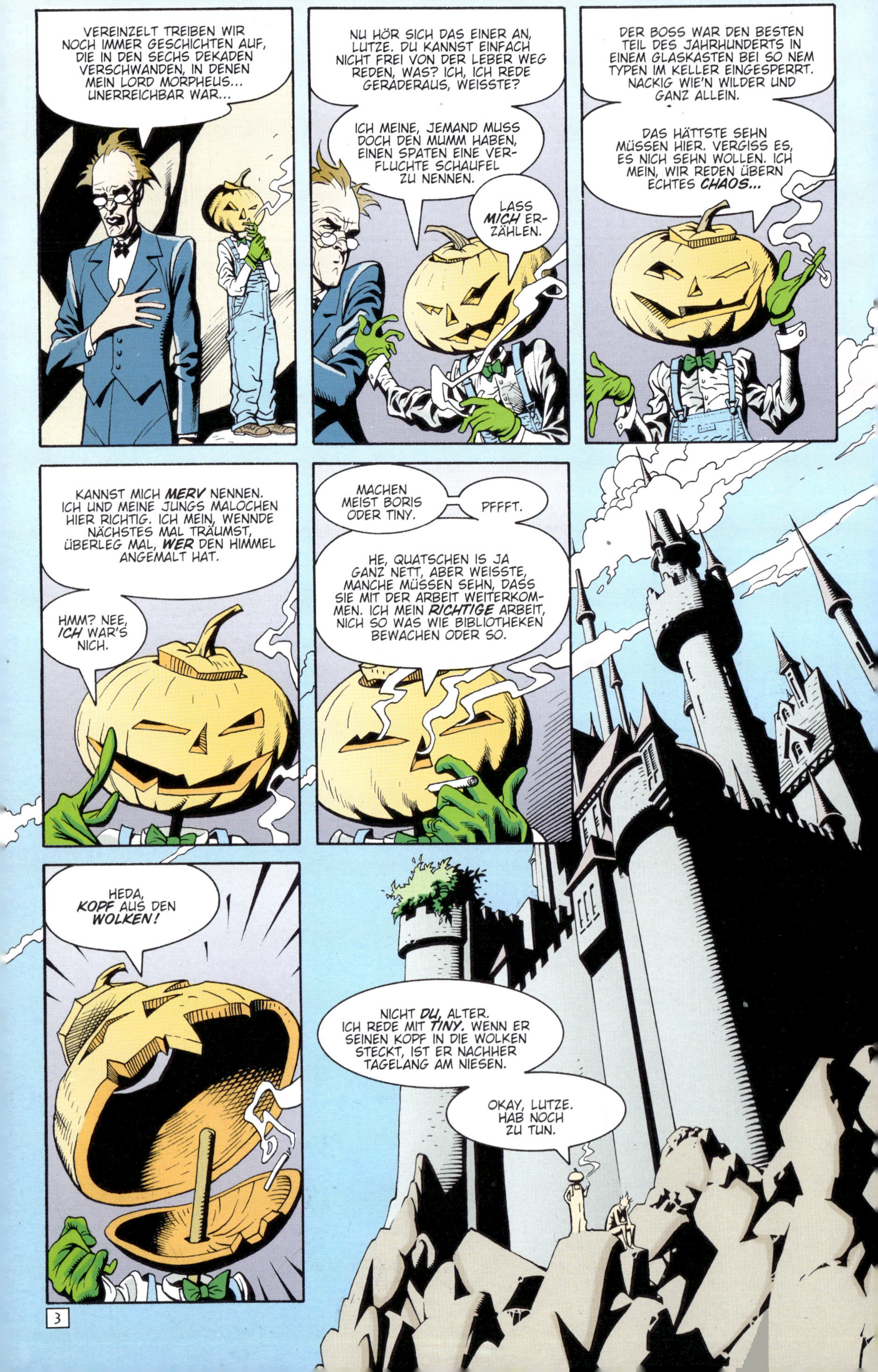
VEREINZELT TREIBEN WIR NOCH IMMER GESCHICHTEN AUF, DIE IN DEN SECHS DEKADEN VERSCHWANDEN, IN DENEN MEIN LORD MORPHEUS... UNERREICHBAR WAR...
NU HÖR SICH DAS EINER AN, LUTZE. DU KANNST EINFACH NICHT FREI VON DER LEBER WEG REDEN, WAS? ICH, ICH REDE GERADERAUS, WEISSTE?
ICH MEINE, JEMAND MUSS DOCH DEN MUMM HABEN, EINEN SPATEN EINE VERFLUCHTE SCHAUFEL ZU NENNEN.
LASS MICH ERZÄHLEN.
DER BOSS WAR DEN BESTEN TEIL DES JAHRHUNDERTS IN EINEM GLASKASTEN BEI SO NEM TYPEN IM KELLER EINGESPERRT. NACKIG WIE'N WILDER UND GANZ ALLEIN.
DAS HÄTTSTE SEHN MÜSSEN HIER. VERGISS ES, ES NICH SEHN WOLLEN. ICH MEIN, WIR REDEN ÜBERN ECHTES CHAOS...
KANNST MICH MERV NENNEN. ICH UND MEINE JUNGS MALOCHEN HIER RICHTIG. ICH MEIN, WENNDE NÄCHSTES MAL TRÄUMST, ÜBERLEG MAL, WER DEN HIMMEL ANGEMALT HAT.
HMM? NEE, ICH WAR'S NICH.
MACHEN MEIST BORIS ODER TINY.
PFFFT.
HE, QUATSCHEN IS JA GANZ NETT, ABER WEISSTE, MANCHE MÜSSEN SEHN, DASS SIE MIT DER ARBEIT WEITERKOMMEN. ICH MEIN RICHTIGE ARBEIT, NICH SO WAS WIE BIBLIOTHEKEN BEWACHEN ODER SO.
HEDA, KOPF AUS DEN WOLKEN!
NICHT DU, ALTER. ICH REDE MIT TINY. WENN ER SEINEN KOPF IN DIE WOLKEN STECKT, IST ER NACHHER TAGELANG AM NIESEN.
OKAY, LUTZE. HAB NOCH ZU TUN.

LUCIEN? HAST DU DIES MODETEIL IRGENDWO GESEHEN? MORGEN NACHMITTAG HABE ICH FREI, UND ES WOLLTE MIR EINEN MANTEL LEIHEN...
OH. TUT MIR LEID. ICH WUSSTE NICHT, DASS DU BESUCH HAST.
VIELLEICHT, ÄH, SOLLTE ICH MICH VORSTELLEN. ICH HEISSE NUALA. ICH BIN EINE FEE.
NEIN, WIRKLICH.
FRÜHER SAH ICH...
HÜBSCHER AUS...
ICH WAR EIN GESCHENK. ODER EINE BESTECHUNG. ODER EIN MITTEL, EIN PROBLEM AUS DEM WEG ZU RÄUMEN. ODER...
TUT MIR LEID.
JEDENFALLS MACHE ICH HEUTZUTAGE DIE MEISTE HAUSARBEIT IM THRONSAAL. DAS IST MEINE AUFGABE.
ICH POLIERE DEN THRON, SÄUBERE DIE TREPPE, STAUBE DIE STATUEN AB UND PUTZE DIE FENSTER.
BLITZEBLANK. SO MACHE ICH DAS.
ICH BIN SEHR STOLZ DARAUF.
UND ICH HABE ÜBERHAUPT KEIN HEIMWEH.
VERMISSE DAS FEENREICH NICHT.
WIRKLICH NICHT.

PRIMA AUSBLICK. WAS?
EIN NEUES GESICHT. ARBEITEST MIT LUCIEN. WAS?
UPS. DUMM VON MIR. ICH BIN MATTHEW. ICH BIN DER RABE. NICHT EIN RABE – DER RABE. DAS IST EINS DER KOMISCHEN DINGE IM TRÄUMEN – ES IST SO EINE ART „ES KANN NUR EINEN RABEN GEBEN"-LAND.
ICH WAR NICHT IMMER EIN RABE. ABER MENSCHEN ÄNDERN SICH. ICH HATTE DIE WAHL. UND NA JA, DAS IST MEHR, ALS DIE MEISTEN LEUTE KRIEGEN.
DA. SIEHST DU DEN BERG? AUF HALBER HÖHE GIBT ES EINE KLEINE HÖHLE. UND DA HÄNGE ICH RUM, WENN ICH NICHT HIER BIN. ZUSAMMEN MIT LADY EVA.
ICH BIN IHR RABE.
ABER ICH BIN AUCH DER RABE VOM BOSS – ER HAT MIR ERLAUBT, HIER ZU BLEIBEN. UND ER IST KEIN SCHLECHTER BOSS, WENN MAN DARÜBER NACHDENKT.
EINMAL HABE ICH EVA GEFRAGT, WAS MIT DREAMS ANDEREN RABEN PASSIERT IST IN ALL DEN JAHREN. ICH BIN NICHT DER ERSTE. O NEIN. BEI WEITEM NICHT.
DENK NICHT, ICH HÄTTE EINE KLARE ANTWORT BEKOMMEN.
NICHT WIRKLICH.
ICH MÖCHTE NICHT NOCH MAL STERBEN, WEISST DU? ICH HASSE DEN GEDANKEN.
ICH WÜNSCHTE, JEMAND WÜRDE ES MIR VERRATEN.

ES IST NICHT WIRKLICH A-EIN GEHEIMNIS. WA-WAS MIT DEN RABEN PA-PASSIERT. SONST WÜSSTE ICH BESCHEID. U-UND WÜRDE ES NICHT VERRATEN. WI-WIRK-LICH NICHT.
I-I-ICH SO-SOLLTE MICH WOHL VOR-STELLEN. JA. ICH BIN ABEL.
UND DAS ÖH IST MEIN FE-FREUND GOLDIE.
MIEP.
ER IST EIN SCHEUSAL. ICH WA-WEISS VIELE GE-GEHEIMNISSE ÜBER SCH-SCHEUSALE.
M-MA-MEIN HAUS BE-BESTEHT AUS GE-GEHEIMNISSEN. GE-GENAU WIE DAS HAUS MEINES BU-BRUDERS AUS MYSTERIEN BE-STEHT. ER IST MEIN NA-NACHBAR.
LILILI-LIEBE DEINEN...
DA-DA SIND SIE, BEIM FI-FI-FRIEDHOF. SIEH DOCH, SIE SUCHEN UNS.
MEIN BRUDER HA-HEISST KAIN. WIR SIND DIE ALLERBE-BESTEN FREUNDE DER WELT.
DER GA-GANZEN WELT.
UPS.

DER PERSONALSTAB IM SCHLOSS IST ZIEMLICH GROSS, OBWOHL DIE BEVÖLKERUNGSZAHL DES TRAUMLANDS ALLES IN ALLEM GERING IST.
WIR SIND HOFFNUNGSLOS UNTERBESETZT.
TJA. WIR KÖNNTEN FIDDLER'S GREEN BESUCHEN. ODER –
Lucien?
Was genau machst du da?
ICH ZEIGE IHREM GAST DEN PALAST UND DIE UMGEBUNG, MYLORD.
Ah.
Mein Gast?
JA, LORD.
Sieht das für dich nach einem Gast aus, Lucien?
OH.
LIEBE GÜTE.
Macht nichts. Du hast also einem Träumer das Schloss gezeigt. Das schadet nichts.
Und hast du etwas gelernt aus deinem Besuch in meinem Palast, sterblicher Träumer?
Nein?
Nun, früher oder später kommt ihr alle hierher. Schließlich ist dieser Ort das Herz all eurer Träume.

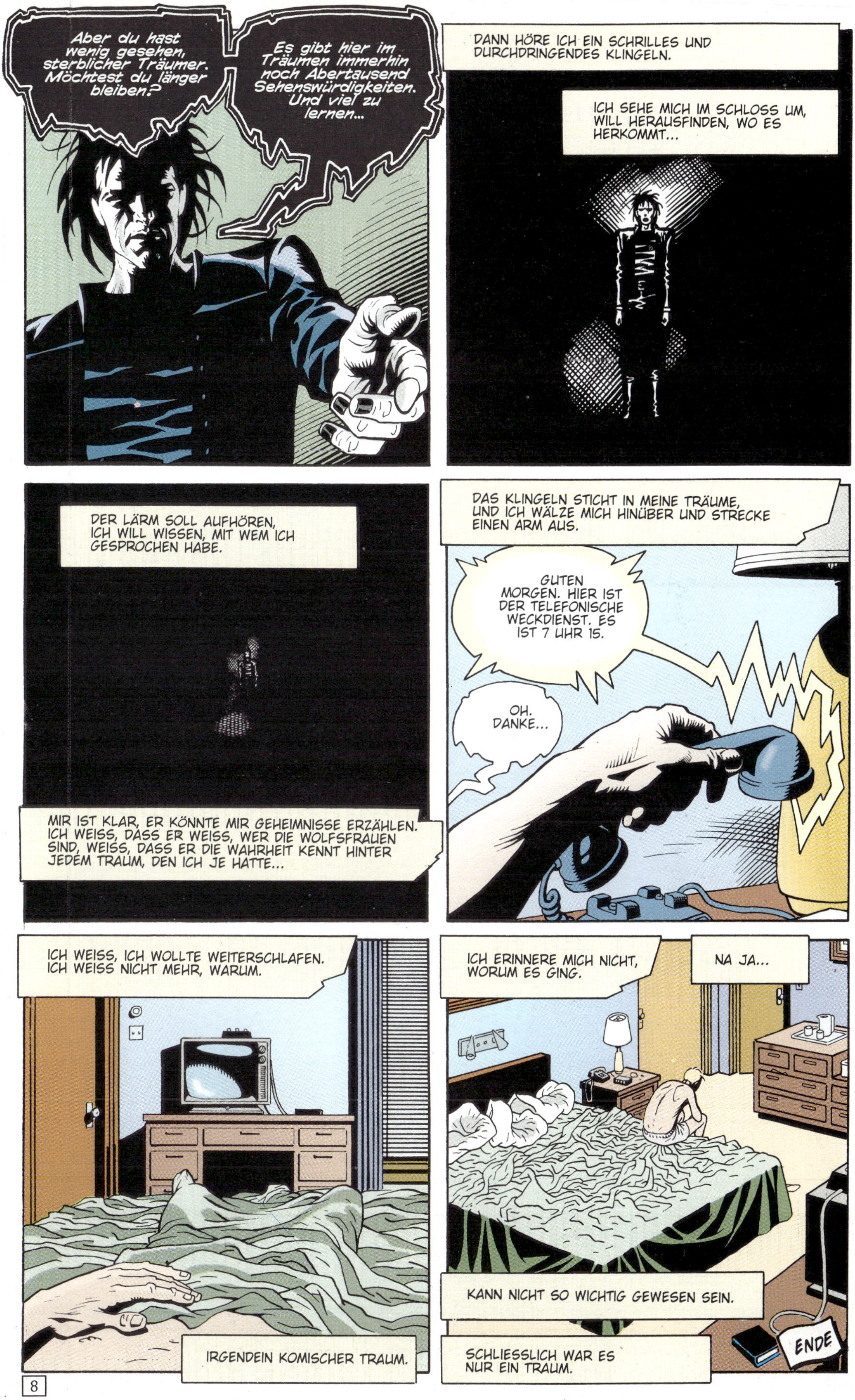
Aber du hast wenig gesehen, sterblicher Träumer. Möchtest du länger bleiben?
Es gibt hier im Träumen immerhin noch Abertausend Sehenswürdigkeiten. Und viel zu lernen...
DANN HÖRE ICH EIN SCHRILLES UND DURCHDRINGENDES KLINGELN.
ICH SEHE MICH IM SCHLOSS UM, WILL HERAUSFINDEN, WO ES HERKOMMT...
DER LÄRM SOLL AUFHÖREN, ICH WILL WISSEN, MIT WEM ICH GESPROCHEN HABE.
MIR IST KLAR, ER KÖNNTE MIR GEHEIMNISSE ERZÄHLEN. ICH WEISS, DASS ER WEISS, WER DIE WOLFSFRAUEN SIND, WEISS, DASS ER DIE WAHRHEIT KENNT HINTER JEDEM TRAUM, DEN ICH JE HATTE...
DAS KLINGELN STICHT IN MEINE TRÄUME, UND ICH WÄLZE MICH HINÜBER UND STRECKE EINEN ARM AUS.
GUTEN MORGEN. HIER IST DER TELEFONISCHE WECKDIENST. ES IST 7 UHR 15.
OH. DANKE...
ICH WEISS, ICH WOLLTE WEITERSCHLAFEN. ICH WEISS NICHT MEHR, WARUM.
IRGENDEIN KOMISCHER TRAUM.
ICH ERINNERE MICH NICHT, WORUM ES GING.
NA JA...
KANN NICHT SO WICHTIG GEWESEN SEIN.
SCHLIESSLICH WAR ES NUR EIN TRAUM.
ENDE

Güt
DiE

Teil 1

Die Sequenz der **Gütigen** war Daves Chance, den Computer voll zu nutzen und mehr als das: nämlich Bilder zu schaffen, die nicht direkt an die Vernunft appellieren. Die einzige Sache, auf die ich Wert legte, war ein Faden, eine Linie, eine Schnur oder ein Band auf den ersten Titeln. Es waren die seltsamsten Cover weit und breit. Ich rief Dave immer wieder an und redete mit ihm, zählte Vorstellungen, Emotionen, Gefühle auf, und irgendwo in der Schwätzerei fand er sein Bild.

NEIL GAIMAN

Das Cover von Heft 57 wurde fünfmal angefangen. Einmal mit einer gemalten Komposition, die mir als Skizze gefiel, die aber als Gemälde nicht funktionierte. Einmal mit demselben Bild, das gescannt und koloriert wurde und mit dem ich im Rechner spielte – immer noch nichts. Ich ließ es fallen. DC teilte ich mit, dass ich mich etwas verspäten würde. Ich wurde depressiv und aß Eis. Ich sollte eine CD-ROM machen, und Simon Banton, der Typ, der das Büro betreute, arbeitete an der Entzifferung einer Unterschrift auf einem Gemälde und benutzte dafür computerverstärkte Filter. Die Unterschrift sah ziemlich nach „Picasso" aus. Er meinte, wenn er und der Besitzer beweisen könnten, dass es tatsächlich einer sei und nicht irgendein Charlie Picasso der mittleren Periode, würde er zehn Prozent bekommen. Aber ich schweife ab...

Ein Druck des Gemäldes hing an der Wand und sah sehr schön aus. Ausgelöst durch das Bild, machte ich eine kleine Skizze von einer Idee, wie man mit den drei Figuren umgehen könnte. Die dritte Version war dann gemalt, die vierte eine Kombination aus Malerei und Photo, und schließlich war da diese Version, die bei weitem beste und die, die am meisten Spaß machte. Die Figuren aus Lehm und Holz sind mit Fäden umwickelt, mit Thai-Seide bekleidet und mit sepiafarbenen Photographien zu Collagen verarbeitet. Sie wurden mit Diaprojektionen ausgeleuchtet, photographiert, gescannt und mit Photoshop retuschiert.

DAVE McKEAN

IST ES JETZT FERTIG? HAST DU ALLES?
FAST. EINEN MOMENT.
DA IST ES. ALLES BEREIT, DAMIT DU ETWAS WUNDERBARES DARAUS MACHEN KANNST.
DU BIST DOCH DIE BESTE...
UND WAS SOLL ES NUN WERDEN?
ICH BIN MIR NOCH NICHT GANZ SICHER, SÜSSE. ABER ES IST EIN GUTES GARN, UND ZWEIFEL-LOS PASSEND.
SO WAS PASST ZU ALLEM.
ES KÖNNTE EIN DICHTER MIT EINEM SCHÖNEN SCHAL WERDEN.
ODER EIN FISCHER MIT EINEM GANZ BESONDEREN WOLLPULLOVER.
ODER EIN JÄGER MIT HÜBSCHEN, DICKEN SOCKEN. ICH MACHE ETWAS SCHÖNES DARAUS.
UND NUN GEHT ES LOS, MEIN KÜKEN.
TEE?
EINE TASSE BITTE, MEIN TÄUBCHEN.
FÜR MICH AUCH.
ALSO TEE FÜR DREI.
KANN NICHT BEHAUPTEN, DASS ICH PERSÖNLICH ANFÄNGE BESONDERS MAG. UNORDENTLICHE KLEINE DINGER. BIN IMMER FÜR EIN GUTES ENDE. BEI EINEM ENDE WEISS MAN, WO MAN DRAN IST.
WHOOSH!

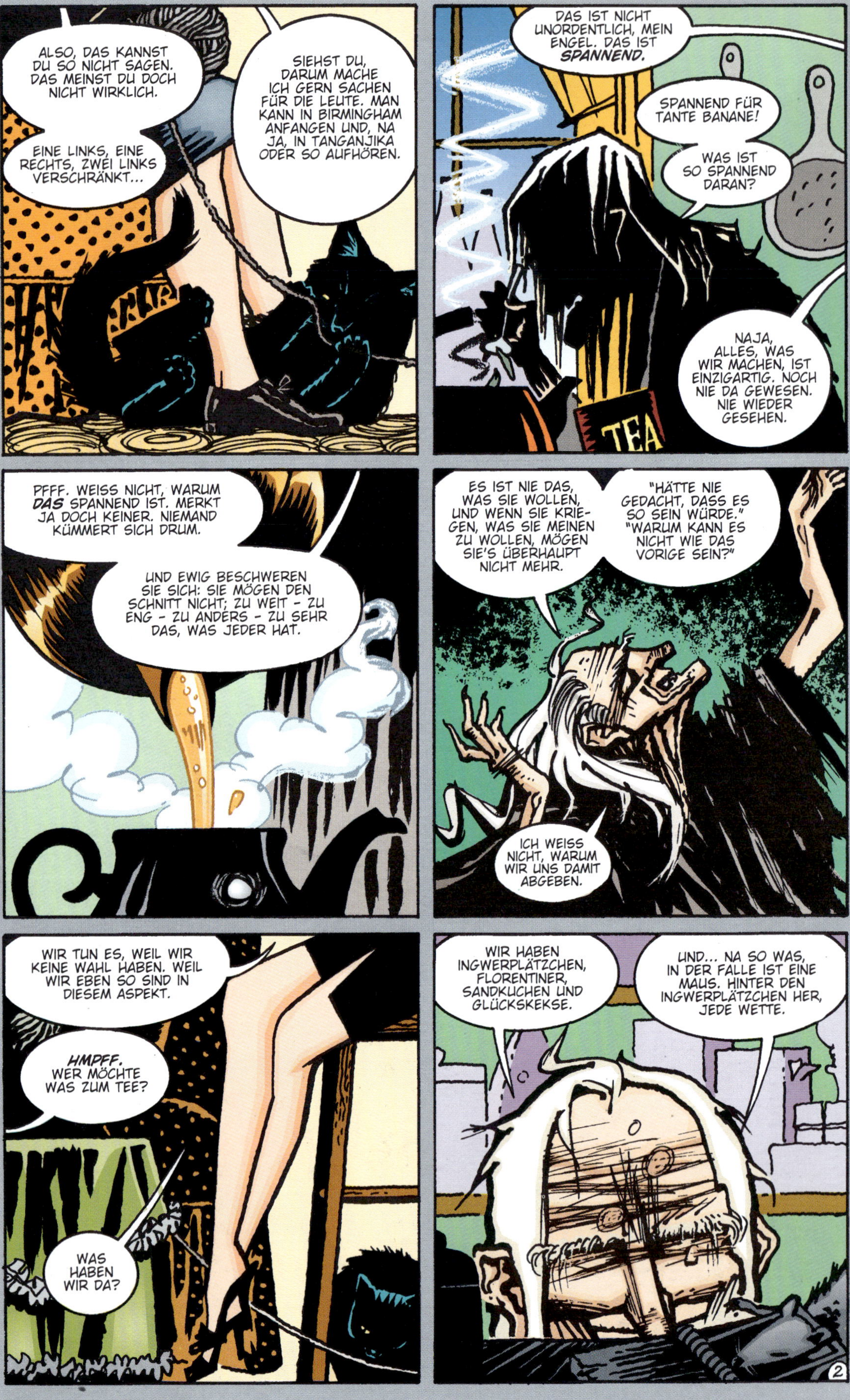
ALSO, DAS KANNST DU SO NICHT SAGEN. DAS MEINST DU DOCH NICHT WIRKLICH.
EINE LINKS, EINE RECHTS, ZWEI LINKS VERSCHRÄNKT...
SIEHST DU, DARUM MACHE ICH GERN SACHEN FÜR DIE LEUTE. MAN KANN IN BIRMINGHAM ANFANGEN UND, NA JA, IN TANGANJIKA ODER SO AUFHÖREN.
DAS IST NICHT UNORDENTLICH, MEIN ENGEL. DAS IST *SPANNEND.*
SPANNEND FÜR TANTE BANANE!
WAS IST SO SPANNEND DARAN?
NAJA, ALLES, WAS WIR MACHEN, IST EINZIGARTIG. NOCH NIE DA GEWESEN. NIE WIEDER GESEHEN.
TEA
PFFF. WEISS NICHT, WARUM *DAS* SPANNEND IST. MERKT JA DOCH KEINER. NIEMAND KÜMMERT SICH DRUM.
UND EWIG BESCHWEREN SIE SICH: SIE MÖGEN DEN SCHNITT NICHT; ZU WEIT - ZU ENG - ZU ANDERS - ZU SEHR DAS, WAS JEDER HAT.
ES IST NIE DAS, WAS SIE WOLLEN, UND WENN SIE KRIEGEN, WAS SIE MEINEN ZU WOLLEN, MÖGEN SIE'S ÜBERHAUPT NICHT MEHR.
"HÄTTE NIE GEDACHT, DASS ES SO SEIN WÜRDE." "WARUM KANN ES NICHT WIE DAS VORIGE SEIN?"
ICH WEISS NICHT, WARUM WIR UNS DAMIT ABGEBEN.
WIR TUN ES, WEIL WIR KEINE WAHL HABEN. WEIL WIR EBEN SO SIND IN DIESEM ASPEKT.
*HMPFF.* WER MÖCHTE WAS ZUM TEE?
WAS HABEN WIR DA?
WIR HABEN INGWERPLÄTZCHEN, FLORENTINER, SANDKUCHEN UND GLÜCKSKEKSE.
UND... NA SO WAS, IN DER FALLE IST EINE MAUS. HINTER DEN INGWERPLÄTZCHEN HER, JEDE WETTE.

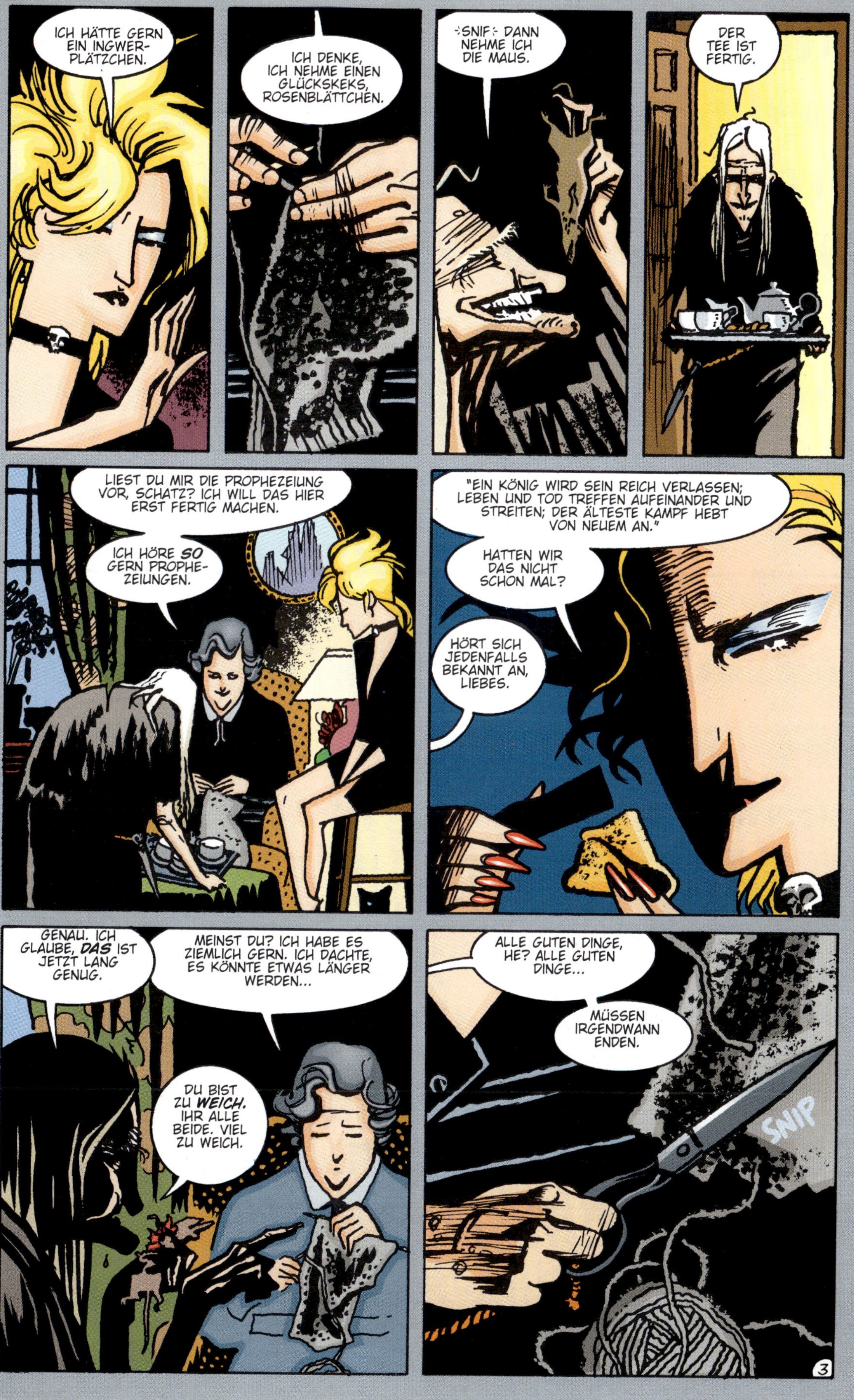
ICH HÄTTE GERN EIN INGWER-PLÄTZCHEN.
ICH DENKE, ICH NEHME EINEN GLÜCKSKEKS, ROSENBLÄTTCHEN.
*SNIF* DANN NEHME ICH DIE MAUS.
DER TEE IST FERTIG.
LIEST DU MIR DIE PROPHEZEIUNG VOR, SCHATZ? ICH WILL DAS HIER ERST FERTIG MACHEN.
ICH HÖRE **SO** GERN PROPHE-ZEIUNGEN.
"EIN KÖNIG WIRD SEIN REICH VERLASSEN; LEBEN UND TOD TREFFEN AUFEINANDER UND STREITEN; DER ÄLTESTE KAMPF HEBT VON NEUEM AN."
HATTEN WIR DAS NICHT SCHON MAL?
HÖRT SICH JEDENFALLS BEKANNT AN, LIEBES.
GENAU. ICH GLAUBE, **DAS** IST JETZT LANG GENUG.
MEINST DU? ICH HABE ES ZIEMLICH GERN. ICH DACHTE, ES KÖNNTE ETWAS LÄNGER WERDEN...
DU BIST ZU **WEICH.** IHR ALLE BEIDE. VIEL ZU WEICH.
ALLE GUTEN DINGE, HE? ALLE GUTEN DINGE...
MÜSSEN IRGENDWANN ENDEN.
SNIP

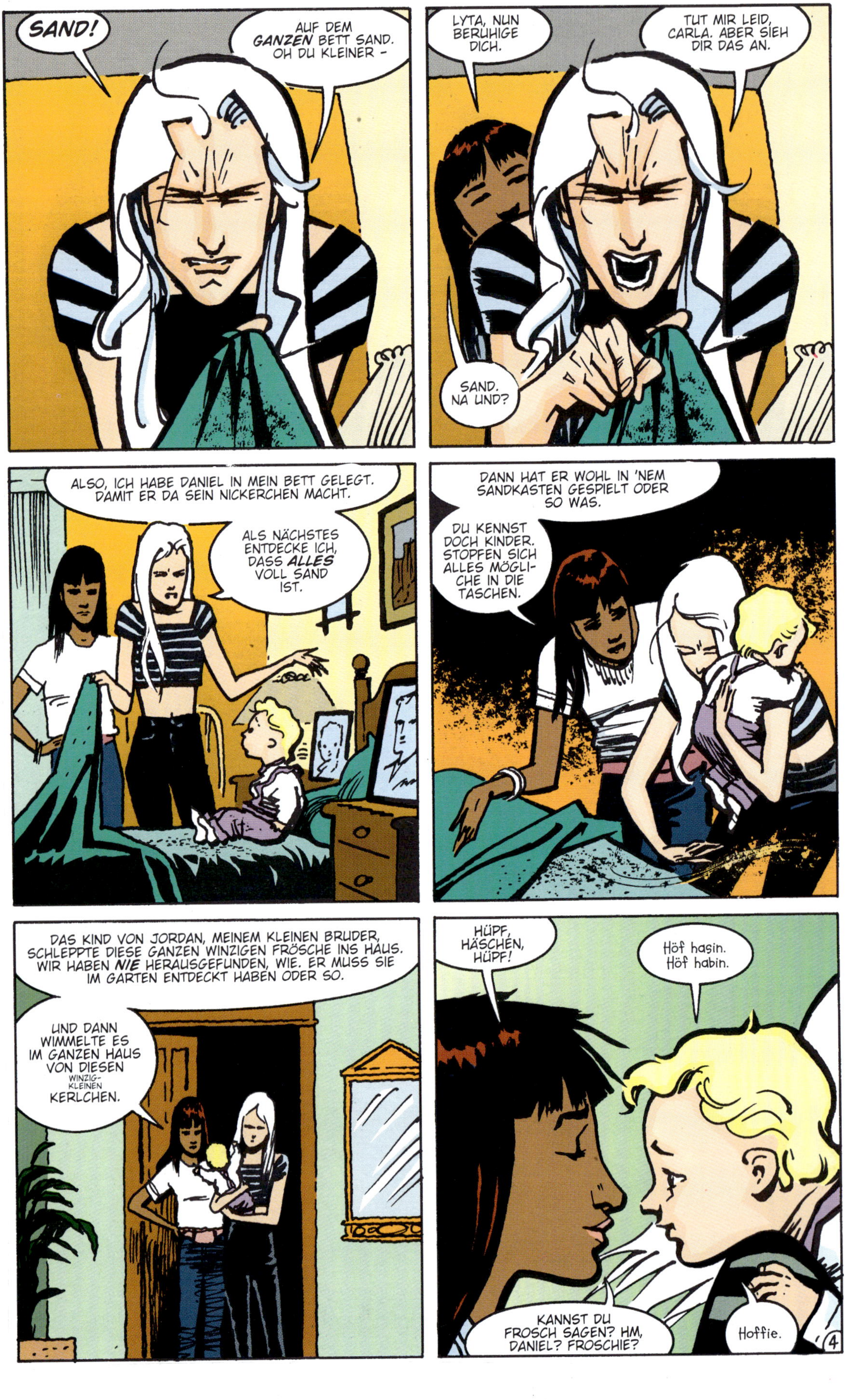
SAND!
AUF DEM GANZEN BETT SAND. OH DU KLEINER –
LYTA, NUN BERUHIGE DICH.
TUT MIR LEID, CARLA. ABER SIEH DIR DAS AN.
SAND. NA UND?
ALSO, ICH HABE DANIEL IN MEIN BETT GELEGT. DAMIT ER DA SEIN NICKERCHEN MACHT.
ALS NÄCHSTES ENTDECKE ICH, DASS ALLES VOLL SAND IST.
DANN HAT ER WOHL IN 'NEM SANDKASTEN GESPIELT ODER SO WAS.
DU KENNST DOCH KINDER. STOPFEN SICH ALLES MÖGLICHE IN DIE TASCHEN.
DAS KIND VON JORDAN, MEINEM KLEINEN BRUDER, SCHLEPPTE DIESE GANZEN WINZIGEN FRÖSCHE INS HAUS. WIR HABEN NIE HERAUSGEFUNDEN, WIE. ER MUSS SIE IM GARTEN ENTDECKT HABEN ODER SO.
UND DANN WIMMELTE ES IM GANZEN HAUS VON DIESEN WINZIG-KLEINEN KERLCHEN.
HÜPF, HÄSCHEN, HÜPF!
Höf hasin. Höf habin.
KANNST DU FROSCH SAGEN? HM, DANIEL? FROSCHIE?
Hoffie.
4

IMMER NOCH SAUER? KOMM, SCHATZ. ER HAT ES NICHT ABSICHTLICH GETAN. ES IST BLOSS SAND.
ABER ER HAT NICHT IM SANDKASTEN GESPIELT.
LYTA, MENSCH, HÖR ZU. WIR KÖNNTEN MIT IHM SPAZIEREN GEHEN. JA? VIELLEICHT EIN EIS KAUFEN.
Eis taufen?
OH NEIN, CARLA. ICH WILL ABNEHMEN.
KEIN PROBLEM. DU NIMMST EINFACH DIESEN GEFRORENEN JOGHURT-SCHEISS UND GUCKST ZU, WIE ICH MICH MIT CHOCOLATE CHIPS VOLL STOPFE. WILLST DU EIS ESSEN, DANIEL?
Eis taufen! Eis taufen! Eis taufen!
♪ EIN SCHUH AN UND EIN SCHUH AUS. ♪
DIDELDIDELDUM, DIE ♪ KATZE TRANK RUM. EINE BLUME FÜR DIE ♪ SCHÖNE DAME.
♪ ÜBER DEN MOND SPRANG DIE KUH. ♫
♪ MUSS EIN GUTER SPRINGER GEWESEN SEIN, DIE ALTE KUH. DER MOND IST WEIT WEG UND SCHRECKLICH KALT.
♪ DER KLEINE HUND LACHTE DAZU... ♪
WAS SEHE ICH DA?
HALLO, JUNGER MANN. MÖCHTEST DU EINE BLUME, HM? HÜBSCHE BLUME?

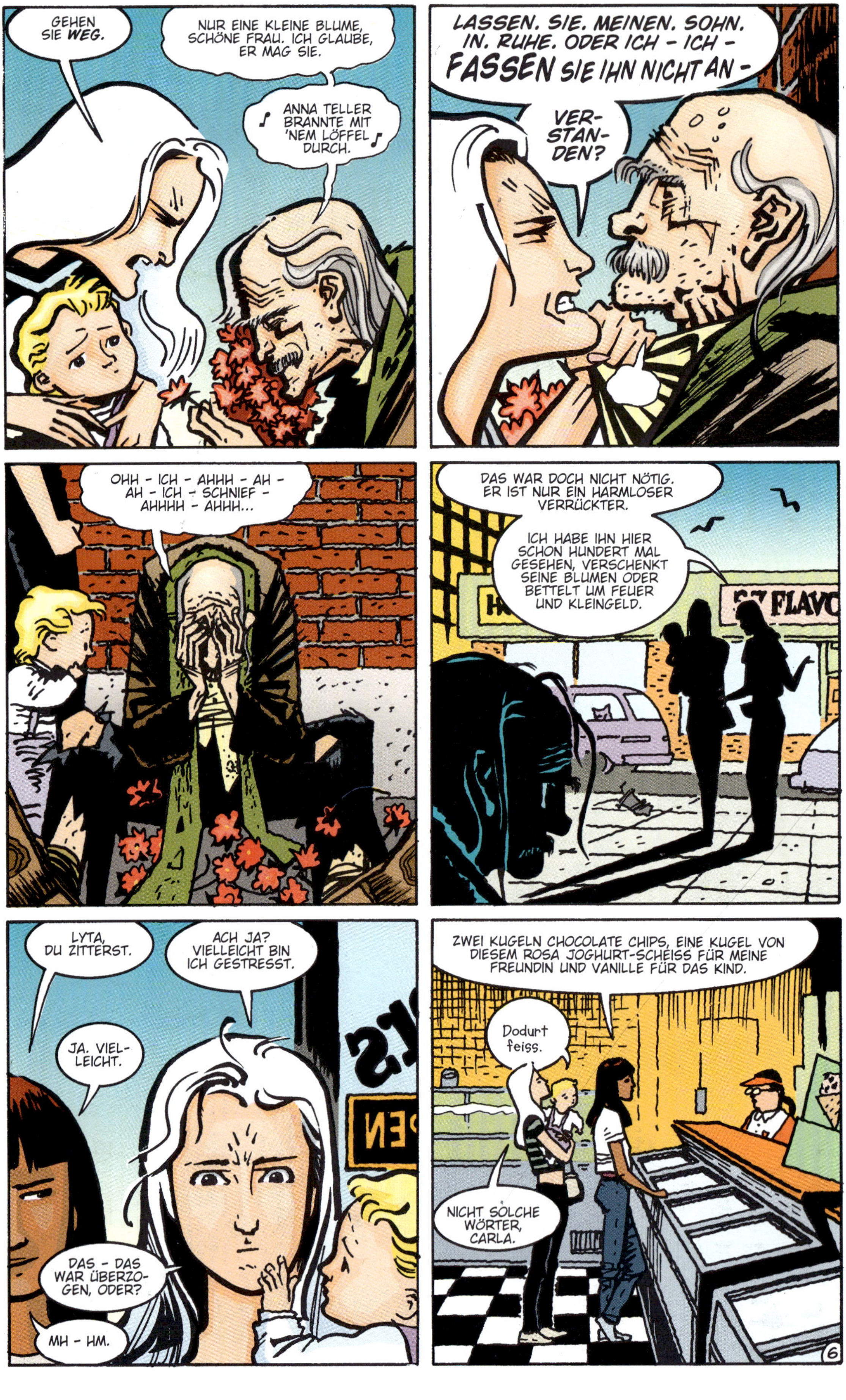
GEHEN SIE WEG.
NUR EINE KLEINE BLUME, SCHÖNE FRAU. ICH GLAUBE, ER MAG SIE.
♪ ANNA TELLER BRANNTE MIT 'NEM LÖFFEL DURCH. ♪
LASSEN. SIE. MEINEN. SOHN. IN. RUHE. ODER ICH - ICH - FASSEN SIE IHN NICHT AN -
VER-STAN-DEN?
OHH - ICH - AHHH - AH - AH - ICH - SCHNIEF - AHHHH - AHHH...
DAS WAR DOCH NICHT NÖTIG. ER IST NUR EIN HARMLOSER VERRÜCKTER.
ICH HABE IHN HIER SCHON HUNDERT MAL GESEHEN, VERSCHENKT SEINE BLUMEN ODER BETTELT UM FEUER UND KLEINGELD.
FLAVO
LYTA, DU ZITTERST.
ACH JA? VIELLEICHT BIN ICH GESTRESST.
JA. VIEL-LEICHT.
DAS - DAS WAR ÜBERZO-GEN, ODER?
MH - HM.
ZWEI KUGELN CHOCOLATE CHIPS, EINE KUGEL VON DIESEM ROSA JOGHURT-SCHEISS FÜR MEINE FREUNDIN UND VANILLE FÜR DAS KIND.
Dodurt feiss.
NICHT SOLCHE WÖRTER, CARLA.
6

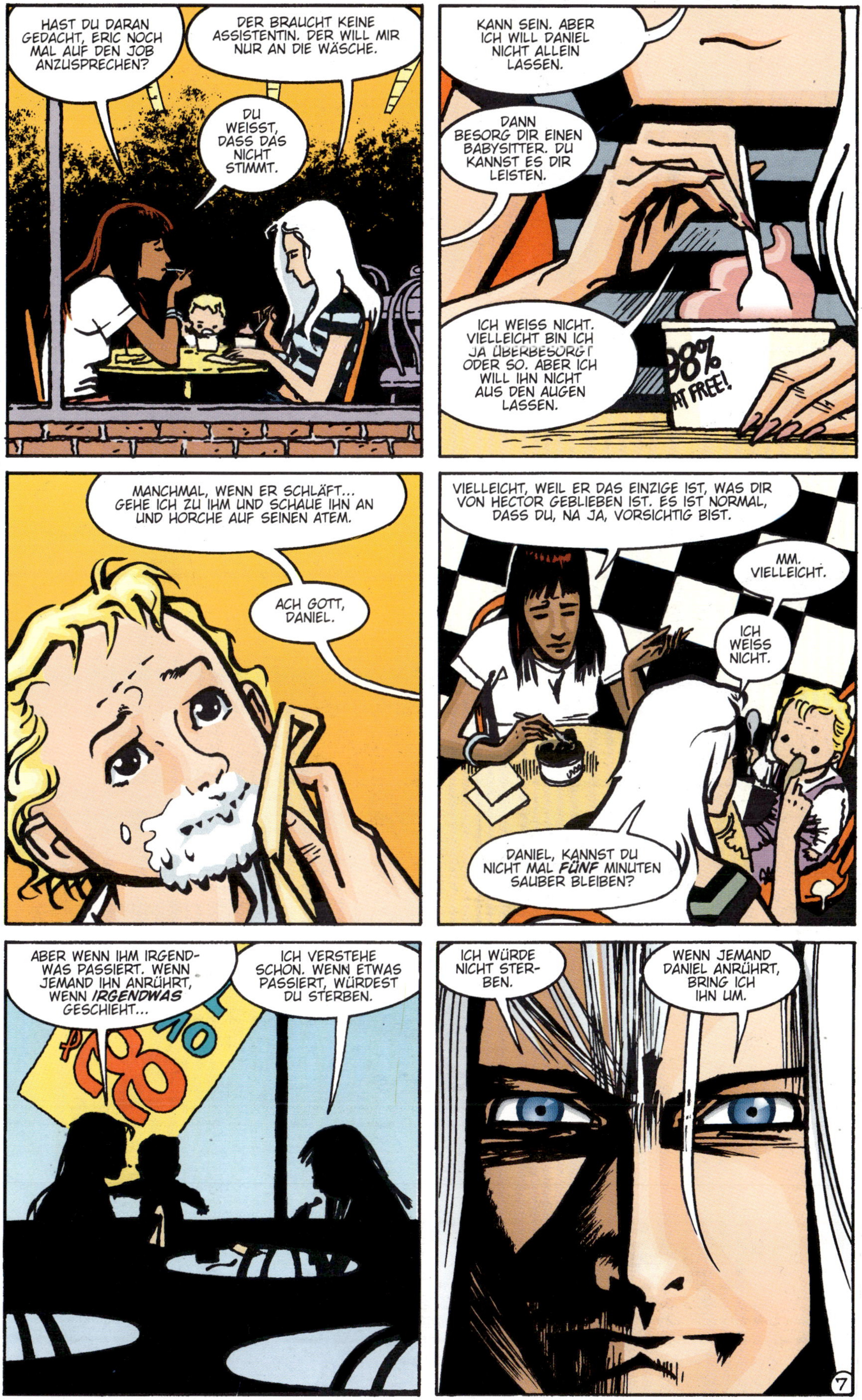
HAST DU DARAN GEDACHT, ERIC NOCH MAL AUF DEN JOB ANZUSPRECHEN?
DER BRAUCHT KEINE ASSISTENTIN. DER WILL MIR NUR AN DIE WÄSCHE.
DU WEISST, DASS DAS NICHT STIMMT.
KANN SEIN. ABER ICH WILL DANIEL NICHT ALLEIN LASSEN.
DANN BESORG DIR EINEN BABYSITTER. DU KANNST ES DIR LEISTEN.
ICH WEISS NICHT. VIELLEICHT BIN ICH JA ÜBERBESORGT ODER SO. ABER ICH WILL IHN NICHT AUS DEN AUGEN LASSEN.
98% FAT FREE!
MANCHMAL, WENN ER SCHLÄFT... GEHE ICH ZU IHM UND SCHAUE IHN AN UND HORCHE AUF SEINEN ATEM.
ACH GOTT, DANIEL.
VIELLEICHT, WEIL ER DAS EINZIGE IST, WAS DIR VON HECTOR GEBLIEBEN IST. ES IST NORMAL, DASS DU, NA JA, VORSICHTIG BIST.
MM. VIELLEICHT.
ICH WEISS NICHT.
DANIEL, KANNST DU NICHT MAL *FÜNF* MINUTEN SAUBER BLEIBEN?
ABER WENN IHM IRGENDWAS PASSIERT. WENN JEMAND IHN ANRÜHRT, WENN *IRGENDWAS* GESCHIEHT...
ICH VERSTEHE SCHON. WENN ETWAS PASSIERT, WÜRDEST DU STERBEN.
ICH WÜRDE NICHT STERBEN.
WENN JEMAND DANIEL ANRÜHRT, BRING ICH IHN UM.

DIE GÜTIGEN: 1
TEXT
NEIL GAIMAN
ZEICHNUNGEN
MARC HEMPEL
FARBEN: DANIEL VOZZO
ÜBERSETZUNG: GERLINDE ALTHOFF
LETTERING: MATTHIAS ROTTLER
& TORSTEN TAG
DIE SANDMAN-CHARAKTERE
WURDEN ERDACHT VON GAIMAN,
KIETH & DRINGENBERG
HI, JUNGS.
HALLO, MATTHEW.
IST DER BOSS DA?
8

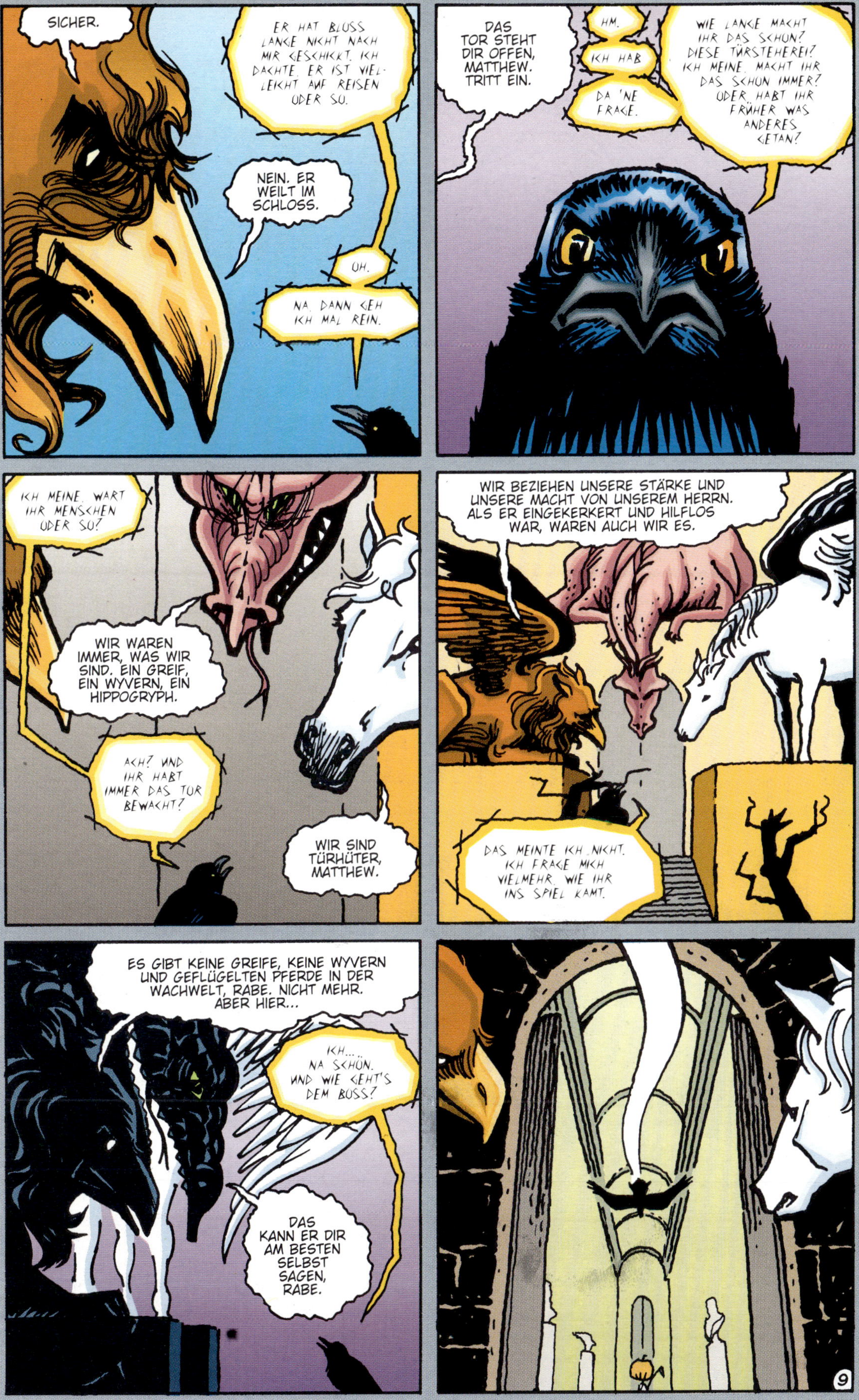
SICHER.
ER HAT BLOSS LANGE NICHT NACH MIR GESCHICKT. ICH DACHTE, ER IST VIELLEICHT AUF REISEN ODER SO.
NEIN. ER WEILT IM SCHLOSS.
OH.
NA, DANN GEH ICH MAL REIN.
DAS TOR STEHT DIR OFFEN, MATTHEW. TRITT EIN.
HM.
ICH HAB
DA 'NE FRAGE.
WIE LANGE MACHT IHR DAS SCHON? DIESE TÜRSTEHEREI? ICH MEINE, MACHT IHR DAS SCHON IMMER? ODER HABT IHR FRÜHER WAS ANDERES GETAN?
ICH MEINE, WART IHR MENSCHEN ODER SO?
WIR WAREN IMMER, WAS WIR SIND. EIN GREIF, EIN WYVERN, EIN HIPPOGRYPH.
ACH? UND IHR HABT IMMER DAS TOR BEWACHT?
WIR SIND TÜRHÜTER, MATTHEW.
WIR BEZIEHEN UNSERE STÄRKE UND UNSERE MACHT VON UNSEREM HERRN. ALS ER EINGEKERKERT UND HILFLOS WAR, WAREN AUCH WIR ES.
DAS MEINTE ICH NICHT. ICH FRAGE MICH VIELMEHR, WIE IHR INS SPIEL KAMT.
ES GIBT KEINE GREIFE, KEINE WYVERN UND GEFLÜGELTEN PFERDE IN DER WACHWELT, RABE. NICHT MEHR. ABER HIER...
ICH... NA SCHÖN. UND WIE GEHT'S DEM BOSS?
DAS KANN ER DIR AM BESTEN SELBST SAGEN, RABE.

HALLO MERV.
HALLO MATTHEW. WIE LÄUFT'S?
WIE LÄUFT WAS? BIN NICHT MEHR GELAUFEN, SEITDEM ICH LEBTE.
HE, SEI NICH GLEICH BELEIDIGT. WAR NUR 'NE REDENSART. WAS WIR TYPEN EBEN SO SAGEN. HIMMEL, HAB NIX BESTIMMTES GEMEINT.
SCHON GUT. HÖR MAL MERV. HAST DU DEN BOSS IN DER LETZTEN ZEIT GESEHEN?
WIE ÜBLICH.
"MERVYN, BAU MIR **HIER** EIN MEER, REISS **DA** DRÜBEN UNTER DEM WEIDENBAUM DIE STADT WEG, UND NEBENBEI, MERVYN, DENK **DIESMAL** DARAN, DASS EIS MEISTENS KALT IST."
ALS HÄTT ICH NICHT **GENUG** ZU TUN. ICH SAG DIR, MANCHMAL MÖCHTE ICH IHM FLÜSTERN, WOHIN ER SICH SEIN' SCHEISSJOB **STECKEN** KANN.
DU, MERV. DU BIST DOCH SCHON LÄNGER DA. ERINNERST DU DICH AN IRGENDWELCHE RABEN VOR MIR?
ALS KÖNNT MAN DIE VERGESSEN! SCHMEISSEN EWIG FEDERN IN DIE GÄNGE, SCHEISSEN AUF MEINE SAUBEREN BÖDEN UND, **BÄH,** DIESES ZEUGS, DAS IHR VÖGEL FRESST.
NICH, DASS ICH VORURTEILE HÄTT ODER SO.
WAS IST MIT IHNEN PASSIERT, MERVYN? WO SIND SIE... GEBLIEBEN?
WER HAT ZEIT, EUCH HINTERHER ZU RENNEN? MANCHE LEUTE MÜSSEN ECHT ARBEITEN, VÖGELEIN.
NICHT ALLE KÖNNEN DEM BOSS AUF DER SCHULTER HOCKEN, IN 'NER HÖHLE WOHNEN, TOTE RATTEN FRESSEN UND AUF DEN BODEN KACKEN.
**KLAR?**
HÖR MAL, WENN DU DEN BOSS TRIFFST, ERZÄHL IHM NICHT, WAS ICH ÜBER DEN JOB GESAGT HABE.
ER, NA, WEISST SCHON.
ICH MEINE, **WIR** ZWEI WISSEN, DASS ICH 'N WITZBOLD BIN, SO SIND KERLE EBEN, ABER ER KÖNNT'S IRGENDWIE IN DEN FALSCHEN HALS KRIEGEN.
JA. KLAR. KEIN PROBLEM.

HEY, NUALA.
HALLO, MATTHEW.
ICH DACHTE, DER BOSS WÄRE HIER.
NEIN, IST ER NICHT. ICH HABE LORD MORPHEUS SCHON EINE WEILE NICHT GESEHEN. ICH WEISS WIRKLICH NICHT, WO ER STECKT.
ABER ICH HALTE DEN THRON-SAAL HÜBSCH SAUBER. FÜR SEINE RÜCKKEHR.
KLAR.
NUALA?
WARUM MACHST DU DAS? DIES SAUBERMACHEN UND POLIEREN? ICH MEINE, WILL ER DAS?
WILL ER DAS? NEIN. LORD MORPHEUS HAT NIE... ETWAS VON MIR GEWOLLT...
WARUM TUST DU ES DANN?
IRGEND-ETWAS MUSS ICH TUN.

HI, LUCIEN.
MATTHEW.
WAS LIEST DU?
EIN UNGESCHRIEBENES STÜCK VON JOHN WEBSTER. "EIN FESTMAHL FÜR DIE WÜRMER."
GUT?
JA, SEHR GUT. "WEBSTER WAR BESESSEN VOM TOD UND NAHM DEN SCHÄDEL UNTER DER HAUT WAHR." ER HAT DAS WIRKLICH GESEHEN.
ECHT? HATTE ER SO WAS WIE RÖNTGENBLICK?
NEIN. DAS NICHT.
ICH HABE DA EINE FRAGE. HAST DU HIER BÜCHER ÜBER RABEN?
ABER SICHER. MEHRERE TAUSEND.
KÖNNTE ICH MIR VIELLEICHT GELEGENTLICH EINS ANSEHEN ODER SO?
SICHER.
UND, HM, WO IST DER BOSS?
ER ARBEITET, MATTHEW.
KLAR.
UND WO ARBEITET ER?
HÖR MAL, LUCIEN, ICH WILL MIT IHM REDEN. SIND ES JETZT ZWEI MONATE? ODER SECHS? EIN JAHR?
DIE ZEIT SPINNT HIER.
MANCHMAL SCHEINT'S, ALS WÄRE ICH SCHON HUNDERT JAHRE TOT.
LUCIEN? HAST DU IMMER GELEBT?
DAS GLAUBE ICH KAUM. NEIN.
DU GLAUBST ES KAUM?
ICH ERINNERE MICH AN TITEL, VERFASSER UND STANDORT VON JEDEM BUCH IN DIESER BIBLIOTHEK, MATTHEW.
VON JEDEM BUCH, DAS JE GETRÄUMT WURDE. JEDEM BUCH, DAS MAN SICH JE VORSTELLTE. JEDEM BUCH, DAS JE VERLOREN GING.
ES GIBT MILLIONEN DAVON.
**DARAN** ERINNERE ICH MICH. DAS IST MEIN JOB. ANDERE SACHEN... VERGESSE ICH MANCHMAL.
ER IST UNTEN AM STRAND, MATTHEW.
VERFERTIGT ALPTRÄUME.

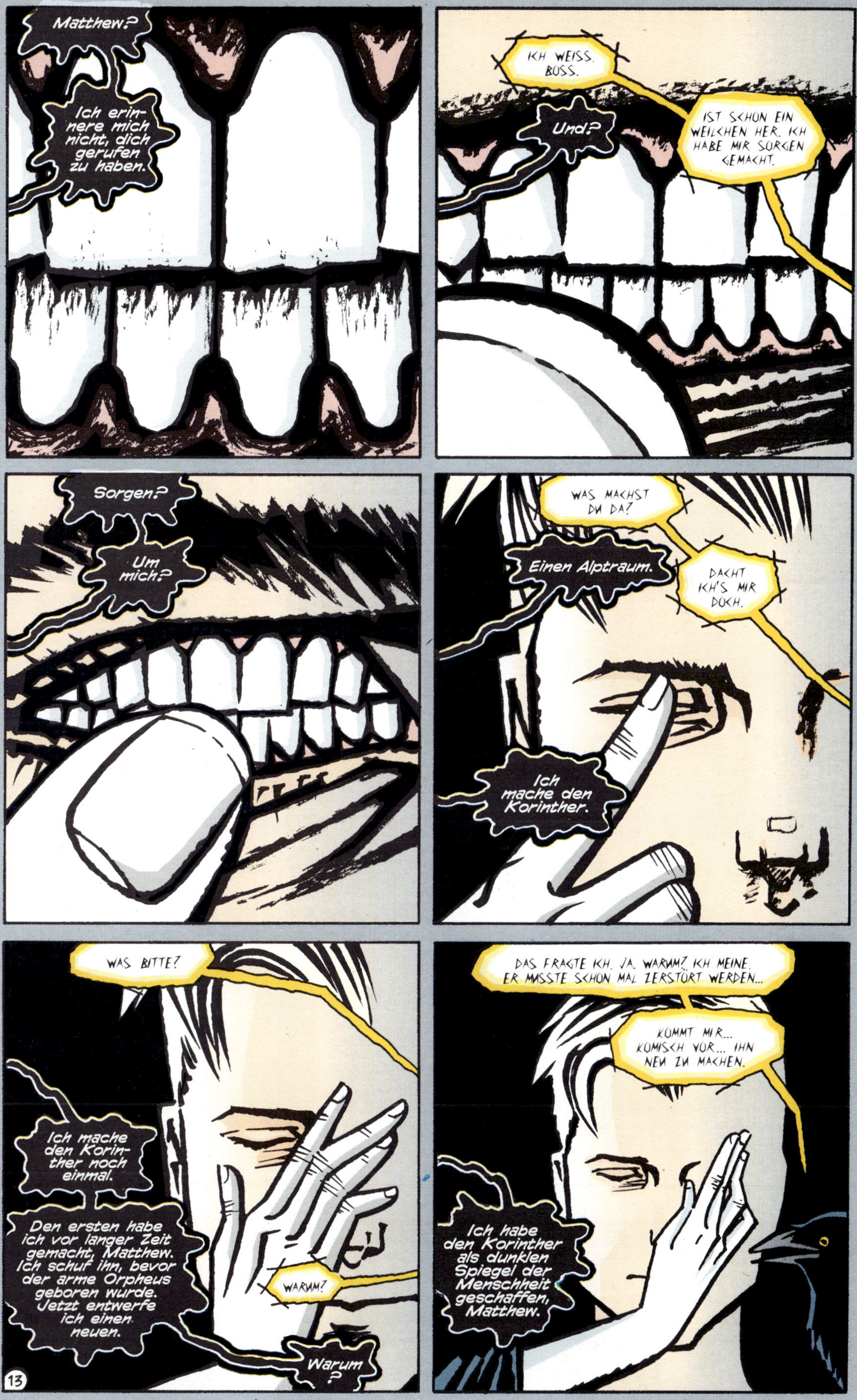

Matthew?
Ich erinnere mich nicht, dich gerufen zu haben.
ICH WEISS, BOSS.
Und?
IST SCHON EIN WEILCHEN HER. ICH HABE MIR SORGEN GEMACHT.
Sorgen?
Um mich?
WAS MACHST DU DA?
Einen Alptraum.
DACHT ICH'S MIR DOCH.
Ich mache den Korinther.
WAS BITTE?
Ich mache den Korinther noch einmal.
Den ersten habe ich vor langer Zeit gemacht, Matthew. Ich schuf ihn, bevor der arme Orpheus geboren wurde. Jetzt entwerfe ich einen neuen.
WARUM?
Warum?
DAS FRAGTE ICH, JA. WARUM? ICH MEINE, ER MUSSTE SCHON MAL ZERSTÖRT WERDEN...
KOMMT MIR... KOMISCH VOR... IHN NEU ZU MACHEN.
Ich habe den Korinther als dunklen Spiegel der Menschheit geschaffen, Matthew.

Ein dunkler Spiegel.
Stell dir vor, du erwachst und erhebst dich des Nachts und siehst scheinbar eine andere Person und erkennst allmählich, dass du es selbst bist.
Jemand war hereingekommen und hatte in deinem Schlafzimmer einen Spiegel aus dunklem Metall aufgestellt.
Dein eigenes Spiegelbild hat dich erschreckt.
Doch dann hob das Spiegelbild eine Hand, während deine eigene Hand verharrte...
Ein dunkler Spiegel...
Das war immer die Absicht...
Doch die Kluft zwischen Vorstellung und Ausführung ist breit, und viele Dinge können dazwischen geschehen.

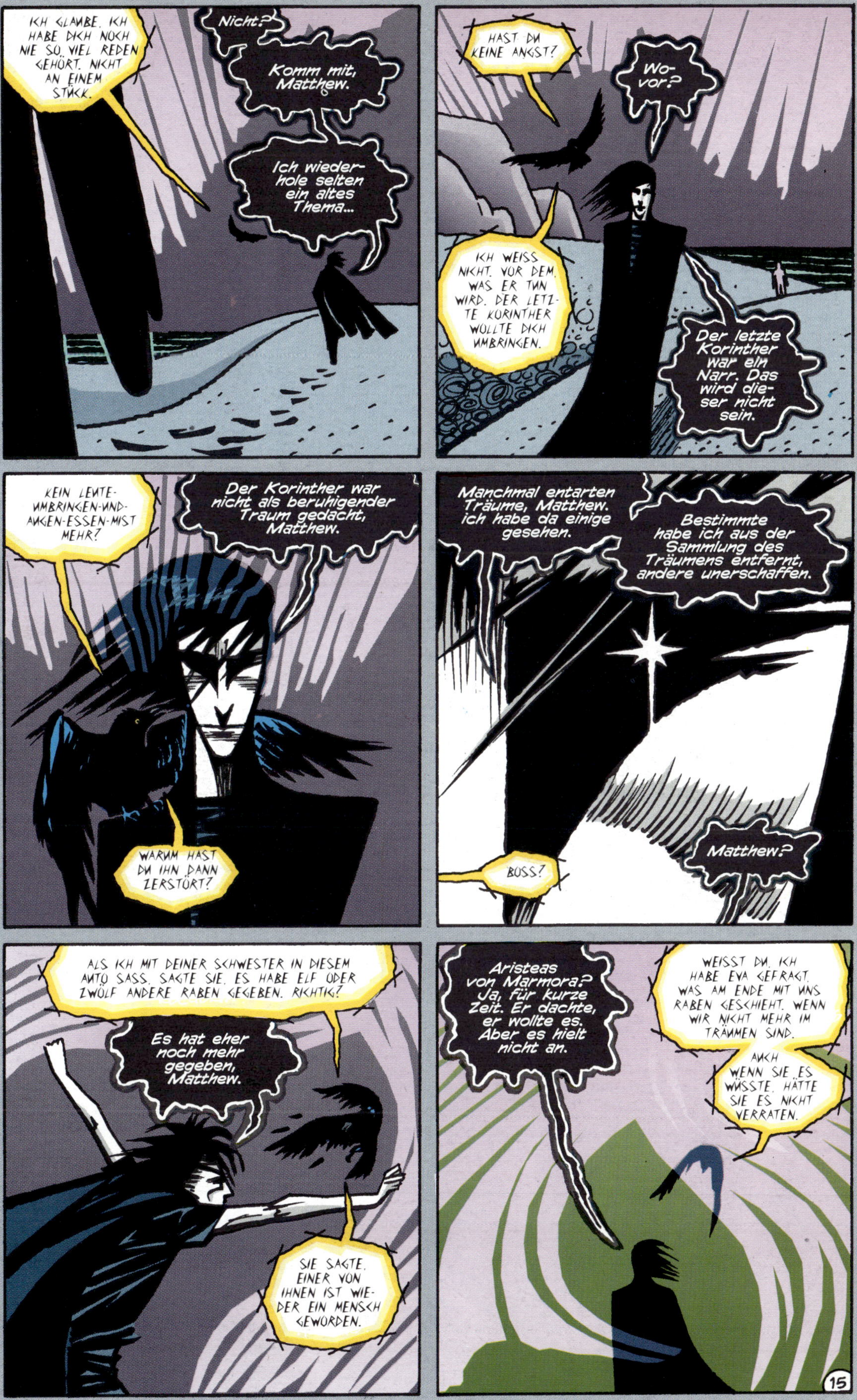
ICH GLAUBE, ICH HABE DICH NOCH NIE SO VIEL REDEN GEHÖRT. NICHT AN EINEM STÜCK.
Nicht?
Komm mit, Matthew.
Ich wiederhole selten ein altes Thema...
HAST DU KEINE ANGST?
Wovor?
ICH WEISS NICHT, VOR DEM, WAS ER TUN WIRD. DER LETZTE KORINTHER WOLLTE DICH UMBRINGEN.
Der letzte Korinther war ein Narr. Das wird dieser nicht sein.
KEIN LEUTE-UMBRINGEN-UND-AUGEN-ESSEN-MIST MEHR?
Der Korinther war nicht als beruhigender Traum gedacht, Matthew.
WARUM HAST DU IHN DANN ZERSTÖRT?
Manchmal entarten Träume, Matthew. Ich habe da einige gesehen.
Bestimmte habe ich aus der Sammlung des Träumens entfernt, andere unerschaffen.
Matthew?
BOSS?
ALS ICH MIT DEINER SCHWESTER IN DIESEM AUTO SASS, SAGTE SIE, ES HABE ELF ODER ZWÖLF ANDERE RABEN GEGEBEN. RICHTIG?
Es hat eher noch mehr gegeben, Matthew.
SIE SAGTE, EINER VON IHNEN IST WIEDER EIN MENSCH GEWORDEN.
Aristeas von Marmora? Ja, für kurze Zeit. Er dachte, er wollte es. Aber es hielt nicht an.
WEISST DU, ICH HABE EVA GEFRAGT, WAS AM ENDE MIT UNS RABEN GESCHIEHT, WENN WIR NICHT MEHR IM TRÄUMEN SIND.
AUCH WENN SIE ES WÜSSTE, HÄTTE SIE ES NICHT VERRATEN.

Tatsächlich?
MH-HM.
So sollte es sein, Matthew.
Du kannst jetzt zu Evas Höhle zurückfliegen, Matthew. Ich schicke nach dir, wenn ich dich brauche.
ABER-
Geh jetzt.
KRAAAAK.
ICH WAR BEI IHM, EVA. WIR HABEN UNS UNTERHALTEN.
UND?
WIR HABEN UNS UNTERHALTEN. FERTIG. ICH WILL NICHT DARÜBER REDEN.
DU GRÜBELST, KLEINER RABE.
ICH SAGTE, ICH WILL NICHT DARÜBER REDEN.
EHRLICH.
MÄNNER.

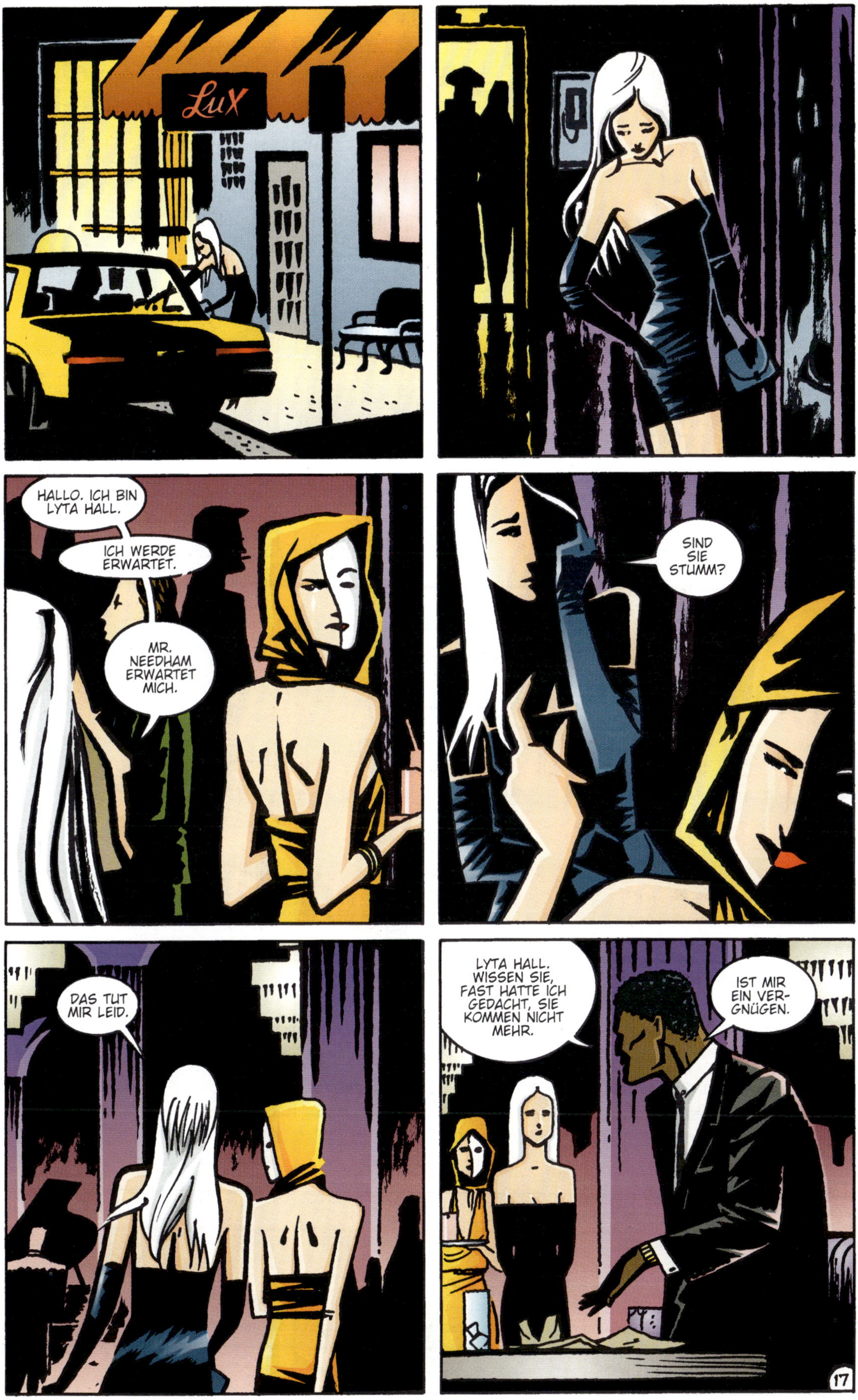
Lux
HALLO. ICH BIN LYTA HALL.
ICH WERDE ERWARTET.
MR. NEEDHAM ERWARTET MICH.
SIND SIE STUMM?
DAS TUT MIR LEID.
LYTA HALL. WISSEN SIE, FAST HATTE ICH GEDACHT, SIE KOMMEN NICHT MEHR.
IST MIR EIN VERGNÜGEN.
17

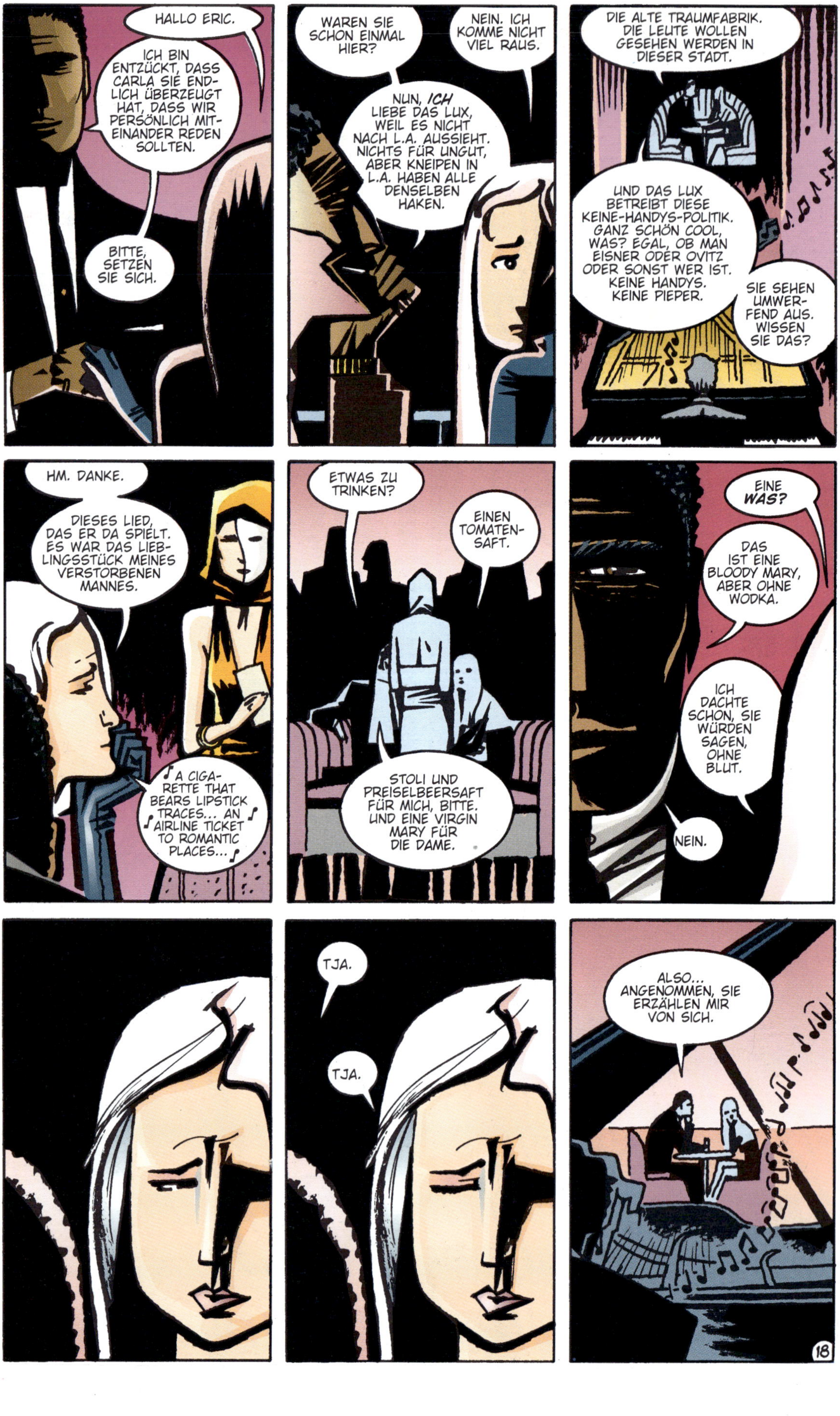
HALLO ERIC.
ICH BIN ENTZÜCKT, DASS CARLA SIE ENDLICH ÜBERZEUGT HAT, DASS WIR PERSÖNLICH MITEINANDER REDEN SOLLTEN.
BITTE, SETZEN SIE SICH.
WAREN SIE SCHON EINMAL HIER?
NEIN. ICH KOMME NICHT VIEL RAUS.
NUN, *ICH* LIEBE DAS LUX, WEIL ES NICHT NACH L.A. AUSSIEHT. NICHTS FÜR UNGUT, ABER KNEIPEN IN L.A. HABEN ALLE DENSELBEN HAKEN.
DIE ALTE TRAUMFABRIK. DIE LEUTE WOLLEN GESEHEN WERDEN IN DIESER STADT.
UND DAS LUX BETREIBT DIESE KEINE-HANDYS-POLITIK. GANZ SCHÖN COOL, WAS? EGAL, OB MAN EISNER ODER OVITZ ODER SONST WER IST. KEINE HANDYS. KEINE PIEPER.
SIE SEHEN UMWERFEND AUS. WISSEN SIE DAS?
HM. DANKE.
DIESES LIED, DAS ER DA SPIELT. ES WAR DAS LIEBLINGSSTÜCK MEINES VERSTORBENEN MANNES.
A CIGARETTE THAT BEARS LIPSTICK TRACES... AN AIRLINE TICKET TO ROMANTIC PLACES...
ETWAS ZU TRINKEN?
EINEN TOMATENSAFT.
STOLI UND PREISELBEERSAFT FÜR MICH, BITTE. UND EINE VIRGIN MARY FÜR DIE DAME.
EINE ***WAS?***
DAS IST EINE BLOODY MARY, ABER OHNE WODKA.
ICH DACHTE SCHON, SIE WÜRDEN SAGEN, OHNE BLUT.
NEIN.
TJA.
TJA.
ALSO... ANGENOMMEN, SIE ERZÄHLEN MIR VON SICH.

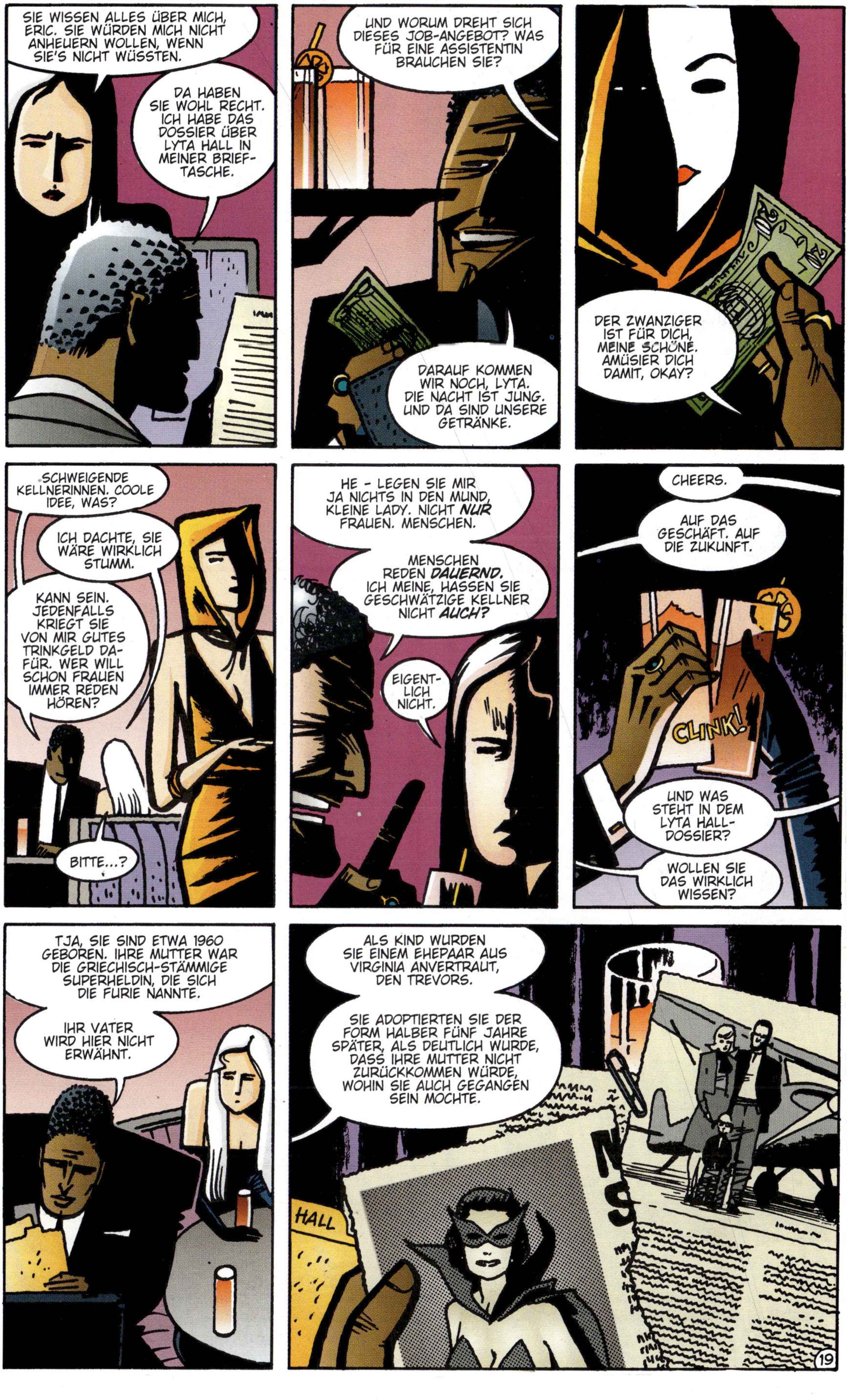
SIE WISSEN ALLES ÜBER MICH, ERIC. SIE WÜRDEN MICH NICHT ANHEUERN WOLLEN, WENN SIE'S NICHT WÜSSTEN.
DA HABEN SIE WOHL RECHT. ICH HABE DAS DOSSIER ÜBER LYTA HALL IN MEINER BRIEFTASCHE.
UND WORUM DREHT SICH DIESES JOB-ANGEBOT? WAS FÜR EINE ASSISTENTIN BRAUCHEN SIE?
DARAUF KOMMEN WIR NOCH, LYTA. DIE NACHT IST JUNG. UND DA SIND UNSERE GETRÄNKE.
DER ZWANZIGER IST FÜR DICH, MEINE SCHÖNE. AMÜSIER DICH DAMIT, OKAY?
SCHWEIGENDE KELLNERINNEN. COOLE IDEE, WAS?
ICH DACHTE, SIE WÄRE WIRKLICH STUMM.
KANN SEIN. JEDENFALLS KRIEGT SIE VON MIR GUTES TRINKGELD DAFÜR. WER WILL SCHON FRAUEN IMMER REDEN HÖREN?
BITTE...?
HE – LEGEN SIE MIR JA NICHTS IN DEN MUND, KLEINE LADY. NICHT **NUR** FRAUEN. MENSCHEN.
MENSCHEN REDEN **DAUERND.** ICH MEINE, HASSEN SIE GESCHWÄTZIGE KELLNER NICHT **AUCH?**
EIGENTLICH NICHT.
CHEERS.
AUF DAS GESCHÄFT. AUF DIE ZUKUNFT.
CLINK!
UND WAS STEHT IN DEM LYTA HALL-DOSSIER?
WOLLEN SIE DAS WIRKLICH WISSEN?
TJA, SIE SIND ETWA 1960 GEBOREN. IHRE MUTTER WAR DIE GRIECHISCH-STÄMMIGE SUPERHELDIN, DIE SICH DIE FURIE NANNTE.
IHR VATER WIRD HIER NICHT ERWÄHNT.
ALS KIND WURDEN SIE EINEM EHEPAAR AUS VIRGINIA ANVERTRAUT, DEN TREVORS.
SIE ADOPTIERTEN SIE DER FORM HALBER FÜNF JAHRE SPÄTER, ALS DEUTLICH WURDE, DASS IHRE MUTTER NICHT ZURÜCKKOMMEN WÜRDE, WOHIN SIE AUCH GEGANGEN SEIN MOCHTE.
HALL

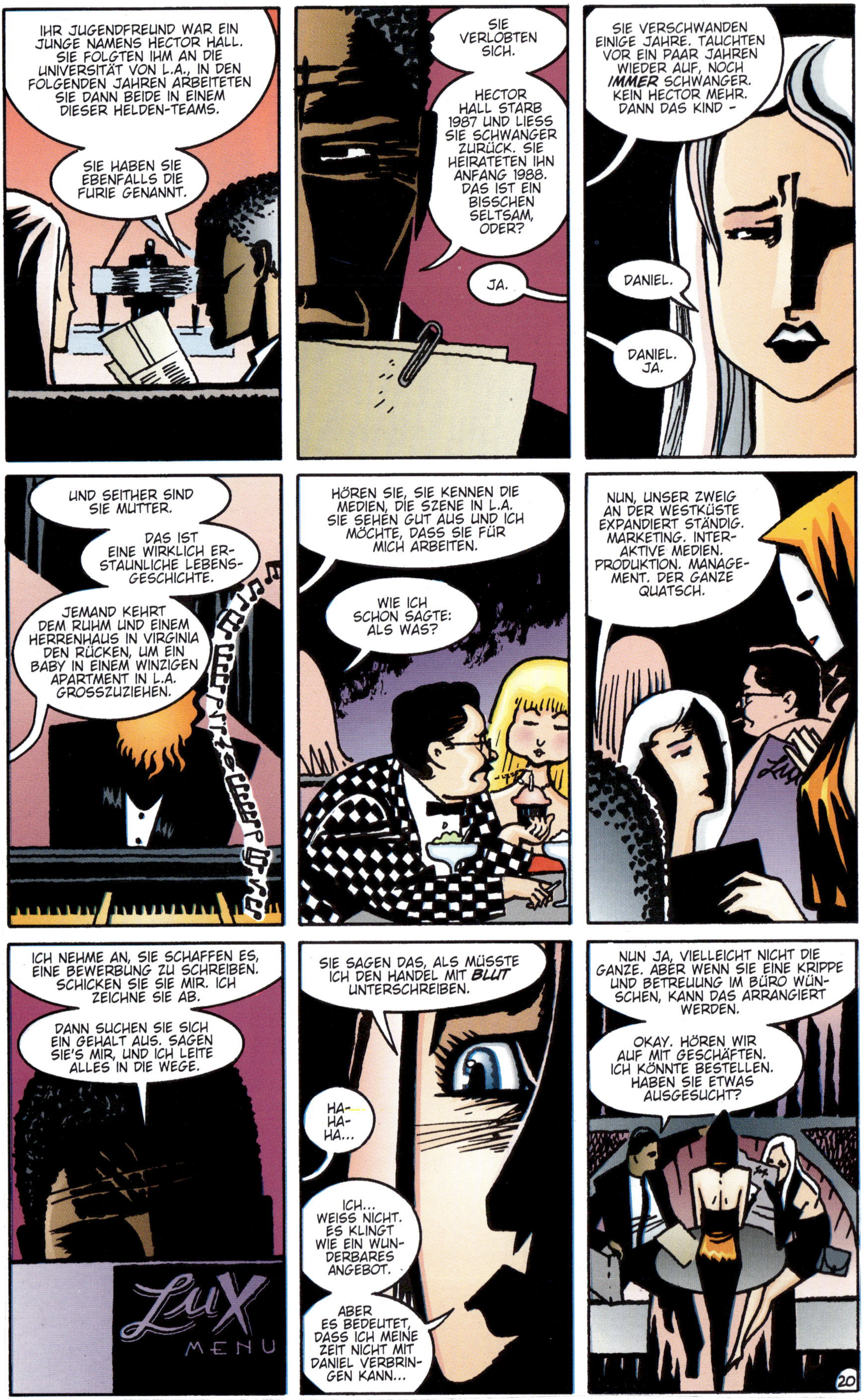
IHR JUGENDFREUND WAR EIN JUNGE NAMENS HECTOR HALL. SIE FOLGTEN IHM AN DIE UNIVERSITÄT VON L.A., IN DEN FOLGENDEN JAHREN ARBEITETEN SIE DANN BEIDE IN EINEM DIESER HELDEN-TEAMS.
SIE HABEN SIE EBENFALLS DIE FURIE GENANNT.
SIE VERLOBTEN SICH.
HECTOR HALL STARB 1987 UND LIESS SIE SCHWANGER ZURÜCK. SIE HEIRATETEN IHN ANFANG 1988. DAS IST EIN BISSCHEN SELTSAM, ODER?
JA.
SIE VERSCHWANDEN EINIGE JAHRE. TAUCHTEN VOR EIN PAAR JAHREN WIEDER AUF, NOCH *IMMER* SCHWANGER. KEIN HECTOR MEHR. DANN DAS KIND –
DANIEL.
DANIEL. JA.
UND SEITHER SIND SIE MUTTER.
DAS IST EINE WIRKLICH ERSTAUNLICHE LEBENSGESCHICHTE.
JEMAND KEHRT DEM RUHM UND EINEM HERRENHAUS IN VIRGINIA DEN RÜCKEN, UM EIN BABY IN EINEM WINZIGEN APARTMENT IN L.A. GROSSZUZIEHEN.
HÖREN SIE, SIE KENNEN DIE MEDIEN, DIE SZENE IN L.A. SIE SEHEN GUT AUS UND ICH MÖCHTE, DASS SIE FÜR MICH ARBEITEN.
WIE ICH SCHON SAGTE: ALS WAS?
NUN, UNSER ZWEIG AN DER WESTKÜSTE EXPANDIERT STÄNDIG. MARKETING. INTERAKTIVE MEDIEN. PRODUKTION. MANAGEMENT. DER GANZE QUATSCH.
ICH NEHME AN, SIE SCHAFFEN ES, EINE BEWERBUNG ZU SCHREIBEN. SCHICKEN SIE SIE MIR. ICH ZEICHNE SIE AB.
DANN SUCHEN SIE SICH EIN GEHALT AUS. SAGEN SIE'S MIR, UND ICH LEITE ALLES IN DIE WEGE.
LUX
MENU
SIE SAGEN DAS, ALS MÜSSTE ICH DEN HANDEL MIT *BLUT* UNTERSCHREIBEN.
HA-HA-HA...
ICH... WEISS NICHT. ES KLINGT WIE EIN WUNDERBARES ANGEBOT.
ABER ES BEDEUTET, DASS ICH MEINE ZEIT NICHT MIT DANIEL VERBRINGEN KANN...
NUN JA, VIELLEICHT NICHT DIE GANZE. ABER WENN SIE EINE KRIPPE UND BETREUUNG IM BÜRO WÜNSCHEN, KANN DAS ARRANGIERT WERDEN.
OKAY. HÖREN WIR AUF MIT GESCHÄFTEN. ICH KÖNNTE BESTELLEN. HABEN SIE ETWAS AUSGESUCHT?

HE, FREUND. KÖNNEN SIE "MEMORIES" SPIELEN? FÜR MEINE BESSERE HÄLFTE DA DRÜBEN. AUS "CATS". SIE HEISST VONDA.
WISSEN SIE: "MIIIIDNIGHT, ALL ALONE ONNA PAAAAAVEMENT..." ...DAS.
NEIN.
NEIN. TUT MIR LEID. ICH FINDE DIESES STÜCK VÖLLIG UNINTERESSANT.
DIE MELODIE IST BANAL, UND DIE PEINLICHEN UMSCHREIBUNGEN MINDERWERTIGER ELIOT-GEDICHTE IN DEN VERSEN SIND ÄUSSERST MISSLUNGEN.
HE, KUMPEL... VIELLEICHT ÜBERREDEN DICH DIE FÜNFZIG DOLLAR. SIE HAT GEBURTSTAG, UND WIE WÄRE ES MIT "HAPPY BIRTHDAY TO VONDA" NACH "MEMORIES"?
ICH WERDE "MEMORIES" NICHT SPIELEN, UND ICH HABE KEINE LUST ZU LÜGEN. VONDAS GEBURTSTAG WIRD ALLES ANDERE ALS GLÜCKLICH.
"ABER ICH WERDE ETWAS ANGEMESSENES SPIELEN, WENN MAN BERÜCKSICHTIGT, WIE DER ABEND FÜR SIE BEIDE AUSGEHEN WIRD."
HARVEY? SPIELT ER NUN "MEMORIES"? WAS HAT ER GESAGT?
ICH, ÄH, TJA, ICH HABE GEFRAGT...
DIESES STÜCK IST FÜR EINE JUNGE DAME NAMENS VONDA, DIE HEUTE GEBURTSTAG HAT.
MIR TRÄUMTE LETZTE NACHT, ICH WÄRE AUF DEM HIMMELSBOOT, DIE WÜRFEL HATT ICH MITGEBRACHT...

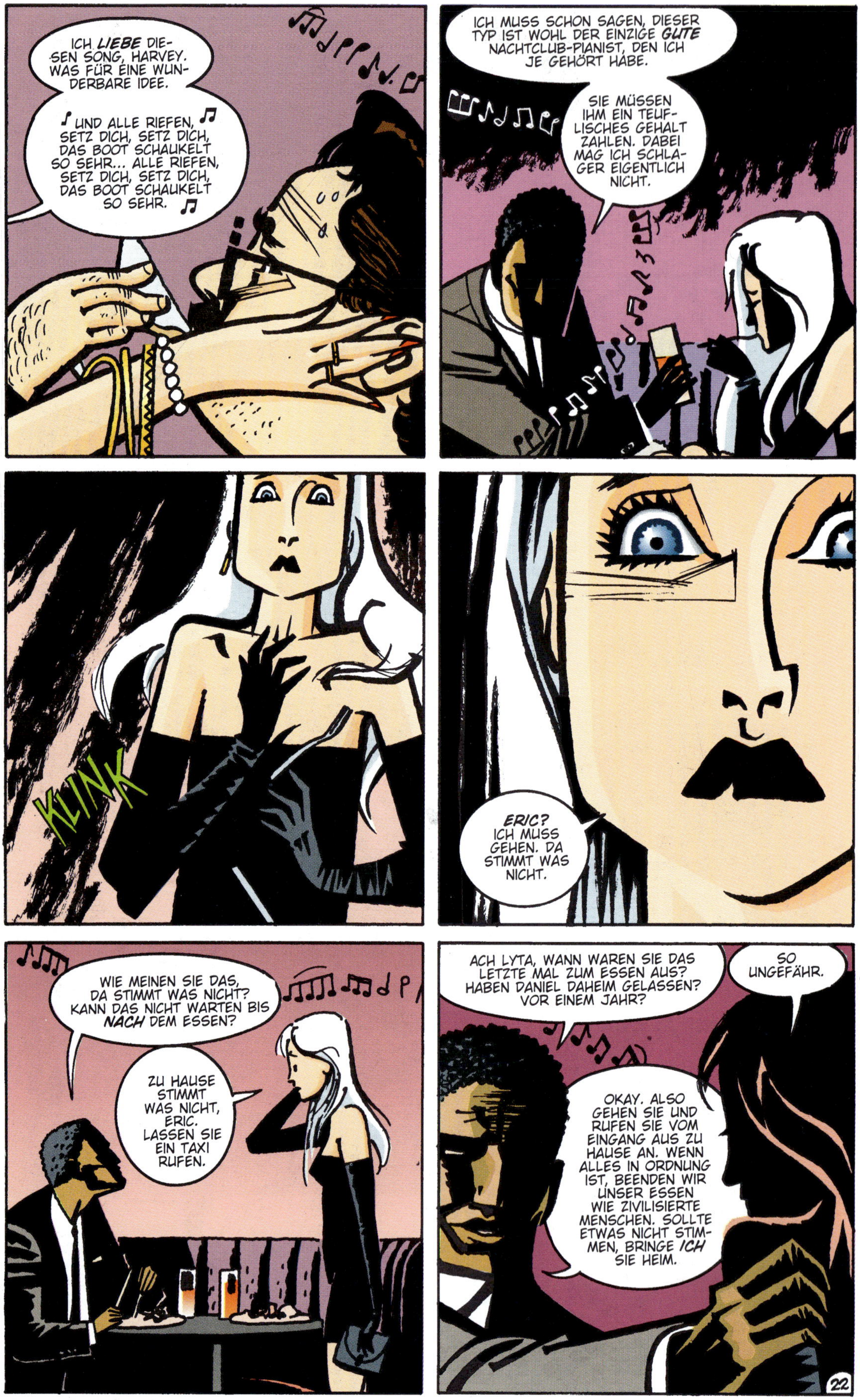
ICH LIEBE DIESEN SONG, HARVEY. WAS FÜR EINE WUNDERBARE IDEE.
UND ALLE RIEFEN, SETZ DICH, SETZ DICH, DAS BOOT SCHAUKELT SO SEHR... ALLE RIEFEN, SETZ DICH, SETZ DICH, DAS BOOT SCHAUKELT SO SEHR.
ICH MUSS SCHON SAGEN, DIESER TYP IST WOHL DER EINZIGE GUTE NACHTCLUB-PIANIST, DEN ICH JE GEHÖRT HABE.
SIE MÜSSEN IHM EIN TEUFLISCHES GEHALT ZAHLEN. DABEI MAG ICH SCHLAGER EIGENTLICH NICHT.
KLINK
ERIC? ICH MUSS GEHEN. DA STIMMT WAS NICHT.
WIE MEINEN SIE DAS, DA STIMMT WAS NICHT? KANN DAS NICHT WARTEN BIS NACH DEM ESSEN?
ZU HAUSE STIMMT WAS NICHT, ERIC. LASSEN SIE EIN TAXI RUFEN.
ACH LYTA, WANN WAREN SIE DAS LETZTE MAL ZUM ESSEN AUS? HABEN DANIEL DAHEIM GELASSEN? VOR EINEM JAHR?
SO UNGEFÄHR.
OKAY. ALSO GEHEN SIE UND RUFEN SIE VOM EINGANG AUS ZU HAUSE AN. WENN ALLES IN ORDNUNG IST, BEENDEN WIR UNSER ESSEN WIE ZIVILISIERTE MENSCHEN. SOLLTE ETWAS NICHT STIMMEN, BRINGE ICH SIE HEIM.
22

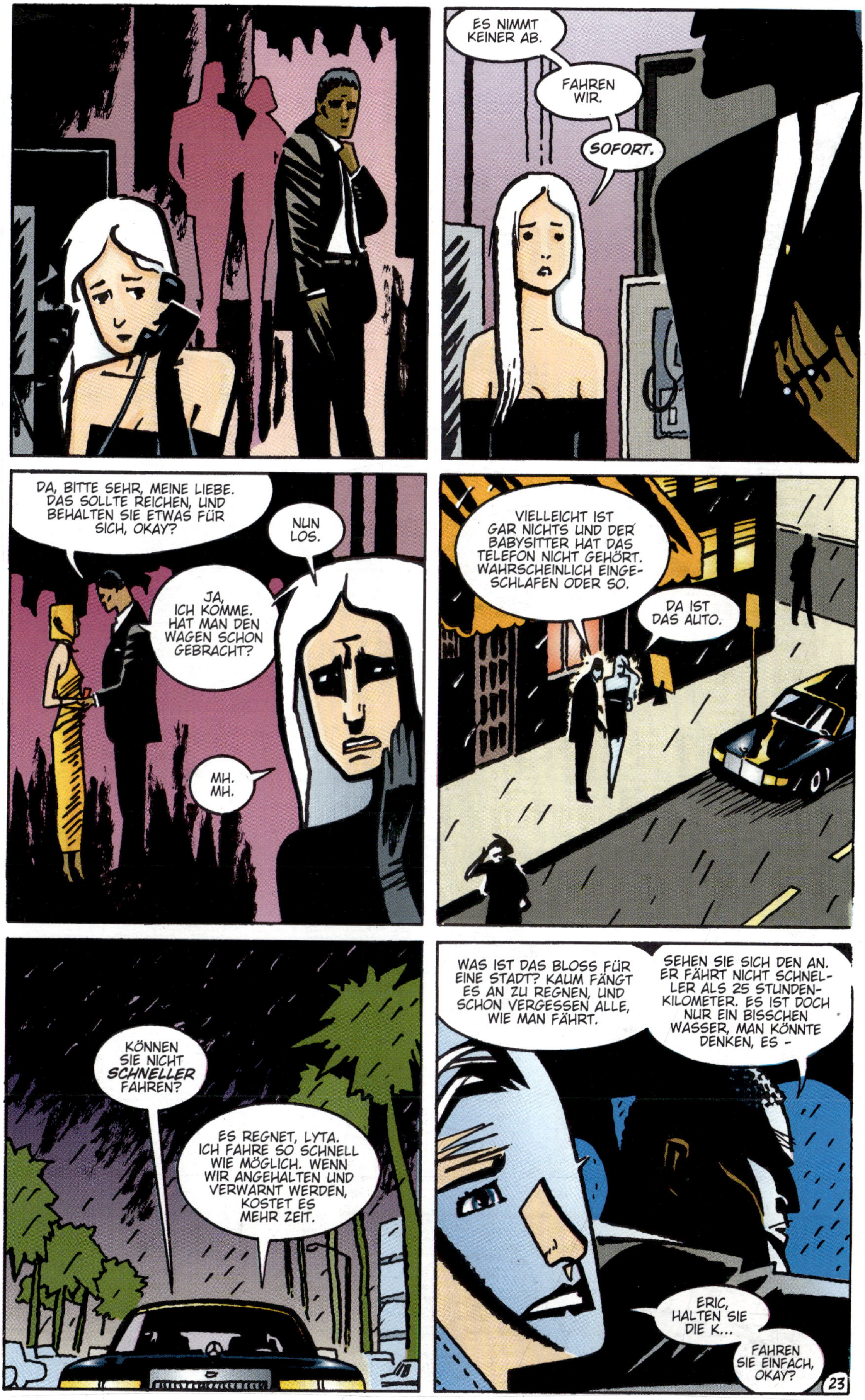
ES NIMMT KEINER AB.
FAHREN WIR.
SOFORT.
DA, BITTE SEHR, MEINE LIEBE. DAS SOLLTE REICHEN, UND BEHALTEN SIE ETWAS FÜR SICH, OKAY?
NUN LOS.
JA, ICH KOMME. HAT MAN DEN WAGEN SCHON GEBRACHT?
MH. MH.
VIELLEICHT IST GAR NICHTS UND DER BABYSITTER HAT DAS TELEFON NICHT GEHÖRT. WAHRSCHEINLICH EINGE-SCHLAFEN ODER SO.
DA IST DAS AUTO.
KÖNNEN SIE NICHT SCHNELLER FAHREN?
ES REGNET, LYTA. ICH FAHRE SO SCHNELL WIE MÖGLICH. WENN WIR ANGEHALTEN UND VERWARNT WERDEN, KOSTET ES MEHR ZEIT.
WAS IST DAS BLOSS FÜR EINE STADT? KAUM FÄNGT ES AN ZU REGNEN, UND SCHON VERGESSEN ALLE, WIE MAN FÄHRT.
SEHEN SIE SICH DEN AN. ER FÄHRT NICHT SCHNEL-LER ALS 25 STUNDEN-KILOMETER. ES IST DOCH NUR EIN BISSCHEN WASSER, MAN KÖNNTE DENKEN, ES –
ERIC, HALTEN SIE DIE K...
FAHREN SIE EINFACH, OKAY?
23

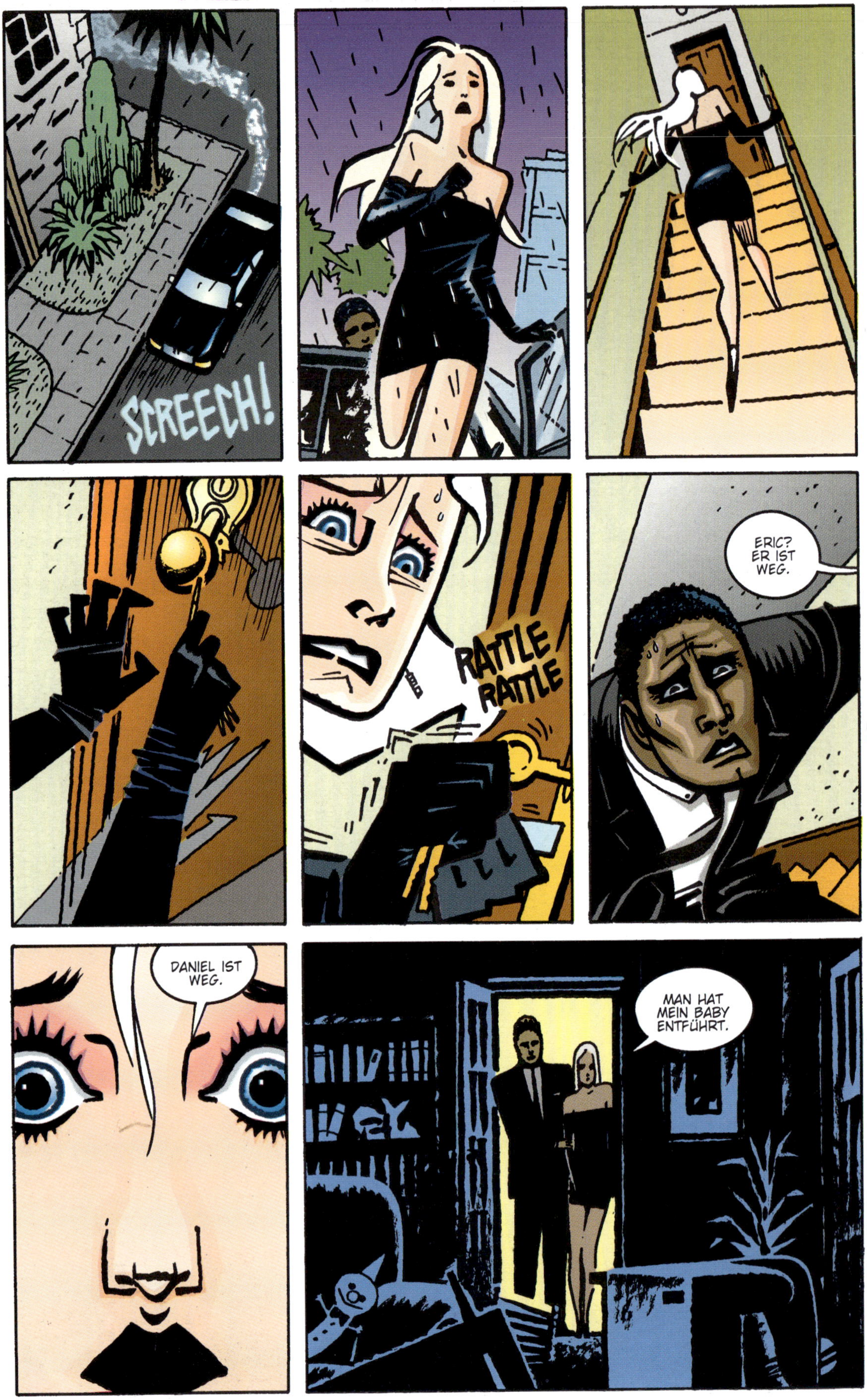
SCREECH!
RATTLE RATTLE
ERIC? ER IST WEG.
DANIEL IST WEG.
MAN HAT MEIN BABY ENTFÜHRT.

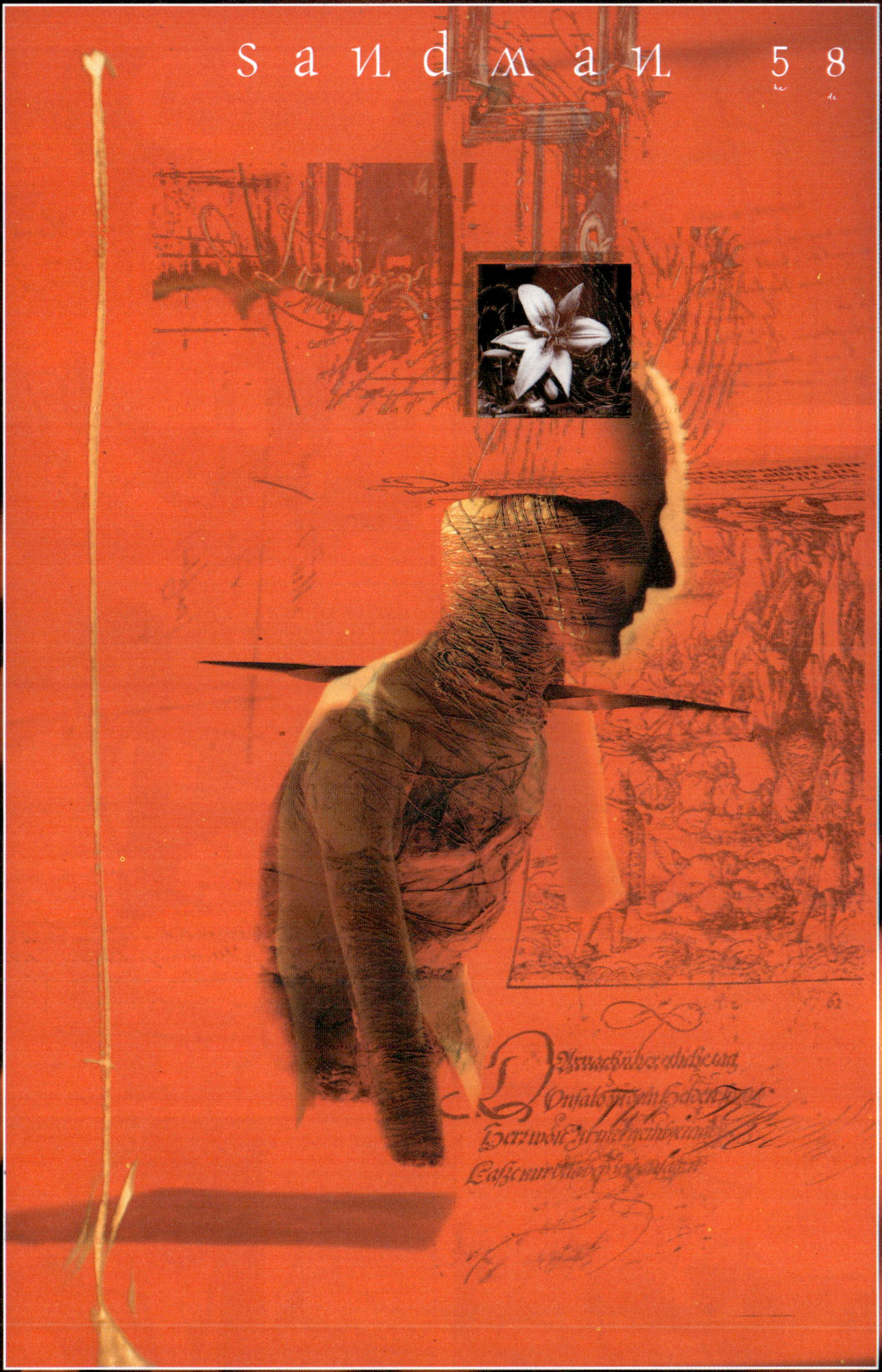


Ich fragte Neil, ob in der Geschichte ein Fisch vorkommen würde.

Neil erzählte mir von dem Kind in der Szene vor der Feuerstelle für Nr. 58, und dann, drei Wochen später, zog er die Idee zurück und sagte, das würde erst in Nr. 59 erscheinen. Diese zwei Cover wurden gleichzeitig gemacht und setzten die Arbeit mit Skulpturen von Nr. 57 fort.

Zu diesem Zeitpunkt war die Aussicht auf einen Fisch in der Geschichte vage, aber ich hatte Hoffnung.

DM

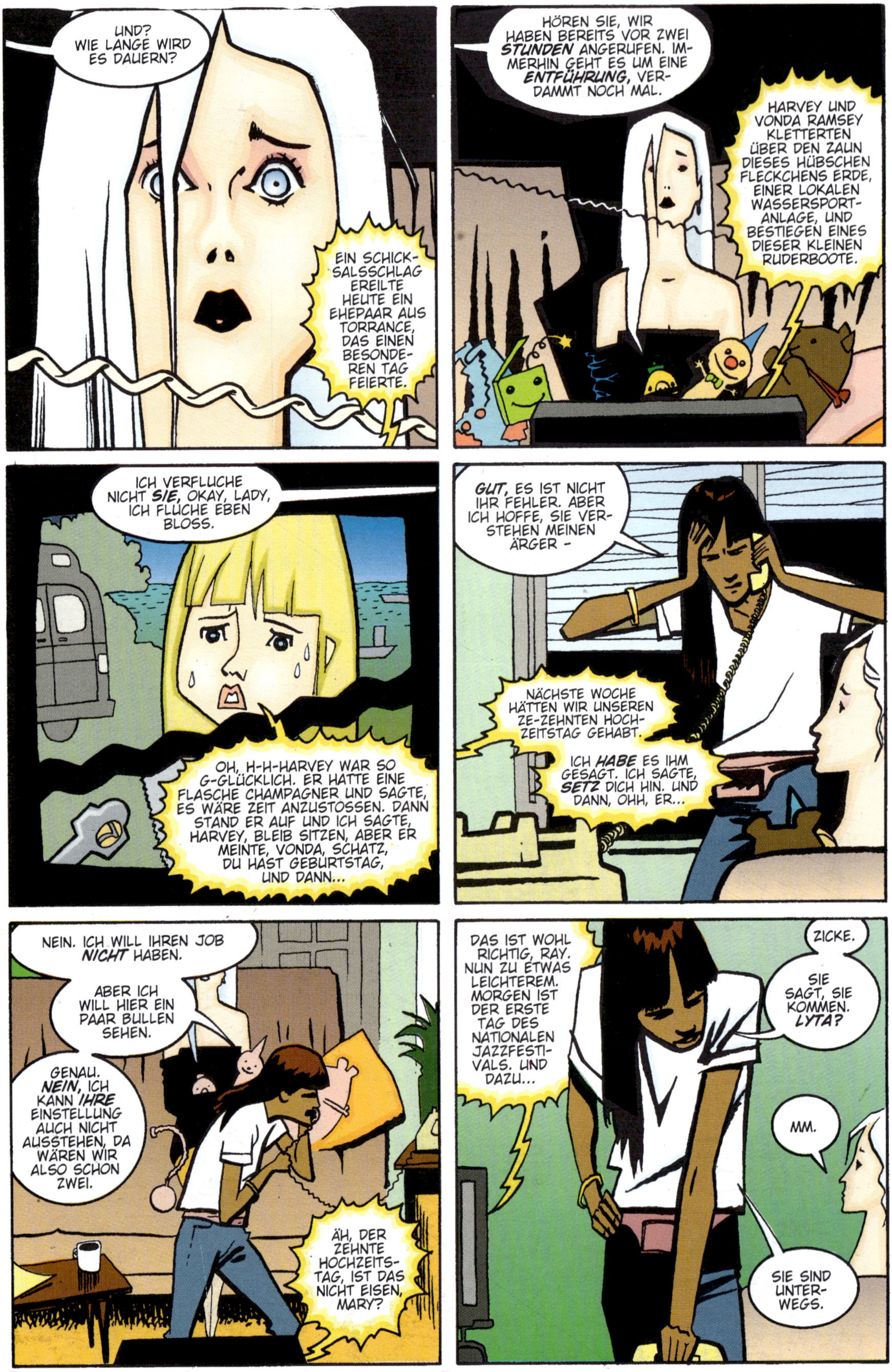
UND? WIE LANGE WIRD ES DAUERN?
EIN SCHICKSALSSCHLAG EREILTE HEUTE EIN EHEPAAR AUS TORRANCE, DAS EINEN BESONDEREN TAG FEIERTE.
HÖREN SIE, WIR HABEN BEREITS VOR ZWEI STUNDEN ANGERUFEN. IMMERHIN GEHT ES UM EINE ENTFÜHRUNG, VERDAMMT NOCH MAL.
HARVEY UND VONDA RAMSEY KLETTERTEN ÜBER DEN ZAUN DIESES HÜBSCHEN FLECKCHENS ERDE, EINER LOKALEN WASSERSPORTANLAGE, UND BESTIEGEN EINES DIESER KLEINEN RUDERBOOTE.
ICH VERFLUCHE NICHT SIE, OKAY, LADY, ICH FLUCHE EBEN BLOSS.
OH, H-H-HARVEY WAR SO G-GLÜCKLICH. ER HATTE EINE FLASCHE CHAMPAGNER UND SAGTE, ES WÄRE ZEIT ANZUSTOSSEN. DANN STAND ER AUF UND ICH SAGTE, HARVEY, BLEIB SITZEN, ABER ER MEINTE, VONDA, SCHATZ, DU HAST GEBURTSTAG, UND DANN...
GUT, ES IST NICHT IHR FEHLER. ABER ICH HOFFE, SIE VERSTEHEN MEINEN ÄRGER –
NÄCHSTE WOCHE HÄTTEN WIR UNSEREN ZE-ZEHNTEN HOCHZEITSTAG GEHABT.
ICH HABE ES IHM GESAGT. ICH SAGTE, SETZ DICH HIN. UND DANN, OHH, ER...
NEIN. ICH WILL IHREN JOB NICHT HABEN.
ABER ICH WILL HIER EIN PAAR BULLEN SEHEN.
GENAU. NEIN, ICH KANN IHRE EINSTELLUNG AUCH NICHT AUSSTEHEN, DA WÄREN WIR ALSO SCHON ZWEI.
ÄH, DER ZEHNTE HOCHZEITSTAG, IST DAS NICHT EISEN, MARY?
DAS IST WOHL RICHTIG, RAY. NUN ZU ETWAS LEICHTEREM. MORGEN IST DER ERSTE TAG DES NATIONALEN JAZZFESTIVALS. UND DAZU...
ZICKE.
SIE SAGT, SIE KOMMEN. LYTA?
MM.
SIE SIND UNTERWEGS.

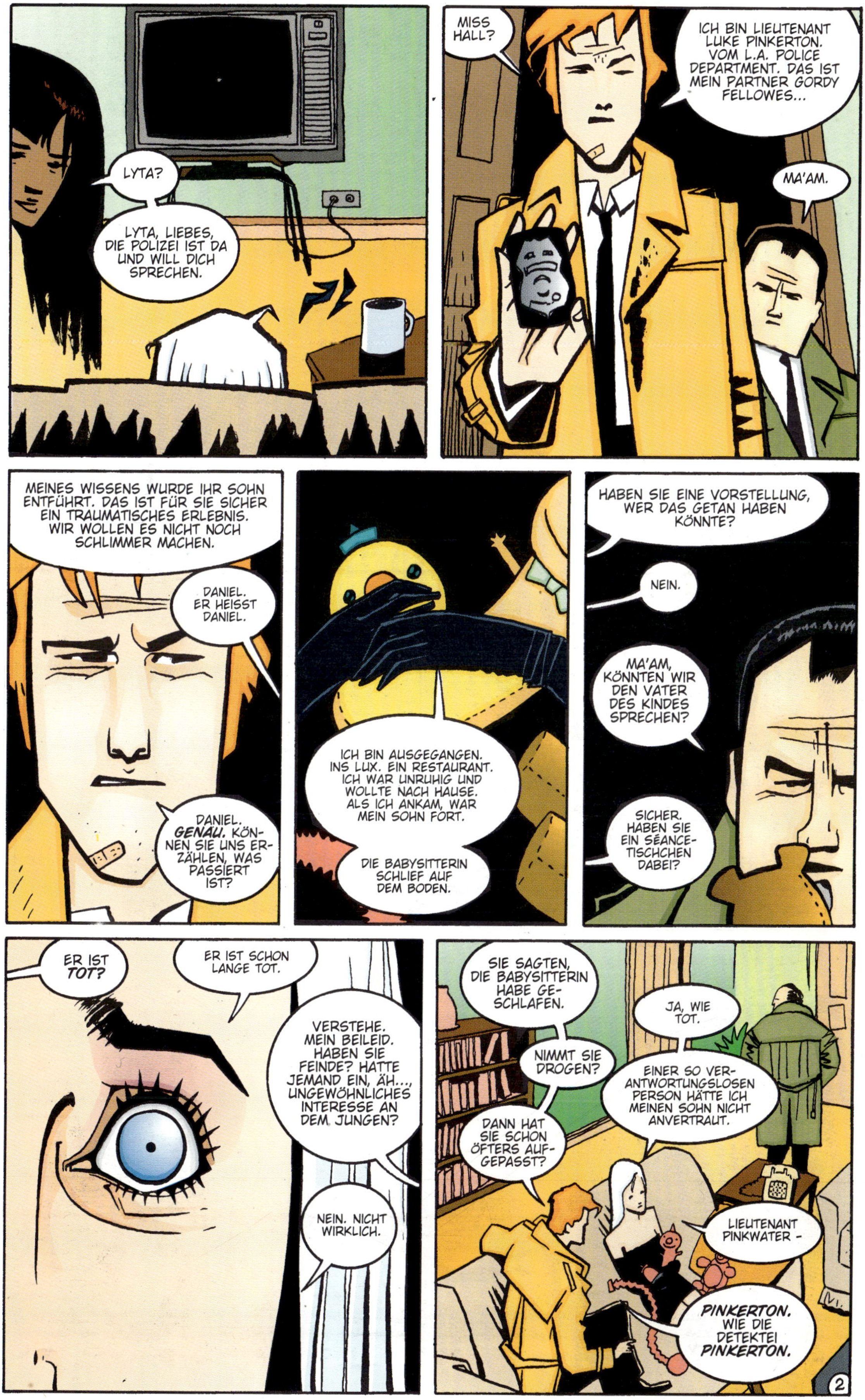
LYTA?
LYTA, LIEBES, DIE POLIZEI IST DA UND WILL DICH SPRECHEN.
MISS HALL?
ICH BIN LIEUTENANT LUKE PINKERTON. VOM L.A. POLICE DEPARTMENT. DAS IST MEIN PARTNER GORDY FELLOWES...
MA'AM.
MEINES WISSENS WURDE IHR SOHN ENTFÜHRT. DAS IST FÜR SIE SICHER EIN TRAUMATISCHES ERLEBNIS. WIR WOLLEN ES NICHT NOCH SCHLIMMER MACHEN.
DANIEL. ER HEISST DANIEL.
DANIEL. **GENAU.** KÖNNEN SIE UNS ERZÄHLEN, WAS PASSIERT IST?
ICH BIN AUSGEGANGEN. INS LUX. EIN RESTAURANT. ICH WAR UNRUHIG UND WOLLTE NACH HAUSE. ALS ICH ANKAM, WAR MEIN SOHN FORT.
DIE BABYSITTERIN SCHLIEF AUF DEM BODEN.
HABEN SIE EINE VORSTELLUNG, WER DAS GETAN HABEN KÖNNTE?
NEIN.
MA'AM, KÖNNTEN WIR DEN VATER DES KINDES SPRECHEN?
SICHER. HABEN SIE EIN SÉANCETISCHCHEN DABEI?
ER IST ***TOT?***
ER IST SCHON LANGE TOT.
VERSTEHE. MEIN BEILEID. HABEN SIE FEINDE? HATTE JEMAND EIN, ÄH..., UNGEWÖHNLICHES INTERESSE AN DEM JUNGEN?
NEIN. NICHT WIRKLICH.
SIE SAGTEN, DIE BABYSITTERIN HABE GESCHLAFEN.
JA, WIE TOT.
NIMMT SIE DROGEN?
EINER SO VERANTWORTUNGSLOSEN PERSON HÄTTE ICH MEINEN SOHN NICHT ANVERTRAUT.
DANN HAT SIE SCHON ÖFTERS AUFGEPASST?
LIEUTENANT PINKWATER -
***PINKERTON.*** WIE DIE DETEKTEI ***PINKERTON.***

LIEUTENANT PINKERTON, ICH BIN DREI JAHRE LANG KAUM AUS DEM HAUS GEKOMMEN.
AN DIESEM ABEND BIN ICH NUR WEGEN EINES STELLENANGEBOTS AUSGEGANGEN, UND MEINE FREUNDIN CARLA MEINTE, ICH SOLLTE MICH WENIGSTENS MIT DEM TYPEN TREFFEN UND DARÜBER REDEN.
ER HAT MICH ZURÜCKGEBRACHT.
NEIN, SIE IST NICHT MEINE REGULÄRE BABYSITTERIN, DENN ICH HABE KEINE REGULÄRE BABYSITTERIN.
SIE HAT EIN PAAR MAL AUF DANIEL AUFGEPASST. ER MAG SIE. ER NANNTE SIE WOSIE.
WISSEN SIE, WIE... DERJENIGE, DER IHREN SOHN ENTFÜHRTE... IN DIE WOHNUNG GEKOMMEN IST?
DIE TÜREN WAREN VERSCHLOSSEN. IM SCHLAFZIMMER WAR EIN FENSTER OFFEN. VIELLEICHT SIND SIE DA HEREINGEKOMMEN. ICH WEISS ES NICHT.
JA, DAS WÄRE EINE MÖGLICHKEIT.
WIR SEHEN UNS JETZT UM, WENN ES SIE NICHT STÖRT. UND ICH MUSS MIT DER BABYSITTERIN SPRECHEN.
SIE IST UNTEN. SIE WOHNT DA.
SIE WOLLTE HIER BLEIBEN, ABER LYTA HAT SIE FORTGESCHICKT. DIE ÄRMSTE WAR WIRKLICH GANZ DURCHEINANDER.
MISS HALL? WIR WOLLEN IHNEN HELFEN. IST IHNEN DAS KLAR?
SICHER.
DAS KÖNNEN WIR NUR, WENN SIE UNS HELFEN.
ICH HELFE IHNEN JA.
HE! AN DIESER AUSSENTÜR SIND ALLE SCHLÖSSER KAPUTT.
MA'AM? SAGTEN SIE NICHT, DIE TÜREN WÄREN VERSCHLOSSEN GEWESEN, ALS SIE HEIMKAMEN?
DAS STIMMT.
ABER DIESE SCHLÖSSER SIND ZERSTÖRT. SIEHT AUS, ALS WÄRE EIN LKW GEGEN DIE TÜR GEDONNERT.
ICH.
ES WAR KEIN LKW. DER SCHLÜSSEL KLEMMTE. DARUM HABE ICH MICH DAGEGEN GEWORFEN.
DAS WAR ICH.
3

VIELEN DANK FÜR IHRE HILFE, LADY.
SCHON GUT, NICHTS ZU DANKEN.
SAGEN SIE, IST IHRE FREUNDIN OKAY?
NEIN, NATÜRLICH *NICHT.* IHR SOHN IST ENTFÜHRT WORDEN. SIE STEHT UNTER SCHOCK.
ABER DAS MEINTEN SIE GAR NICHT, ODER? SIE MEINTEN, IST SIE VERRÜCKT, STIMMT'S?
TJA...
*JA,* MA'AM.
LYTA IST MEINE BESTE FREUNDIN. UND SIE HAT WIRKLICH DIE TÜR EINGETRETEN.
SIE... SIE IST SEHR STARK. WENN SIE ERREGT IST. GENAU WIE IN HULK, DIESER ALTEN FERNSEHSERIE. "SIE WÜRDEN ES NICHT MÖGEN, WENN ICH MICH AUFREGE."
UND IM AUGENBLICK IST SIE OFFENSICHTLICH *SEHR* ERREGT.
ES WIRD IHR BESSER GEHEN, WENN DANIEL WIEDER DA IST.
BLEIBEN SIE BEI IHR?
IN DEN NÄCHSTEN TAGEN SICHER.
SIE RUFEN AN, WENN SIE ETWAS ENTDECKEN?
JA. NATÜRLICH.
HÖREN SIE.
ICH WILL ES MAL SO SAGEN. ES GIBT KEINEN GRUND, UNS IN DEN OHREN ZU LIEGEN. SOBALD WIR ETWAS WISSEN, MELDEN *WIR* UNS.
WIR WERDEN WIEDERKOMMEN, MIT DER BABYSITTERIN SPRECHEN, UNS ALLES BEI TAGESLICHT ANSEHEN UND SO WEITER.
WAS, WENN ES EINE LÖSEGELDFORDERUNG GIBT? ODER WENN WIR SELBST ETWAS HERAUSFINDEN?
DANN KONTAKTIEREN SIE UNS UNVERZÜGLICH. HABEN SIE MEINE KARTE?
JA.
UND, MA'AM. PASSEN SIE AUF IHRE FREUNDIN AUF.
ICH VERSUCH'S.
DAS IST DAS MINDESTE.

DIE GÜTIGEN: 2
TEXT NEIL GAIMAN
ZEICHNUNGEN MARC HEMPEL
TUSCHE D'ISRAELI
FARBEN: DANIEL VOZZO
ÜBERSETZUNG: GERLINDE ALTHOFF
LETTERING: MATTHIAS ROTTLER & TORSTEN TAG
DIE SANDMAN-CHARAKTERE WURDEN ERDACHT VON GAIMAN, KIETH & DRINGENBERG
SEID GEGRÜSST!
HALTET EIN, FREMDER, UND NENNT EUREN NAMEN.
CLURACAN VON DEN FEEN. AUSSERORDENTLICHER BOTSCHAFTER IHRER MAJESTÄT, DER KÖNIGIN DES ELFENREICHS.
IHR KOMMT ALS GESANDTER, CLURACAN? MAN HAT UNS VON EUREM BESUCH NICHT UNTERRICHTET.
ICH KOMME ALS PRIVATMANN. ICH MÖCHTE MEINE SCHWESTER, LADY NUALA, BESUCHEN, DIE IN DIESEM REICH WEILT.
AH.
WARTET HIER.

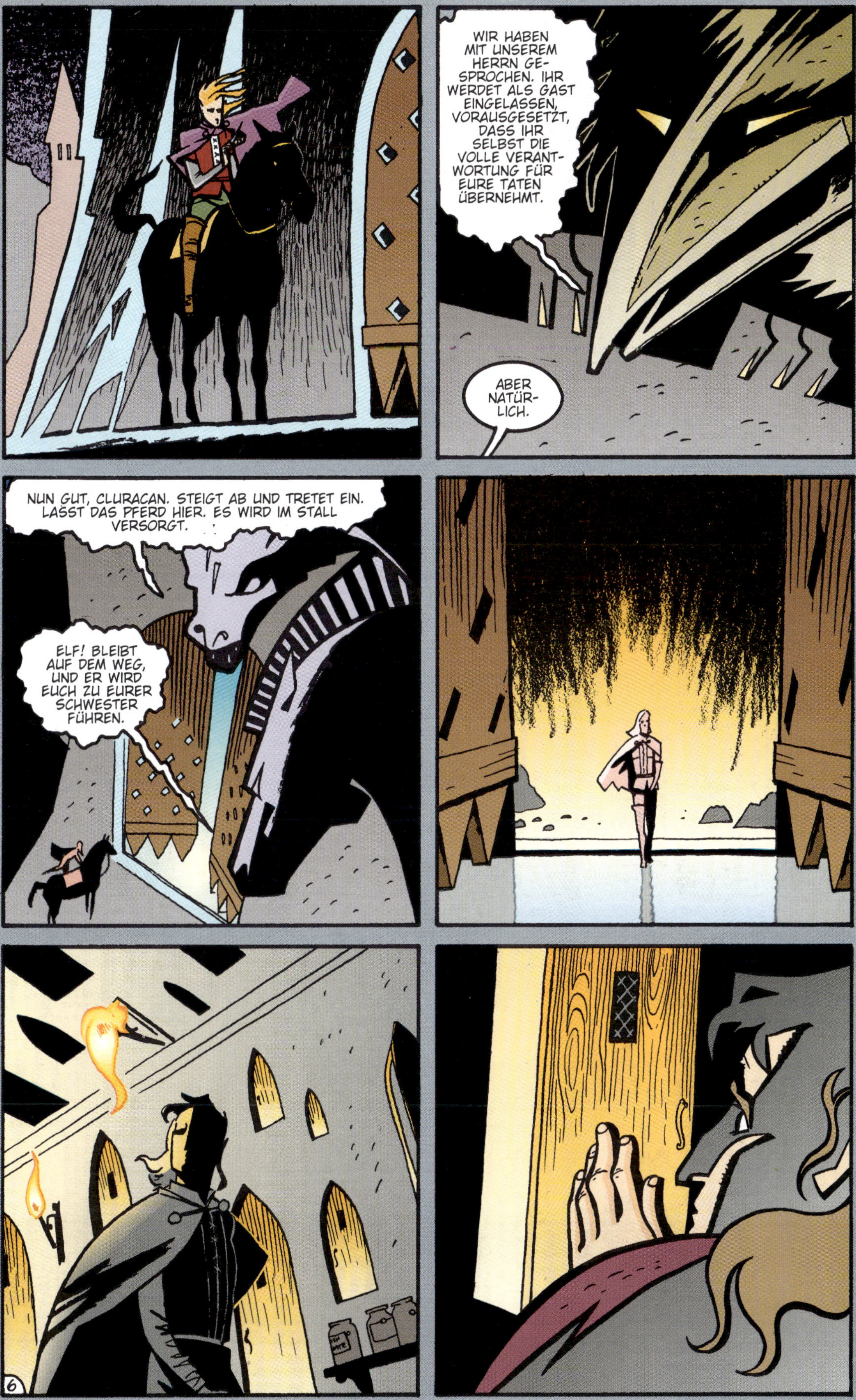
WIR HABEN MIT UNSEREM HERRN GESPROCHEN. IHR WERDET ALS GAST EINGELASSEN, VORAUSGESETZT, DASS IHR SELBST DIE VOLLE VERANTWORTUNG FÜR EURE TATEN ÜBERNEHMT.
ABER NATÜRLICH.
NUN GUT, CLURACAN. STEIGT AB UND TRETET EIN. LASST DAS PFERD HIER. ES WIRD IM STALL VERSORGT.
ELF! BLEIBT AUF DEM WEG, UND ER WIRD EUCH ZU EURER SCHWESTER FÜHREN.

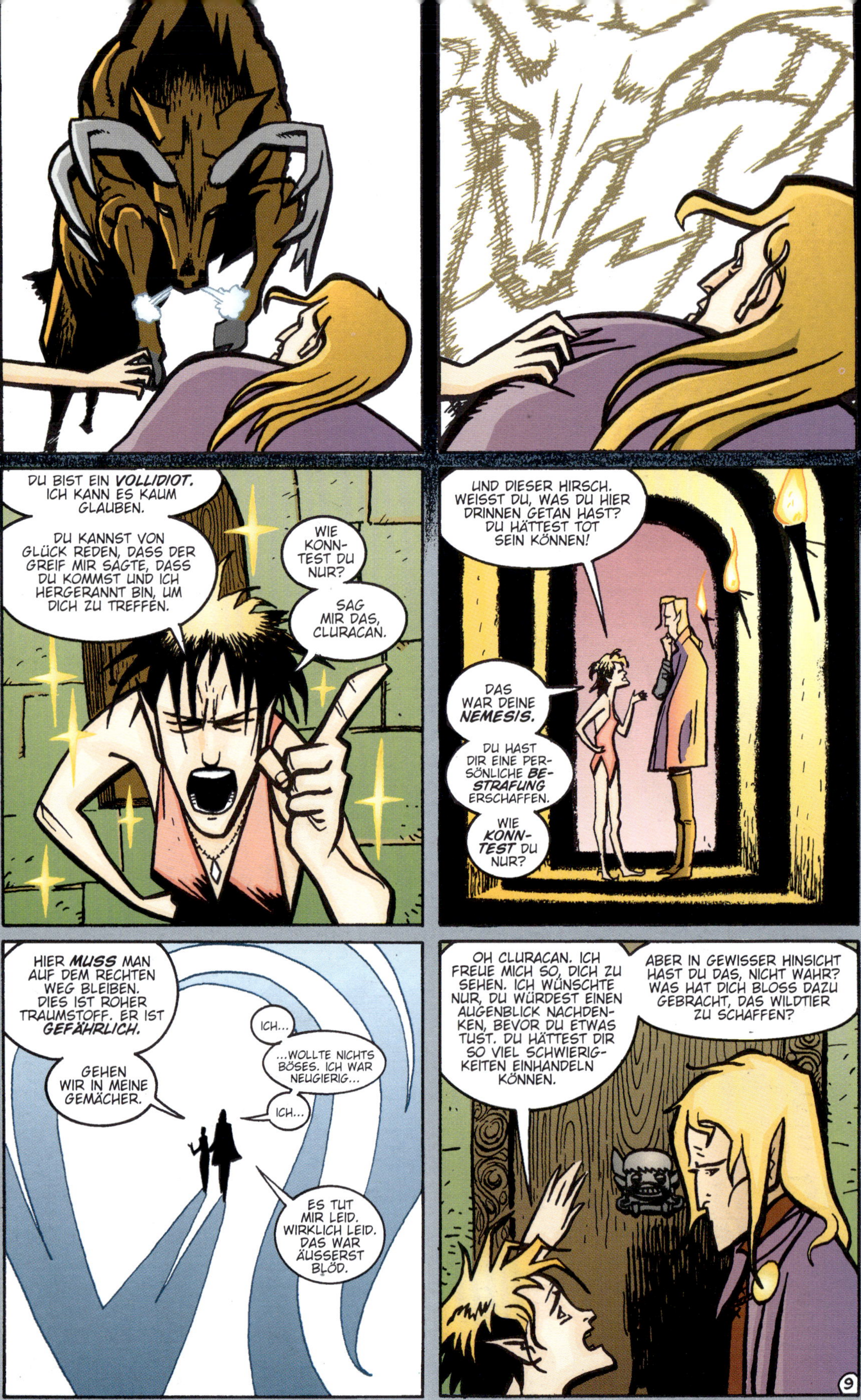
DU BIST EIN VOLLIDIOT. ICH KANN ES KAUM GLAUBEN.
DU KANNST VON GLÜCK REDEN, DASS DER GREIF MIR SAGTE, DASS DU KOMMST UND ICH HERGERANNT BIN, UM DICH ZU TREFFEN.
WIE KONNTEST DU NUR?
SAG MIR DAS, CLURACAN.
UND DIESER HIRSCH. WEISST DU, WAS DU HIER DRINNEN GETAN HAST? DU HÄTTEST TOT SEIN KÖNNEN!
DAS WAR DEINE NEMESIS.
DU HAST DIR EINE PERSÖNLICHE BESTRAFUNG ERSCHAFFEN.
WIE KONNTEST DU NUR?
HIER MUSS MAN AUF DEM RECHTEN WEG BLEIBEN. DIES IST ROHER TRAUMSTOFF. ER IST GEFÄHRLICH.
ICH...
...WOLLTE NICHTS BÖSES. ICH WAR NEUGIERIG...
GEHEN WIR IN MEINE GEMÄCHER.
ICH...
ES TUT MIR LEID. WIRKLICH LEID. DAS WAR ÄUSSERST BLÖD.
OH CLURACAN. ICH FREUE MICH SO, DICH ZU SEHEN. ICH WÜNSCHTE NUR, DU WÜRDEST EINEN AUGENBLICK NACHDENKEN, BEVOR DU ETWAS TUST. DU HÄTTEST DIR SO VIEL SCHWIERIGKEITEN EINHANDELN KÖNNEN.
ABER IN GEWISSER HINSICHT HAST DU DAS, NICHT WAHR? WAS HAT DICH BLOSS DAZU GEBRACHT, DAS WILDTIER ZU SCHAFFEN?

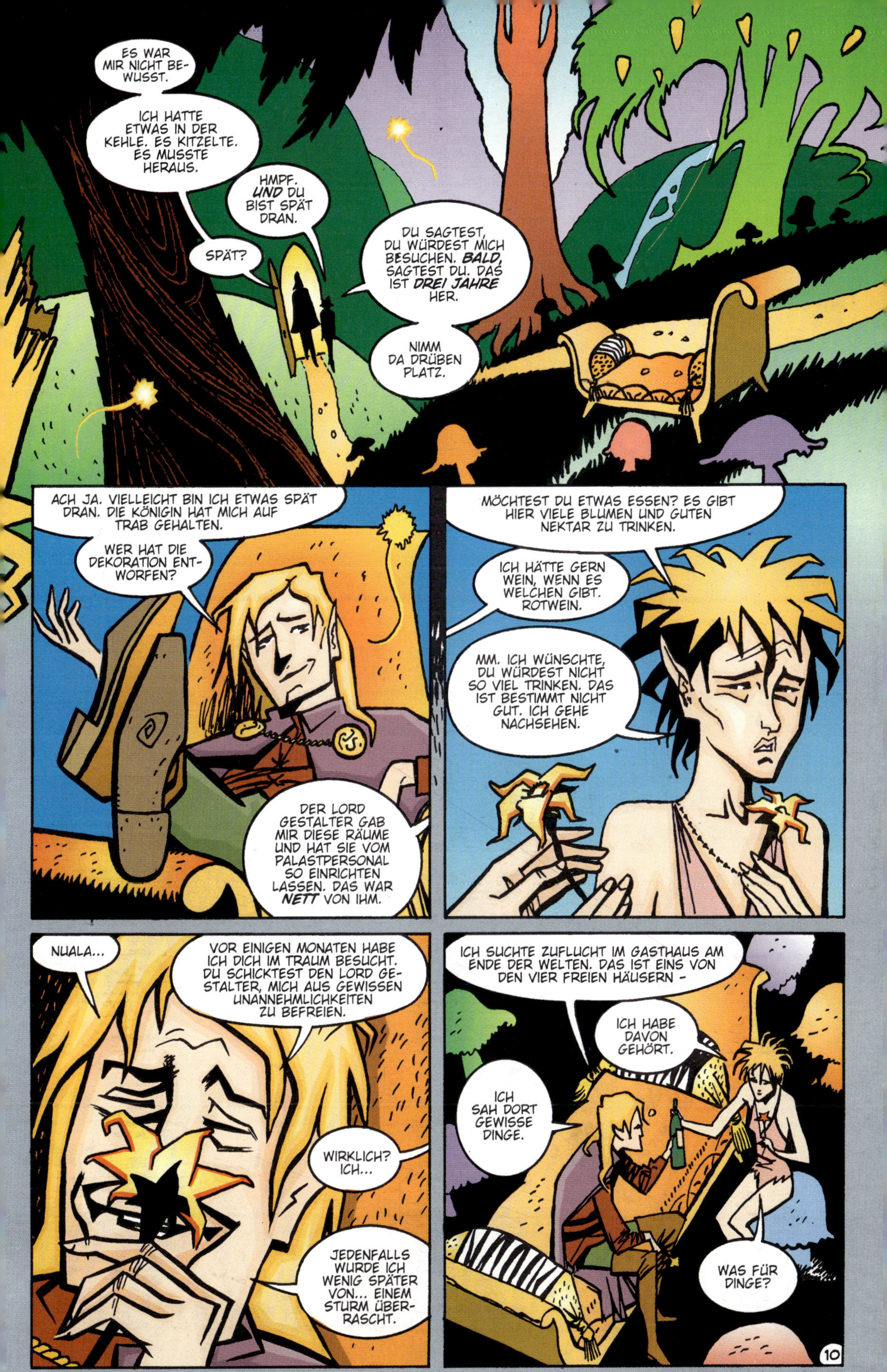
ES WAR MIR NICHT BEWUSST.
ICH HATTE ETWAS IN DER KEHLE. ES KITZELTE. ES MUSSTE HERAUS.
SPÄT?
HMPF. UND DU BIST SPÄT DRAN.
DU SAGTEST, DU WÜRDEST MICH BESUCHEN. BALD, SAGTEST DU. DAS IST DREI JAHRE HER.
NIMM DA DRÜBEN PLATZ.
ACH JA. VIELLEICHT BIN ICH ETWAS SPÄT DRAN. DIE KÖNIGIN HAT MICH AUF TRAB GEHALTEN.
WER HAT DIE DEKORATION ENTWORFEN?
DER LORD GESTALTER GAB MIR DIESE RÄUME UND HAT SIE VOM PALASTPERSONAL SO EINRICHTEN LASSEN. DAS WAR NETT VON IHM.
MÖCHTEST DU ETWAS ESSEN? ES GIBT HIER VIELE BLUMEN UND GUTEN NEKTAR ZU TRINKEN.
ICH HÄTTE GERN WEIN, WENN ES WELCHEN GIBT. ROTWEIN.
MM. ICH WÜNSCHTE, DU WÜRDEST NICHT SO VIEL TRINKEN. DAS IST BESTIMMT NICHT GUT. ICH GEHE NACHSEHEN.
NUALA...
VOR EINIGEN MONATEN HABE ICH DICH IM TRAUM BESUCHT. DU SCHICKTEST DEN LORD GESTALTER, MICH AUS GEWISSEN UNANNEHMLICHKEITEN ZU BEFREIEN.
WIRKLICH? ICH...
JEDENFALLS WURDE ICH WENIG SPÄTER VON... EINEM STURM ÜBERRASCHT.
ICH SUCHTE ZUFLUCHT IM GASTHAUS AM ENDE DER WELTEN. DAS IST EINS VON DEN VIER FREIEN HÄUSERN –
ICH HABE DAVON GEHÖRT.
ICH SAH DORT GEWISSE DINGE.
WAS FÜR DINGE?

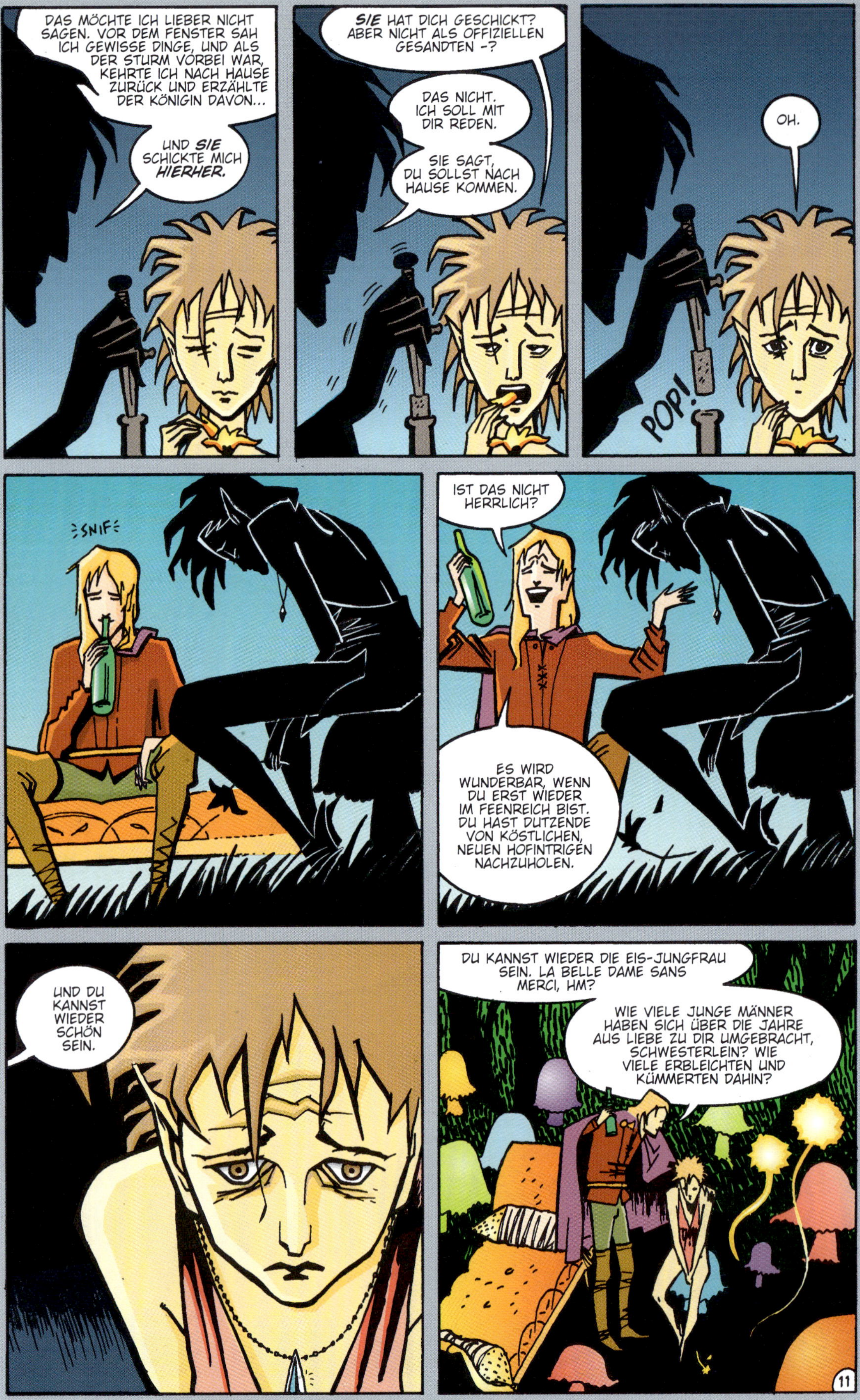
DAS MÖCHTE ICH LIEBER NICHT SAGEN. VOR DEM FENSTER SAH ICH GEWISSE DINGE, UND ALS DER STURM VORBEI WAR, KEHRTE ICH NACH HAUSE ZURÜCK UND ERZÄHLTE DER KÖNIGIN DAVON...
UND SIE SCHICKTE MICH HIERHER.
SIE HAT DICH GESCHICKT? ABER NICHT ALS OFFIZIELLEN GESANDTEN -?
DAS NICHT. ICH SOLL MIT DIR REDEN.
SIE SAGT, DU SOLLST NACH HAUSE KOMMEN.
OH.
POP!
SNIF
IST DAS NICHT HERRLICH?
ES WIRD WUNDERBAR, WENN DU ERST WIEDER IM FEENREICH BIST. DU HAST DUTZENDE VON KÖSTLICHEN, NEUEN HOFINTRIGEN NACHZUHOLEN.
UND DU KANNST WIEDER SCHÖN SEIN.
DU KANNST WIEDER DIE EIS-JUNGFRAU SEIN. LA BELLE DAME SANS MERCI, HM?
WIE VIELE JUNGE MÄNNER HABEN SICH ÜBER DIE JAHRE AUS LIEBE ZU DIR UMGEBRACHT, SCHWESTERLEIN? WIE VIELE ERBLEICHTEN UND KÜMMERTEN DAHIN?

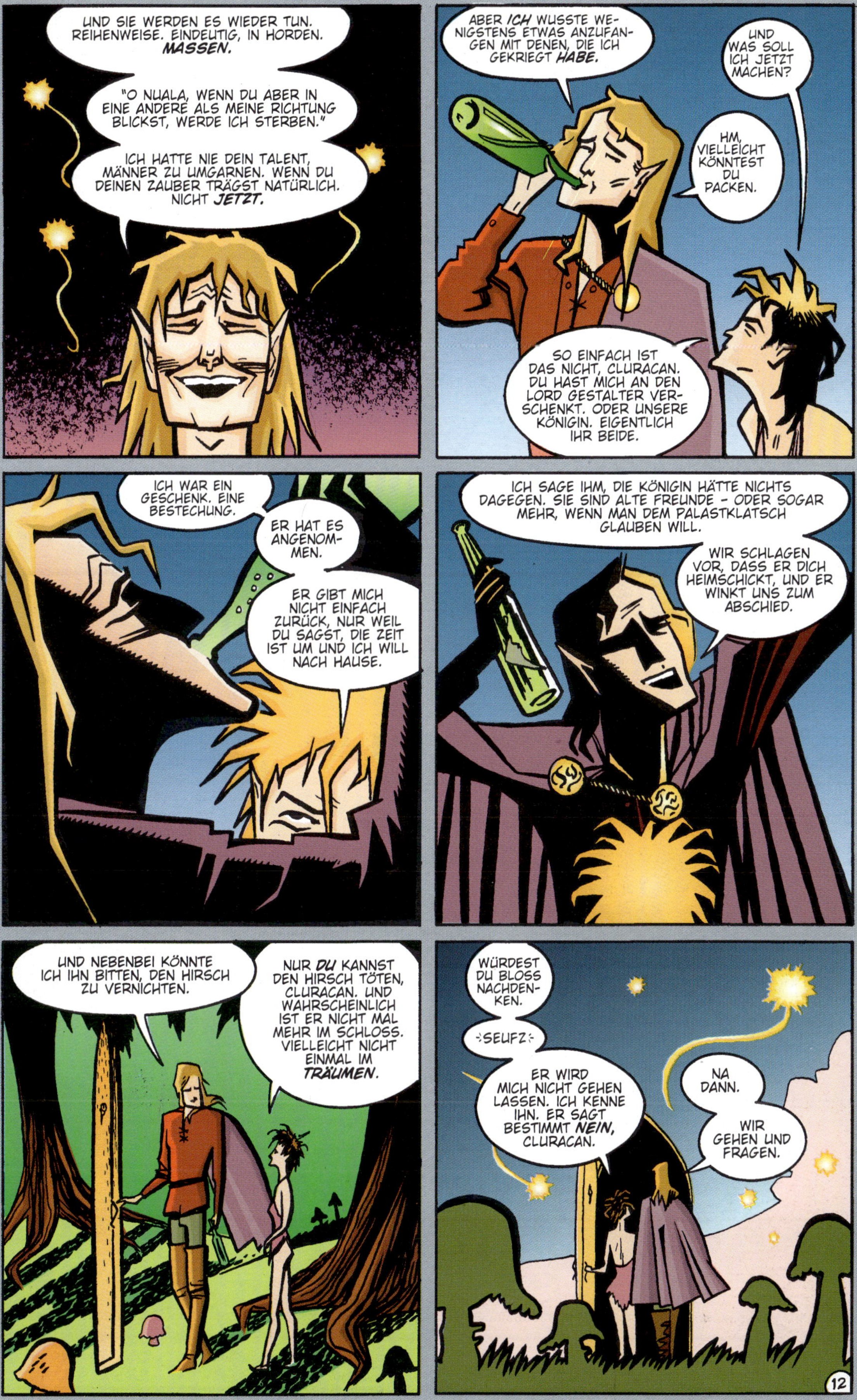
UND SIE WERDEN ES WIEDER TUN. REIHENWEISE. EINDEUTIG, IN HORDEN. MASSEN.
"O NUALA, WENN DU ABER IN EINE ANDERE ALS MEINE RICHTUNG BLICKST, WERDE ICH STERBEN."
ICH HATTE NIE DEIN TALENT, MÄNNER ZU UMGARNEN. WENN DU DEINEN ZAUBER TRÄGST NATÜRLICH. NICHT JETZT.
ABER ICH WUSSTE WENIGSTENS ETWAS ANZUFANGEN MIT DENEN, DIE ICH GEKRIEGT HABE.
UND WAS SOLL ICH JETZT MACHEN?
HM, VIELLEICHT KÖNNTEST DU PACKEN.
SO EINFACH IST DAS NICHT, CLURACAN. DU HAST MICH AN DEN LORD GESTALTER VERSCHENKT. ODER UNSERE KÖNIGIN. EIGENTLICH IHR BEIDE.
ICH WAR EIN GESCHENK. EINE BESTECHUNG.
ER HAT ES ANGENOMMEN.
ER GIBT MICH NICHT EINFACH ZURÜCK, NUR WEIL DU SAGST, DIE ZEIT IST UM UND ICH WILL NACH HAUSE.
ICH SAGE IHM, DIE KÖNIGIN HÄTTE NICHTS DAGEGEN. SIE SIND ALTE FREUNDE – ODER SOGAR MEHR, WENN MAN DEM PALASTKLATSCH GLAUBEN WILL.
WIR SCHLAGEN VOR, DASS ER DICH HEIMSCHICKT, UND ER WINKT UNS ZUM ABSCHIED.
UND NEBENBEI KÖNNTE ICH IHN BITTEN, DEN HIRSCH ZU VERNICHTEN.
NUR DU KANNST DEN HIRSCH TÖTEN, CLURACAN. UND WAHRSCHEINLICH IST ER NICHT MAL MEHR IM SCHLOSS. VIELLEICHT NICHT EINMAL IM TRÄUMEN.
WÜRDEST DU BLOSS NACHDENKEN.
SEUFZ
ER WIRD MICH NICHT GEHEN LASSEN. ICH KENNE IHN. ER SAGT BESTIMMT NEIN, CLURACAN.
NA DANN.
WIR GEHEN UND FRAGEN.
12

EEEEEEE!
5:03
LYTA? LYTA. ALLES OKAY? ICH BIN DA.
MMM. AHH. MMM.
LYTA?
WACH AUF. BIST DU WACH? LYTA? ICH BIN'S. ALLES IN ORDNUNG.
SCHEISSE, MÄDCHEN. DU MACHST MIR ANGST.
...CARLA?
DU HAST IM SCHLAF GESCHRIEN.
ICH... HABE ICH?
MH-HM.
WILLST DU'S MIR ERZÄHLEN?
ICH WEISS NICHT.
ES KAM MIR SO REAL VOR. SO ECHT.
WAS DENN?

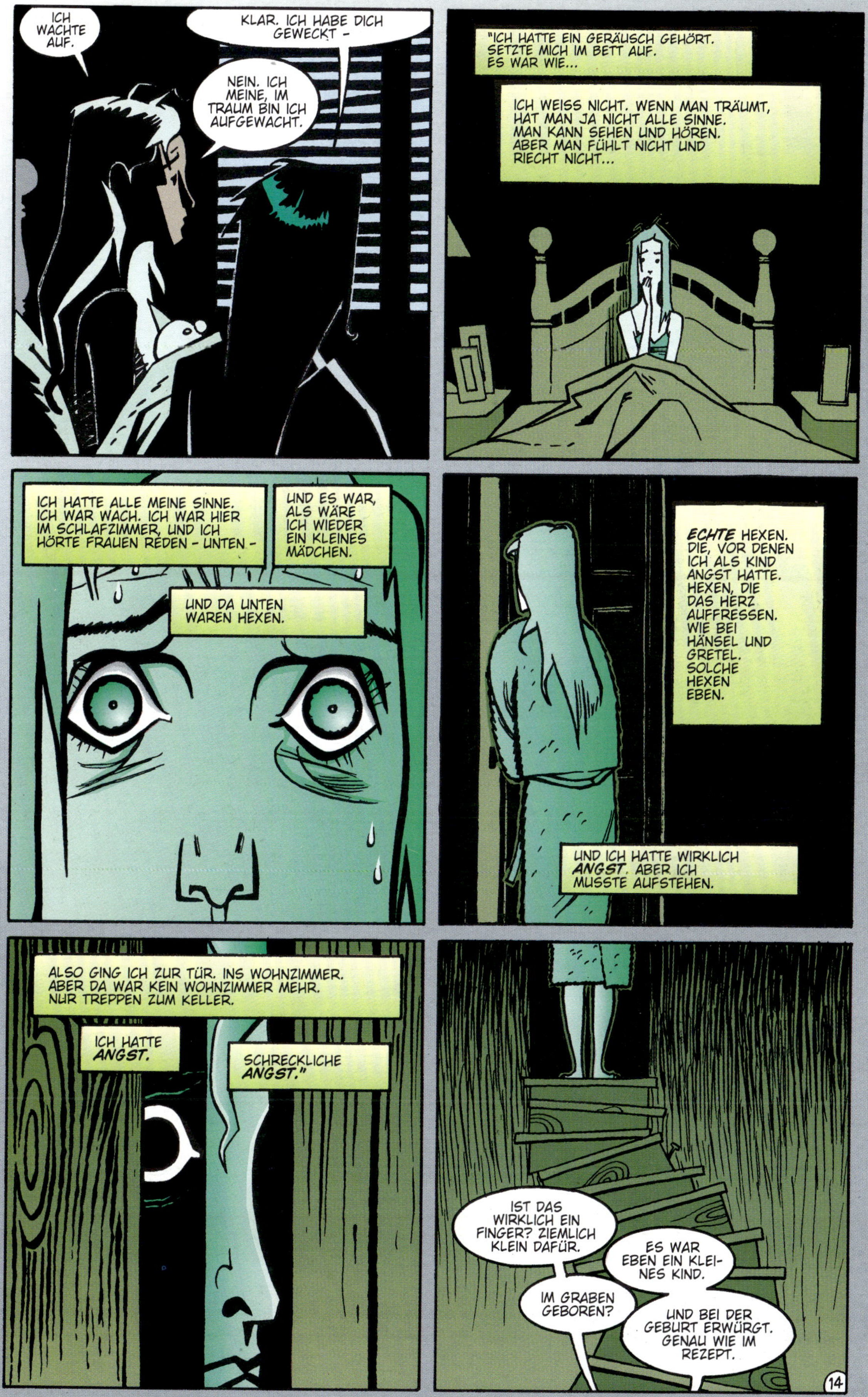

ICH WACHTE AUF.
KLAR. ICH HABE DICH GEWECKT –
NEIN. ICH MEINE, IM TRAUM BIN ICH AUFGEWACHT.
"ICH HATTE EIN GERÄUSCH GEHÖRT. SETZTE MICH IM BETT AUF. ES WAR WIE...
ICH WEISS NICHT. WENN MAN TRÄUMT, HAT MAN JA NICHT ALLE SINNE. MAN KANN SEHEN UND HÖREN. ABER MAN FÜHLT NICHT UND RIECHT NICHT...
ICH HATTE ALLE MEINE SINNE. ICH WAR WACH. ICH WAR HIER IM SCHLAFZIMMER, UND ICH HÖRTE FRAUEN REDEN – UNTEN. –
UND ES WAR, ALS WÄRE ICH WIEDER EIN KLEINES MÄDCHEN.
UND DA UNTEN WAREN HEXEN.
*ECHTE* HEXEN. DIE, VOR DENEN ICH ALS KIND ANGST HATTE. HEXEN, DIE DAS HERZ AUFFRESSEN. WIE BEI HÄNSEL UND GRETEL. SOLCHE HEXEN EBEN.
UND ICH HATTE WIRKLICH *ANGST*. ABER ICH MUSSTE AUFSTEHEN.
ALSO GING ICH ZUR TÜR. INS WOHNZIMMER. ABER DA WAR KEIN WOHNZIMMER MEHR. NUR TREPPEN ZUM KELLER.
ICH HATTE *ANGST.*
SCHRECKLICHE *ANGST."*
IST DAS WIRKLICH EIN FINGER? ZIEMLICH KLEIN DAFÜR.
ES WAR EBEN EIN KLEINES KIND.
IM GRABEN GEBOREN?
UND BEI DER GEBURT ERWÜRGT. GENAU WIE IM REZEPT.

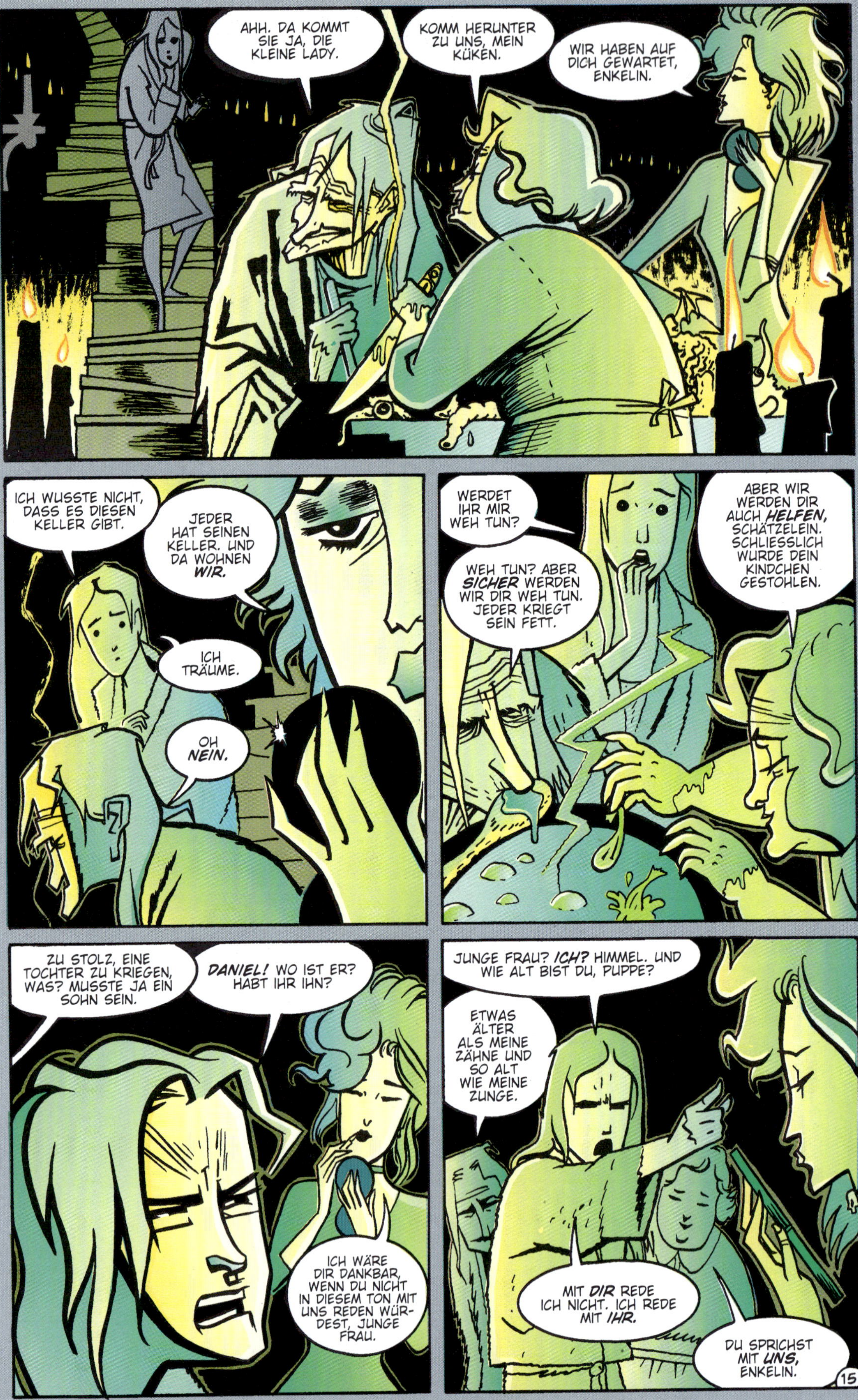
AHH. DA KOMMT SIE JA, DIE KLEINE LADY.
KOMM HERUNTER ZU UNS, MEIN KÜKEN.
WIR HABEN AUF DICH GEWARTET, ENKELIN.
ICH WUSSTE NICHT, DASS ES DIESEN KELLER GIBT.
JEDER HAT SEINEN KELLER. UND DA WOHNEN WIR.
ICH TRÄUME.
OH NEIN.
WERDET IHR MIR WEH TUN?
WEH TUN? ABER SICHER WERDEN WIR DIR WEH TUN. JEDER KRIEGT SEIN FETT.
ABER WIR WERDEN DIR AUCH HELFEN, SCHÄTZELEIN. SCHLIESSLICH WURDE DEIN KINDCHEN GESTOHLEN.
ZU STOLZ, EINE TOCHTER ZU KRIEGEN, WAS? MUSSTE JA EIN SOHN SEIN.
DANIEL! WO IST ER? HABT IHR IHN?
ICH WÄRE DIR DANKBAR, WENN DU NICHT IN DIESEM TON MIT UNS REDEN WÜRDEST, JUNGE FRAU.
JUNGE FRAU? ICH? HIMMEL. UND WIE ALT BIST DU, PUPPE?
ETWAS ÄLTER ALS MEINE ZÄHNE UND SO ALT WIE MEINE ZUNGE.
MIT DIR REDE ICH NICHT. ICH REDE MIT IHR.
DU SPRICHST MIT UNS, ENKELIN.

ICH HABE GENUG VON IHR. SIE HAT IHRE DREI FRAGEN GEHABT. UND VERSCHWENDET. SIE HAT NICHT EINEN FUNKEN VON IHRER MUTTER.
MEINE MUTTER? IHR KANNTET SIE?
ICH REDE NICHT MEHR MIT DIR. WO IST DAS TIGER-CHAUDRON?
WAS IST CHAUDRON?
DÄRME. EINGE-WEIDE.
ICH DACHTE, ES WÄRE EINE FARBE. AH. DA HABEN WIR ES. RIECHT SCHON ETWAS.
MOMENT MAL. IHR HABT NICHT ALLE MEINE FRAGEN BEANT-WORTET.
IHR HABT NICHT GESAGT, WO DANIEL IST. DAS HABE ICH GEFRAGT.
DIE, DIE FRAGEN, KRIEGEN NICHTS.
UND DIE, DIE NICHT FRAGEN, WOLLEN NICHTS. HIHIHI!
DU HAST RECHT.
DANIEL WURDE DIR GENOMMEN. DU HAST SCHON MIT DENEN GESPROCHEN, DIE IHN HABEN.
WO IST ER JETZT?
SIE WERDEN IHN INS FEUER WERFEN, KLEINE KRATZBÜRSTE.
WAS?
CHOP
CHOP
CHOP
CHOP
CHOP
DAS WAREN VIEL MEHR ALS DREI FRAGEN. "WAS?" ALSO WIRKLICH. HIER - NIMM LIEBER EINE FLEISCHPASTETE.
SIE - SIE IST VOLLER DRECK.
VORM STERBEN MUSS JEDER EIN QUENTCHEN DRECK FRESSEN.
ENKELIN, WIR WOLLEN DIR WIRKLICH HELFEN.
DIES WAR DAS ERSTE MAL. DU HAST NOCH ZWEI VERSUCHE.
NUN WERFT SIE IN DEN TOPF. MAL SEHEN, OB SIE DAS AUSHÄLT.
NEIIIN!
16

...DAS WAR EINER DIESER MOMENTE, DIE KEIN ENDE NEHMEN.
WEISST DU, ICH KONNTE SOGAR DEN GESTANK AUS DEM KESSEL RIECHEN. ICH KONNTE DIE HITZE FÜHLEN.
UND DANN - WARST DU DA.
HERRJE, WAS FÜR EIN ALPTRAUM. HIER.
CARLA, DU MUSST AUFHÖREN, MIR KAFFEE ZU MACHEN. NICHT DASS ICH UNDANKBAR WÄRE, ABER ICH TRINKE IMMER NUR EIN PAAR SCHLUCK.
MEINE MUTTER HAT DAS IMMER GEMACHT. WENN ES EINE KRISE GAB. SIE KOCHTE KAFFEE.
UND DIES IST DEFINITIV EINE KRISE.
AN DEM FALL ARBEITEN ALSO DIESE BEIDEN BULLEN, DIE AUSSEHEN WIE AUS "POLIZEIBERICHT", UND HABEN DAS GESAMTE L.A.P.D. HINTER SICH.
SIE SCHIENEN GANZ KOMPETENT.
SIE SCHIENEN EHER TROTTELIG.
LYTA, LIEBES. ICH FRAGE MICH... OB DIESE HEXEN IN DEM ALPTRAUM AUS DEINEM UNTERBEWUSSTEN STAMMEN, DAS DIR ETWAS MITTEILEN WILL.
TRÄUME SIND SCHÄUME.
SIE SAGTEN, SIE WÄREN KEIN TRAUM.
UND? TRÄUME LÜGEN.
UND DU MEINST, DIESER TRAUM HAT GELOGEN?
CARLA, SIE SAGTEN, SIE WÜRDEN WIEDERKOMMEN. UND DASS DANIEL IM FEUER SCHMORT.
EHRLICH GESAGT, ICH WEISS NICHT, WAS VON BEIDEM MIR MEHR ANGST MACHT.
17

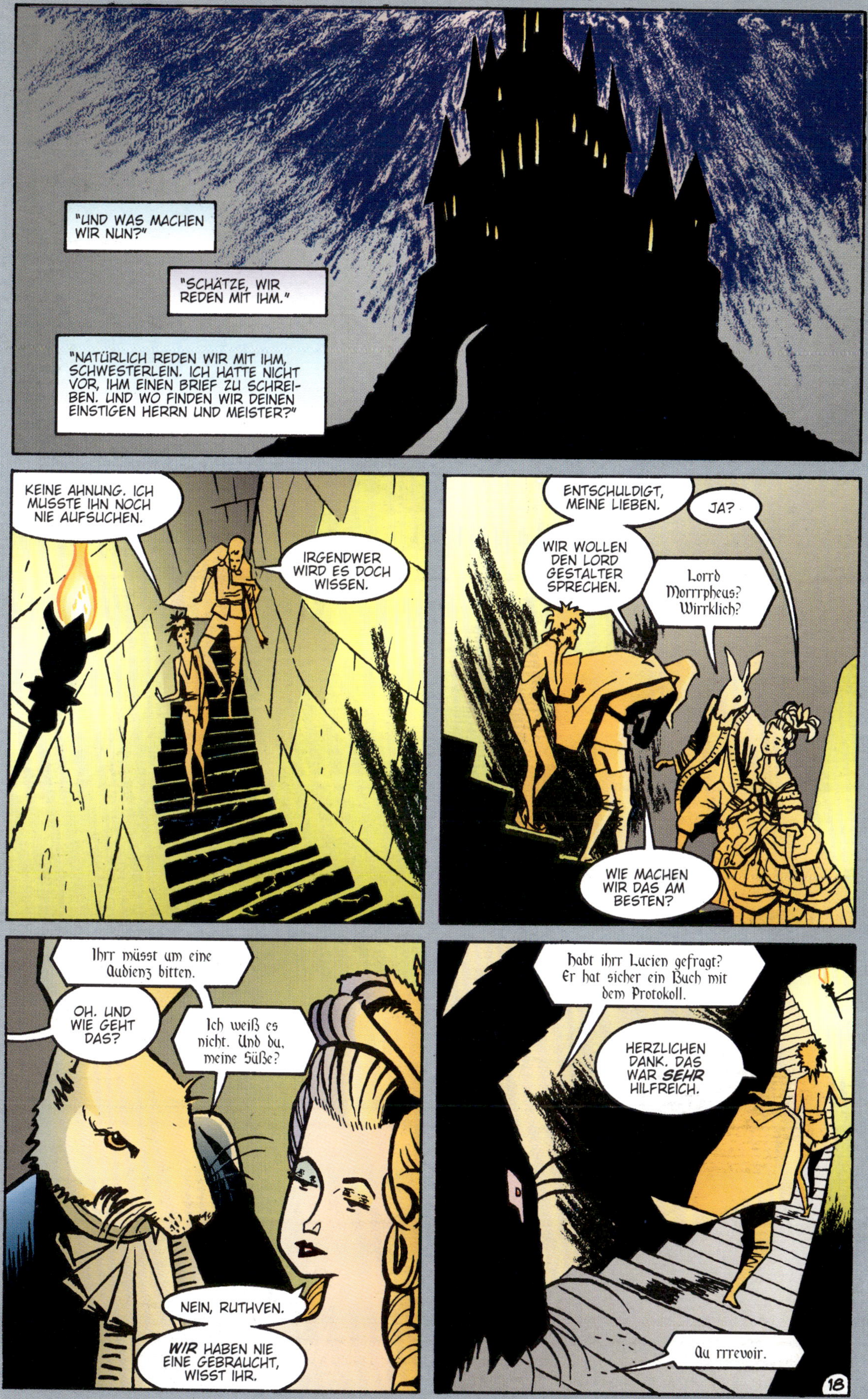
"UND WAS MACHEN WIR NUN?"
"SCHÄTZE, WIR REDEN MIT IHM."
"NATÜRLICH REDEN WIR MIT IHM, SCHWESTERLEIN. ICH HATTE NICHT VOR, IHM EINEN BRIEF ZU SCHREIBEN. UND WO FINDEN WIR DEINEN EINSTIGEN HERRN UND MEISTER?"
KEINE AHNUNG. ICH MUSSTE IHN NOCH NIE AUFSUCHEN.
IRGENDWER WIRD ES DOCH WISSEN.
ENTSCHULDIGT, MEINE LIEBEN.
JA?
WIR WOLLEN DEN LORD GESTALTER SPRECHEN.
Lorrd Morrrpheus? Wirrklich?
WIE MACHEN WIR DAS AM BESTEN?
Ihrr müsst um eine Audienz bitten.
OH. UND WIE GEHT DAS?
Ich weiß es nicht. Und du, meine Süße?
NEIN, RUTHVEN.
WIR HABEN NIE EINE GEBRAUCHT, WISST IHR.
Habt ihrr Lucien gefragt? Er hat sicher ein Buch mit dem Protokoll.
HERZLICHEN DANK. DAS WAR SEHR HILFREICH.
Au rrrevoir.

WIR KÖNNTEN IHN HERBEIBESCHWÖREN.
HM. WO IST DER THRONSAAL?
ICH... WÜRDE DAS NICHT... ICH...
DA LANG.
ER IST VERSCHLOSSEN. DAS HABE ICH NOCH NIE ERLEBT.
UND? WIR KÖNNEN IMMER NOCH KLOPFEN.
DAS HÄTTE ER BESTIMMT NICHT GERN.
CLURACAN? LASS UNS ZURÜCKGEHEN. DIE ANDERE IDEE WAR VIEL BESSER. WIR SCHREIBEN IHM EINEN OFFIZIELLEN BRIEF –
BLÖDSINN.
THDUD!
THDUD!
THDUD!
HOLLA! LORD GESTALTER?
ICH BIN'S, CLURACAN, HERZOG VON SCHINDER UND SCHAFGARBE, HAUPTMANN DER VERSAMMELTEN GHOULE UND SONDERBOTSCHAFTER IHRER MAJESTÄT, DER KÖNIGIN DER FEEN.
ICH BIN HIER MIT MEINER SCHWESTER NUALA, GEGENWÄRTIG IN EUREN DIENSTEN.
WIR WÜNSCHEN EINE AUDIENZ.

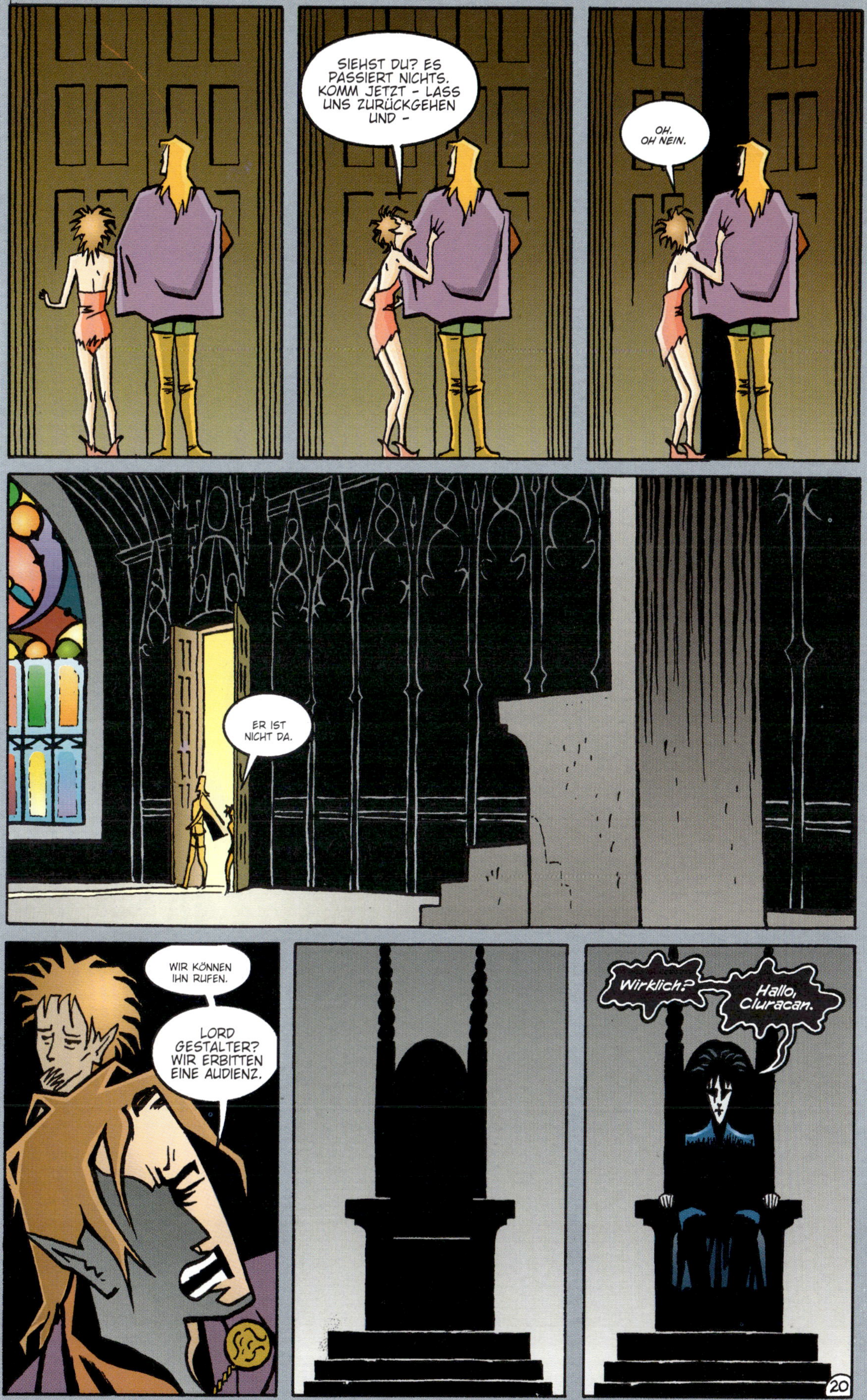
SIEHST DU? ES PASSIERT NICHTS. KOMM JETZT – LASS UNS ZURÜCKGEHEN UND –
OH. OH NEIN.
ER IST NICHT DA.
WIR KÖNNEN IHN RUFEN.
LORD GESTALTER? WIR ERBITTEN EINE AUDIENZ.
Wirklich?
Hallo, Cluracan.
20

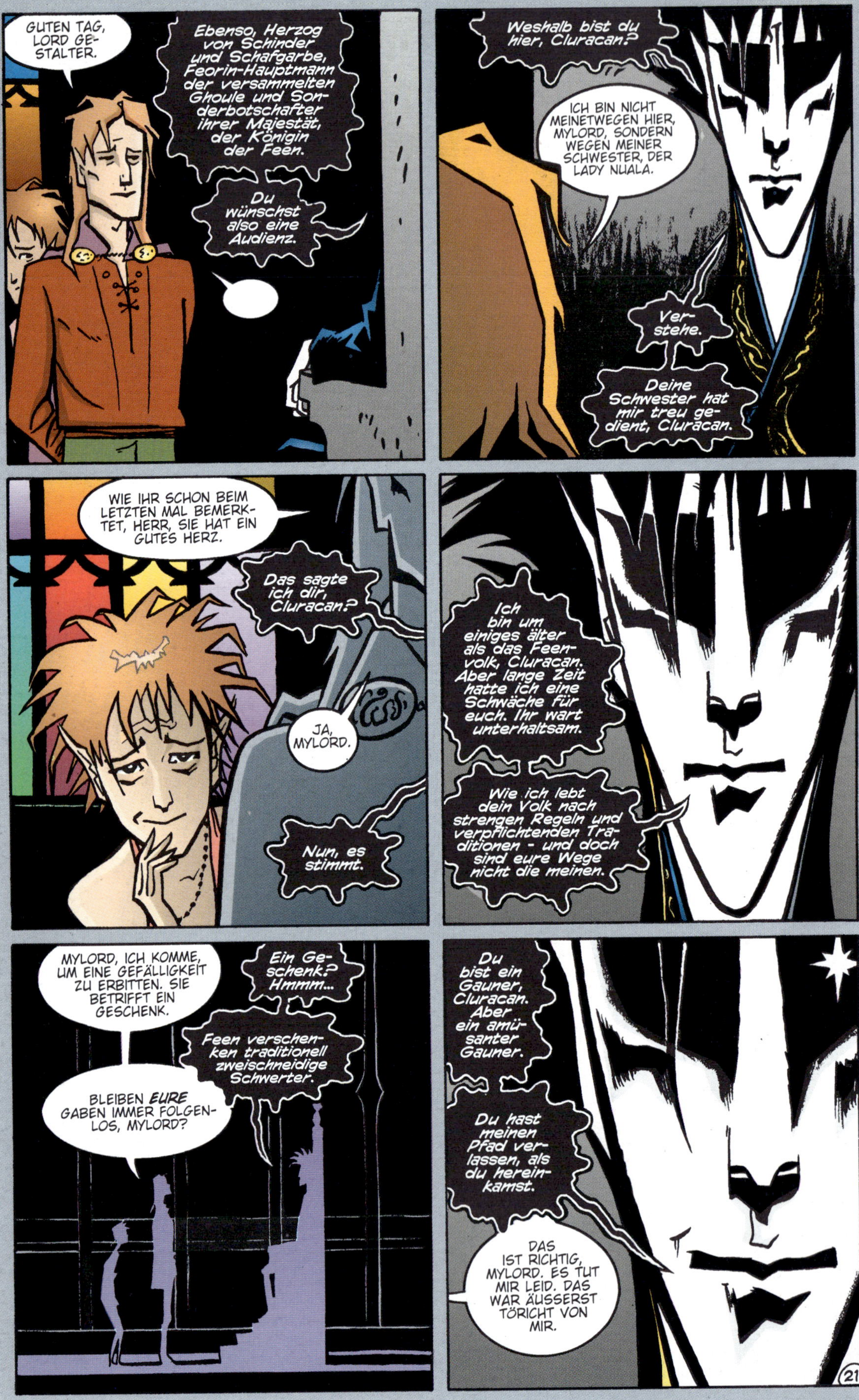
GUTEN TAG, LORD GESTALTER.
Ebenso, Herzog von Schinder und Schafgarbe, Feorin-Hauptmann der versammelten Ghoule und Sonderbotschafter ihrer Majestät, der Königin der Feen.
Du wünschst also eine Audienz.
Weshalb bist du hier, Cluracan?
ICH BIN NICHT MEINETWEGEN HIER, MYLORD, SONDERN WEGEN MEINER SCHWESTER, DER LADY NUALA.
Verstehe.
Deine Schwester hat mir treu gedient, Cluracan.
WIE IHR SCHON BEIM LETZTEN MAL BEMERKTET, HERR, SIE HAT EIN GUTES HERZ.
Das sagte ich dir, Cluracan?
JA, MYLORD.
Nun, es stimmt.
Ich bin um einiges älter als das Feenvolk, Cluracan. Aber lange Zeit hatte ich eine Schwäche für euch. Ihr wart unterhaltsam.
Wie ich lebt dein Volk nach strengen Regeln und verpflichtenden Traditionen - und doch sind eure Wege nicht die meinen.
MYLORD, ICH KOMME, UM EINE GEFÄLLIGKEIT ZU ERBITTEN. SIE BETRIFFT EIN GESCHENK.
Ein Geschenk? Hmmm...
Feen verschenken traditionell zweischneidige Schwerter.
BLEIBEN ***EURE*** GABEN IMMER FOLGENLOS, MYLORD?
Du bist ein Gauner, Cluracan. Aber ein amüsanter Gauner.
Du hast meinen Pfad verlassen, als du hereinkamst.
DAS IST RICHTIG, MYLORD. ES TUT MIR LEID. DAS WAR ÄUSSERST TÖRICHT VON MIR.

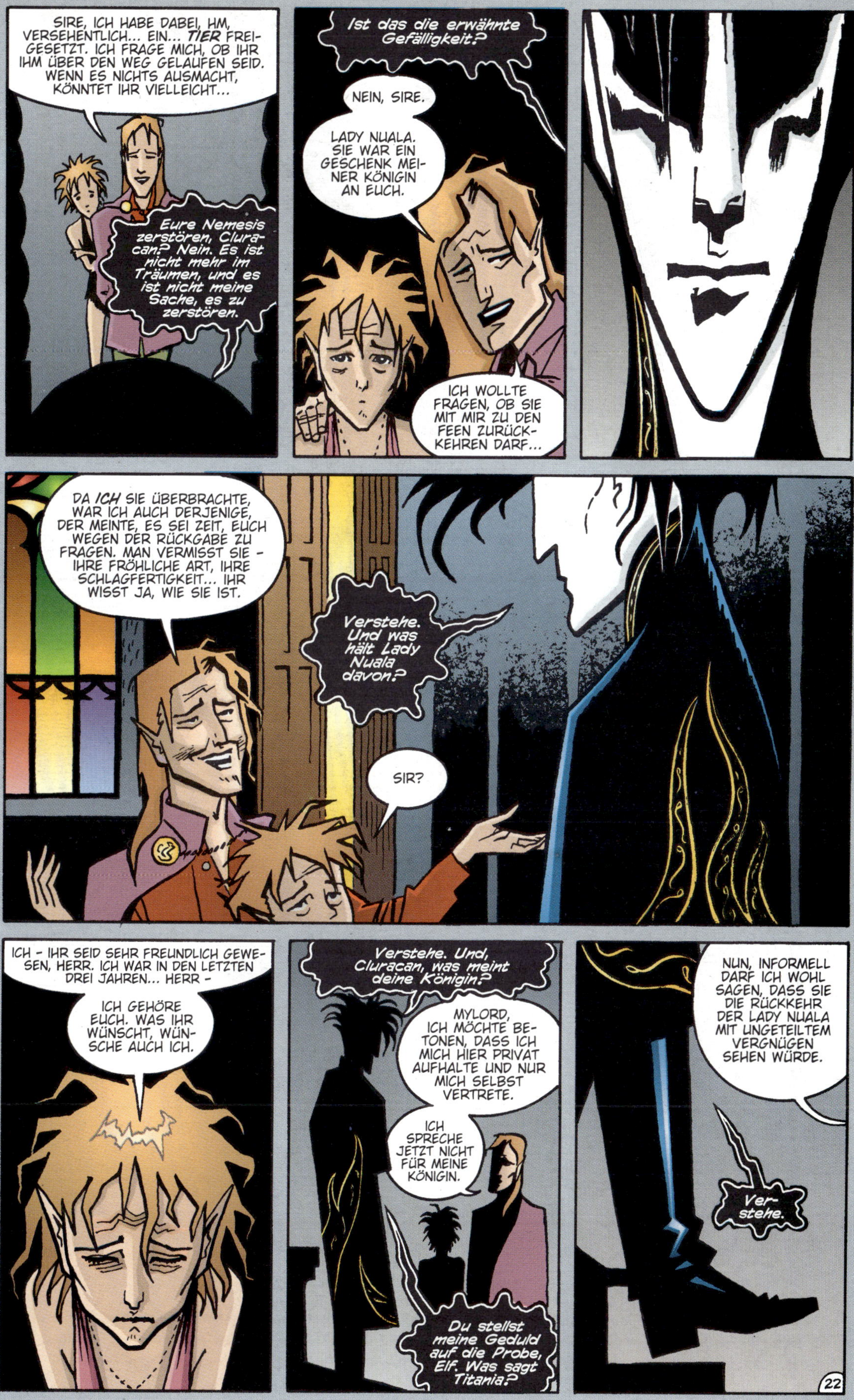
SIRE, ICH HABE DABEI, HM, VERSEHENTLICH... EIN... TIER FREIGESETZT. ICH FRAGE MICH, OB IHR IHM ÜBER DEN WEG GELAUFEN SEID. WENN ES NICHTS AUSMACHT, KÖNNTET IHR VIELLEICHT...
Eure Nemesis zerstören, Cluracan? Nein. Es ist nicht mehr im Träumen, und es ist nicht meine Sache, es zu zerstören.
Ist das die erwähnte Gefälligkeit?
NEIN, SIRE.
LADY NUALA. SIE WAR EIN GESCHENK MEINER KÖNIGIN AN EUCH.
ICH WOLLTE FRAGEN, OB SIE MIT MIR ZU DEN FEEN ZURÜCKKEHREN DARF...
DA ICH SIE ÜBERBRACHTE, WAR ICH AUCH DERJENIGE, DER MEINTE, ES SEI ZEIT, EUCH WEGEN DER RÜCKGABE ZU FRAGEN. MAN VERMISST SIE - IHRE FRÖHLICHE ART, IHRE SCHLAGFERTIGKEIT... IHR WISST JA, WIE SIE IST.
Verstehe. Und was hält Lady Nuala davon?
SIR?
ICH - IHR SEID SEHR FREUNDLICH GEWESEN, HERR. ICH WAR IN DEN LETZTEN DREI JAHREN... HERR -
ICH GEHÖRE EUCH. WAS IHR WÜNSCHT, WÜNSCHE AUCH ICH.
Verstehe. Und, Cluracan, was meint deine Königin?
MYLORD, ICH MÖCHTE BETONEN, DASS ICH MICH HIER PRIVAT AUFHALTE UND NUR MICH SELBST VERTRETE.
ICH SPRECHE JETZT NICHT FÜR MEINE KÖNIGIN.
Du stellst meine Geduld auf die Probe, Elf. Was sagt Titania?
NUN, INFORMELL DARF ICH WOHL SAGEN, DASS SIE DIE RÜCKKEHR DER LADY NUALA MIT UNGETEILTEM VERGNÜGEN SEHEN WÜRDE.
Verstehe.
22

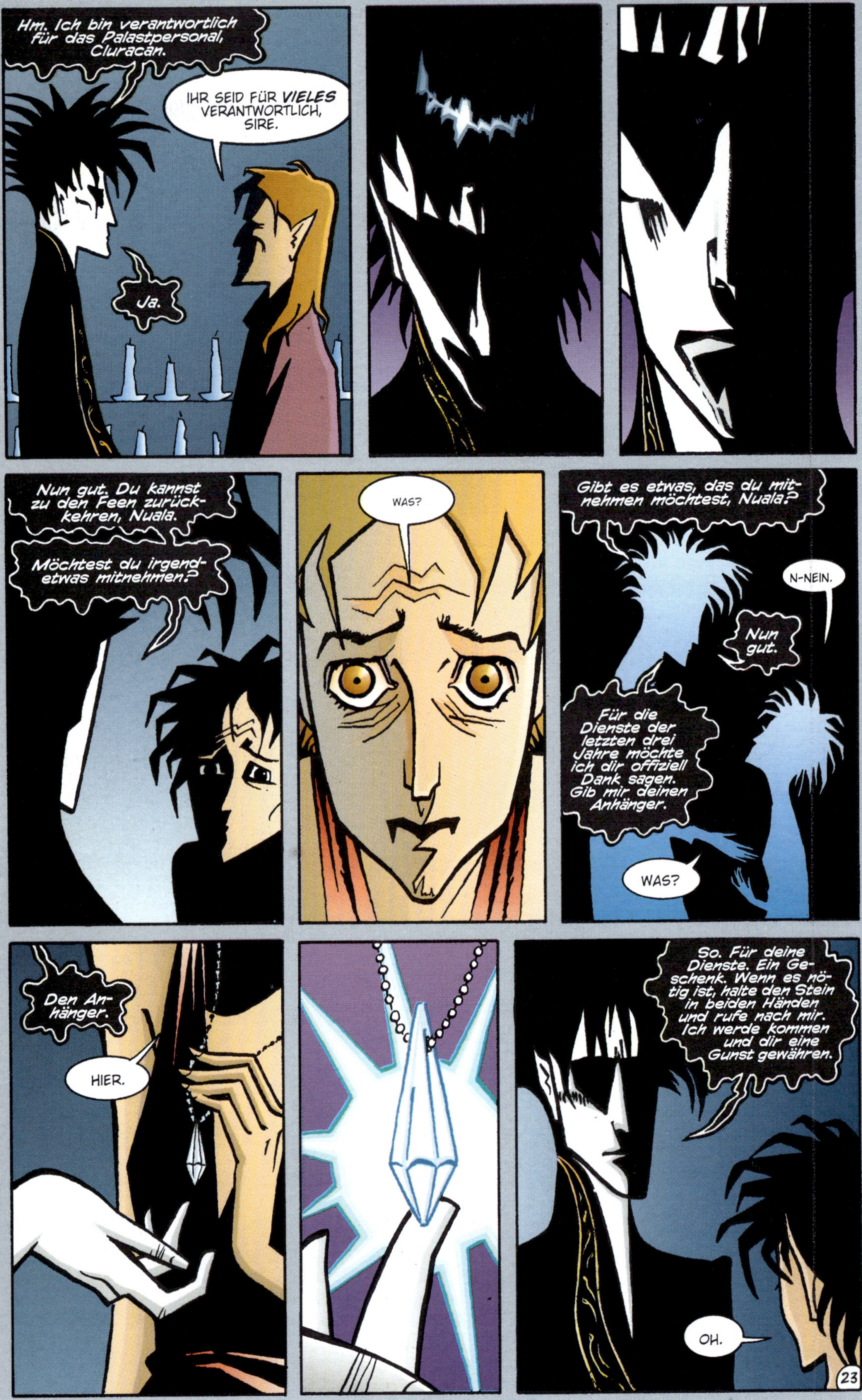
Hm. Ich bin verantwortlich für das Palastpersonal, Cluracan.
IHR SEID FÜR VIELES VERANTWORTLICH, SIRE.
Ja.
Nun gut. Du kannst zu den Feen zurückkehren, Nuala.
Möchtest du irgendetwas mitnehmen?
WAS?
Gibt es etwas, das du mitnehmen möchtest, Nuala?
N-NEIN.
Nun gut.
Für die Dienste der letzten drei Jahre möchte ich dir offiziell Dank sagen. Gib mir deinen Anhänger.
WAS?
Den Anhänger.
HIER.
So. Für deine Dienste. Ein Geschenk. Wenn es nötig ist, halte den Stein in beiden Händen und rufe nach mir. Ich werde kommen und dir eine Gunst gewähren.
OH.
23

Wünschst du mehr als das?
OH. NEIN, DANKE, HERR. DAS IST...
...SEHR FREUND-LICH.
Schön. Die Audienz ist beendet. Dein Pferd ist gefüttert und bereit, Cluracan. Nuala, ich nahm mir die Freiheit, dich mit einem Reittier auszustatten. Lass es frei, wenn ihr die Grenze zum Feenreich erreicht.
Lebt wohl.
HE – DAS WAR DOCH GANZ EINFACH. ICH HATTE NICHT ERWARTET, DASS ES SO EINFACH WÜRDE. ICH DACHTE, ER WÜRDE ZUMINDEST IRGENDEINEN TRIBUT FORDERN.
WAS HAT ER DIR ÜBER DEN ANHÄNGER GESAGT? ICH KONNTE ES NICHT HÖREN. ODER VERSTEHEN. ODER SO WAS.
NICHTS. ER HAT IHN NUR BERÜHRT.
SO. JETZT KEHREN WIR HEIM.
ES WIRD AUCH ZEIT.
NUALA?
NUALA, DU WEINST JA.
ER HAT NICHT EINMAL UM MICH GEKÄMPFT, BRUDER.
ES WAR IHM EGAL, OB ICH GEHE ODER BLEIBE.
GENAU.
UND ICH KANN GAR NICHT SAGEN, WIE ER-LEICHTERT ICH BIN. UND JETZT LASS UNS REITEN.

„Du hast einen Fisch reingeschrieben!“ sagte Dave, als er es las – und nachdem er das Cover entworfen hatte.
„Äh, ja.“
„Warum hast du nichts davon gesagt? Du weißt, ich wollte einen Fisch auf dem Cover. Du hast den Fisch nie erwähnt. Du hast mir nur von dem Kind im Feuer erzählt.“
„Äh, sorry. Hab's vergessen.“
„Nächstes Mal denk dran. Fisch. Ja?“
„Fisch.“

NG

ICH GLAUBE, ES WIRD GRÖSSER ALS ICH GEPLANT HATTE.
MIR EGAL. HAUPTSACHE, GROSS GENUG.
VIELLEICHT GEHST DU ZUR SEITE. ES WIRD HEISS.
WAHRSCHEINLICH ZEIT, DEN BENGEL EINZUHOLEN, DANN...
UHHHH...
ER SITZT FEST!
WAS, WENN ER WEG IST?
WAS? ABER...
HO HO HOH! VERARSCHT! ES GEHT WIE GESCHMIERT.
LASS DAS!
ALS OB ER ENTKOMMEN KÖNNTE. WENN DIE SILBERSCHNUR GELÖST WÜRDE, SÄSSEN WIR BEIDE BIS ZUM HALS IN DER SCHEISSE, WAS?
whoomph
HAB' ICH EINMAL ERLEBT. ES WURDE EINE SAGA DRAUS.
WAS?
ZIEH WEITER, UND ICH ERZÄHL'S DIR. ES IST EINE WAHRE GESCHICHTE.
VOR LANGER ZEIT ÜBERZEUGTE ICH THOR VON DEN ASEN DAVON, DASS SEINE IMPOTENZ DAHER KÄME, DASS ER SCHWANGER SEI.
SCHWANGER?
MM. ER IST NICHT BESONDERS HELLE.
ICH WIES IHN AN, SICH NACKT MIT DEM GESICHT NACH UNTEN AUF SEINE SCHLAFFELLE ZU LEGEN, BIS ICH IHN ENTBINDEN WÜRDE.

ER HAT AUF DICH GEHÖRT?
ICH HATTE MICH ALS WANDERARZT VERKLEIDET. UND WIE ICH SCHON SAGTE, ER -
IST NICHT BESONDERS HELLE.
GENAU.
ICH GAB IHM EINEN EIMER RIZINUSÖL ZU TRINKEN, MALTE SEINEN ARSCH BLAU AN UND VERSTOPFTE IHM DEN HINTERN MIT EINEM KORKEN.
WARUM?
WEIL ICH ES AMÜSANT FAND. ICH SAGTE IHM, ES SEI DIE THERAPIE FÜR SEIN LEIDEN. DANN GING ICH UND SCHLIEF MIT SEINER FRAU.
HOHOH!
SIE WAR NICHT MAL GUT. ABER ES WAR LUSTIG ZU WISSEN, DASS ER FIX UND FERTIG WÄRE, WENN ER'S HERAUSFÄNDE.
THOR LIEGT ALSO ACHT TAGE LANG AUF DEM BAUCH MIT EINEM KORKEN IM ARSCH, UND SEINE INNEREIEN RUMPELN WEITER AUF KURS.
DANN KRIEGT ER UNGLAUBLICHE SCHMERZEN IN SEINEN GEDÄRMEN, WEIL SICH DRUCK AUFBAUT...
ICH HATTE IHM GESAGT, DASS SCHMERZEN IN DER SCHWANGERSCHAFT GANZ NORMAL SEIEN.
PLÖTZLICH HÜPFT DURCH EIN OFFENES FENSTER RATATÖSKR HEREIN, DAS EICHHÖRNCHEN, DAS IN DER KRONE DES WELTENBAUMS LEBT.
RATATÖSKR IST SO NEUGIERIG WIE JEDES EICHHÖRNCHEN.
ES KLETTERT ALSO AUF THORS ANGESTRENGT ZITTERNDE HINTERBACKEN UND - ZIEHT DEN KORKEN RAUS.
BARRRROMMMMS!
EINE EXPLOSION - AUS DEM HINTERN DES HERRN DER STÜRME DONNERT EINE ACHT-TAGE-LADUNG ÖLIGER SCHEISSE.
2

DER MÄCHTIGE THOR SETZT SICH AUF, SCHAUT SICH UM UND SIEHT AUF DEM BODEN DEN BESCHMIERTEN RATATÖSKR STARR, BETÄUBT UND VERSCHMUTZT.
UND LANGSAM, MIT HÄNDEN WIE SCHINKENSCHLEGEL, NIMMT ER DAS KLEINE TIER UND STARRT ES AN.
UND DANN DRÜCKT ER ES SCHWERFÄLLIG AN DIE BRUST.
"DU BIST HÄSSLICH", SAGT ER, "UND HAARIG UND VOLLER SCHEISSE. ABER DU BIST *MEIN*, UND ICH *LIEBE* DICH!"
IIIIHIIIIHIIIIHIIIIHIHIHIHIIIIHIII!
OH, IST DAS HERRLICH, DAS IST...
"DU BIST MEIN UND ICH LIEBE DICH."
HIIIII!
THUP THUP THUP THUP
OOH...
HOPSALA. DA IST ER JA.
SO, MEIN JUNGE. KOMM ZU ONKEL ROBIN.
WAS HAT ER DA?
EINE FEDER. WOHL VON EINEM PHOENIX.
DIE BRINGEN *GLÜCK.*
WEM?
3

GIB IHN HER.
NA BITTE, DANNY. WAS FÜR EINE HÜBSCHE FEDER DU HAST.
JA, DIE STAMMT SICHER VON EINEM PHOENIX.
Fehda.
SO, JUNGER MANN - AB INS FEUER.
4

DIE GÜTIGEN: 3
TEXT
NEIL GAIMAN
ZEICHNUNGEN
MARC
HEMPEL
TUSCHE
D'ISRAELI
FARBEN
DANIEL VOZZO
ÜBERSETZUNG
GERLINDE ALTHOFF
LETTERING
MATTHIAS
ROTTLER &
TORSTEN TAG
DIE SANDMAN-
CHARAKTERE
WURDEN
ERDACHT
VON
GAIMAN,
KIETH &
DRINGEN-
BERG
HALLO, LIEBES. ICH BIN'S, BOBBY.
5

MAL SEHEN. WAS WOLLTE ICH DIR GLEICH SAGEN?
ALSO, ZUALLERERST HOFFE ICH, DAS HAT DICH GELEHRT, NACH BEIDEN SEITEN ZU SCHAUEN, BEVOR DU DIE STRASSE ÜBERQUERST.
HAHHH...
SCHEISSE.
VERZEIHUNG...
ICH DENKE, DU HÖRST MICH DA IRGENDWO.
ICH MEINE, IN ALL DEN JAHREN HABE ICH ZU VIEL GESEHEN, UM ANZUNEHMEN, DASS ES MIT DEM KÖRPER BEGINNT UND ENDET.
ES GIBT ETWAS, BEVOR KÖRPER ENTSTEHEN, UND ETWAS, NACHDEM SIE VERFAULT SIND.
ICH WILL VERFLUCHT SEIN, WENN ICH WEISS, WAS.
JEMAND SAGTE MIR MAL, MAN STIRBT NICHT WIRKLICH, BEVOR NICHT ALLE TOT SIND, DIE EINEN KANNTEN. STELL DIR VOR, WIE VIELE LEUTE ICH AM LEBEN HALTE, HM?
SEUFZ
ICH WEISS NICHT.
ICH WEISS NICHT MEHR, WIE DU RIECHST.
DU BIST GERADE ZWEI TAGE TOT, UND ICH WEISS NICHT MEHR, WIE DU RIECHST. ANDERS ALS ALLE ANDEREN. ICH LIEBTE DEINEN GERUCH.
ICH...
ICH VERMISSE DICH SEHR.

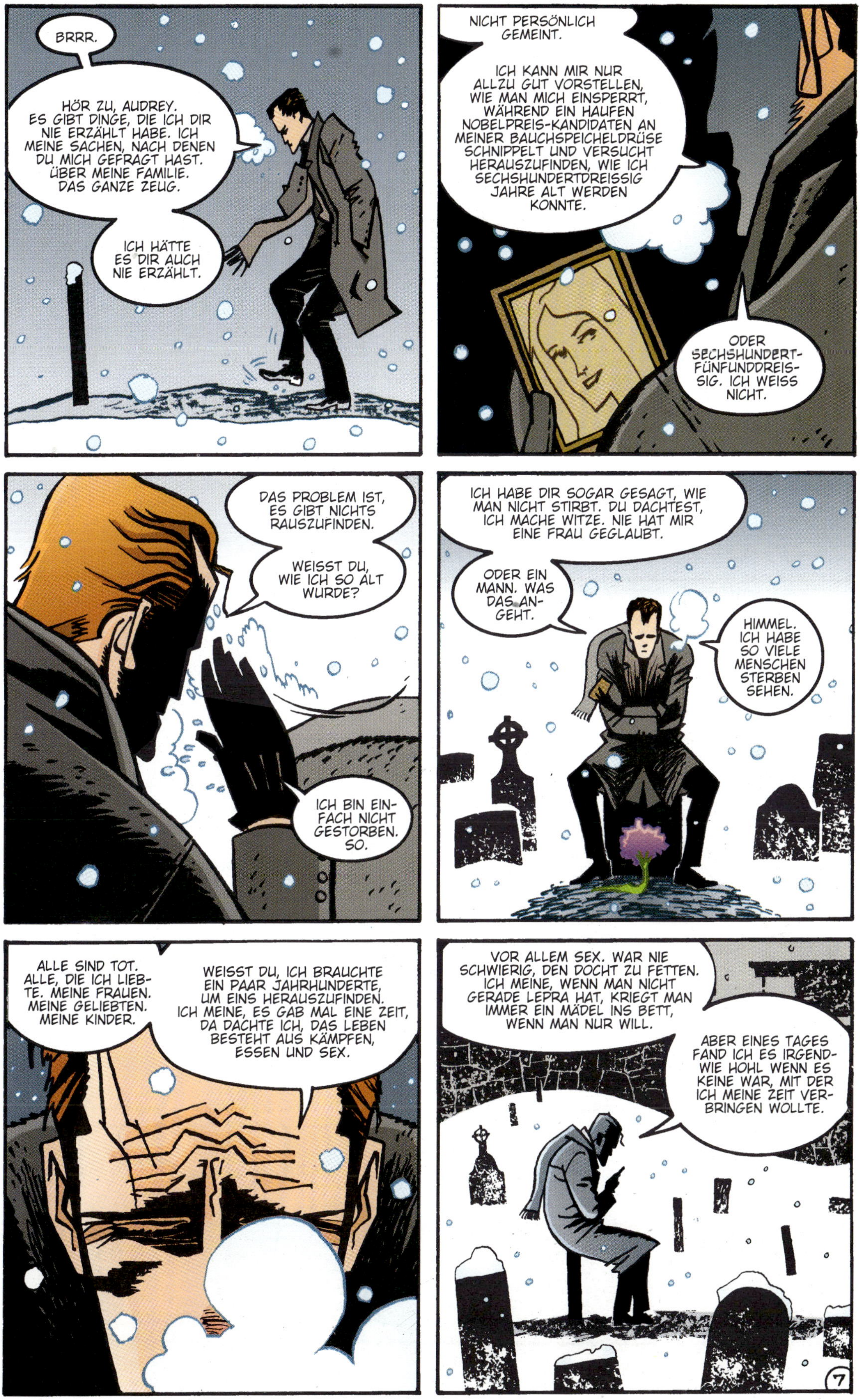
BRRR.
HÖR ZU, AUDREY. ES GIBT DINGE, DIE ICH DIR NIE ERZÄHLT HABE. ICH MEINE SACHEN, NACH DENEN DU MICH GEFRAGT HAST. ÜBER MEINE FAMILIE. DAS GANZE ZEUG.
ICH HÄTTE ES DIR AUCH NIE ERZÄHLT.
NICHT PERSÖNLICH GEMEINT.
ICH KANN MIR NUR ALLZU GUT VORSTELLEN, WIE MAN MICH EINSPERRT, WÄHREND EIN HAUFEN NOBELPREIS-KANDIDATEN AN MEINER BAUCHSPEICHELDRÜSE SCHNIPPELT UND VERSUCHT HERAUSZUFINDEN, WIE ICH SECHSHUNDERTDREISSIG JAHRE ALT WERDEN KONNTE.
ODER SECHSHUNDERT-FÜNFUNDDREIS-SIG. ICH WEISS NICHT.
DAS PROBLEM IST, ES GIBT NICHTS RAUSZUFINDEN.
WEISST DU, WIE ICH SO ALT WURDE?
ICH BIN EIN-FACH NICHT GESTORBEN. SO.
ICH HABE DIR SOGAR GESAGT, WIE MAN NICHT STIRBT. DU DACHTEST, ICH MACHE WITZE. NIE HAT MIR EINE FRAU GEGLAUBT.
ODER EIN MANN. WAS DAS AN-GEHT.
HIMMEL. ICH HABE SO VIELE MENSCHEN STERBEN SEHEN.
ALLE SIND TOT. ALLE, DIE ICH LIEB-TE. MEINE FRAUEN. MEINE GELIEBTEN. MEINE KINDER.
WEISST DU, ICH BRAUCHTE EIN PAAR JAHRHUNDERTE, UM EINS HERAUSZUFINDEN. ICH MEINE, ES GAB MAL EINE ZEIT, DA DACHTE ICH, DAS LEBEN BESTEHT AUS KÄMPFEN, ESSEN UND SEX.
VOR ALLEM SEX. WAR NIE SCHWIERIG, DEN DOCHT ZU FETTEN. ICH MEINE, WENN MAN NICHT GERADE LEPRA HAT, KRIEGT MAN IMMER EIN MÄDEL INS BETT, WENN MAN NUR WILL.
ABER EINES TAGES FAND ICH ES IRGEND-WIE HOHL WENN ES KEINE WAR, MIT DER ICH MEINE ZEIT VER-BRINGEN WOLLTE.
7

NICHT, DASS ICH NICHT GEIL GEWESEN WÄRE. ES WAR EHER SO, DASS ES KEINEN SINN HATTE, WENN ES NICHT EINE WAR, DIE ICH LIEBTE. LEANOR ODER LISABET ODER ANNIE ODER PEG...
DU WARST MEINE ERSTE FRAU SEIT PEGGYS TOD.
ICH WÜNSCHTE, ICH HÄTTE DIR VON PEG ERZÄHLEN KÖNNEN. DU HÄTTEST SIE GEMOCHT.
SIE STARB IM BLITZKRIEG. WIR SASSEN IN EINEM KELLER FEST. ICH HIELT IHRE HAND, ALS SIE AUFHÖRTE ZU ATMEN...
ACH JA, ABER DAS IST VORBEI UND VERGESSEN...
ICH DACHTE, WIR HÄTTEN MEHR ZEIT.
ES WIRD NICHT EINFACHER. WENN DIE LEUTE, DIE MAN LIEBT, NICHT MEHR DA SIND.
DAS ALLES WOLLTE ICH DIR JEDENFALLS GESAGT HABEN.
ICH VERMISSE DICH, AUDREY. ICH WÜNSCHTE, ICH WÜSSTE NOCH, WIE DU GEROCHEN HAST.
8

HALLO.
WAS MACHST DU HIER?
Ich wollte mit dir reden, Hob Gadling.
AH JA? ABER BESSER OHNE SCHNEE. DA DRÜBEN GIBT'S EINE KNEIPE.
THE FAITH HOPE AND CHARITY
WAS MÖCHTEST DU TRINKEN?
Met, wenn es recht ist.
HIER UND HEUTE? DA KÖNNTE ICH AUCH GLEICH NACH SCHARF GEWÜRZTEM MADEIRA ODER EINEM RAUSCHMISS FRAGEN.
ICH NEHME EINEN SCOTCH. DU VIELLEICHT AUCH?
Was du geeignet findest.
9

EINE ZWISCHENBEMERKUNG: ZU DIESER ZEIT GESCHEHEN AUCH GEWISSE ANDERE DINGE.
DESTINY ZUM BEISPIEL STELLTE FEST, DASS ER EIN GEFOLGE VON GEISTERBÜCHERN HINTERLIESS.
KURZ DARAUF WURDE DESTINY SEINER SELBST ANSICHTIG, WIE ER DURCH SEIN REICH, DEN GARTEN, SCHRITT.
DAS ÜBERRASCHTE IHN NICHT, DENN IN SEINEM BUCH STAND GESCHRIEBEN, DASS ER SICH SELBST ERBLICKEN WÜRDE, UND DOCH FRÖSTELTE IHN, ALS ER SICH SAH.
10

ZU DIESER ZEIT SCHLOSS DESIRE IHR REICH. DAS SILBERHERZ IN DEN GALERIEN IHRER VERWANDTSCHAFT WURDE DURCH EINE FINSTERE LEERE ERSETZT UND SIGNALISIERTE DESIRES UNWILLEN, BOTSCHAFTEN JEDER ART AUSZUSENDEN ODER ZU EMPFANGEN.
DIE SCHWELLE, DESIRES HEIMSTATT, EINE ZITADELLE AUS FLEISCH UND BLUT UND HÖHER ALS DIE BERGE, SCHLOSS DIE AUGEN, UND DESIRE WANDELTE ALLEIN IM DUNKLEN AUF DEN PFADEN JENES KÖRPERS.

ZU DIESER ZEIT GAB DESPAIR, DIE DAS FEHLENDE HERZ IN IHRER GALERIE BEMERKTE, IM SPIEGELNEBEL LEISE GERÄUSCHE VON SICH; IHRE RATTEN LIEFEN ÜBER IHREN NACKTEN KÖRPER UND ZWICKTEN SIE INS FLEISCH, UM IHRE AUFMERKSAMKEIT ZU WECKEN.
ZU DIESER ZEIT BEMERKTE DELIRIUM, DASS SIE SICH GEISTESABWESEND IN EINHUNDERTELF VOLLKOMMENE, WINZIGE BUNTE FISCHE VERWANDELT HATTE.
JEDER FISCH SANG EIN ANDERES LIED.
12

ALS SIE SICH WIEDER ZUSAMMENGESETZT HATTE, KONNTE SIE SICH EINEN MOMENT LANG NICHT ERINNERN, OB DIE SILBERNEN SPRENKEL IN DAS BLAUE ODER DAS GRÜNE AUGE GERATEN WAR, UND SIE ENTSCHIED, DASS EIN HUND EINE FEINE SACHE WÄRE.

DANN FIEL IHR EIN, DASS ES IRGENDWANN EINEN HUND GEGEBEN HATTE, ODER NICHT? EINEN NETTEN HUND...
UND SIE MACHTE SICH AUF, IHN ZU SUCHEN UND VERSTREUTE GELEGENTLICH FISCHE...

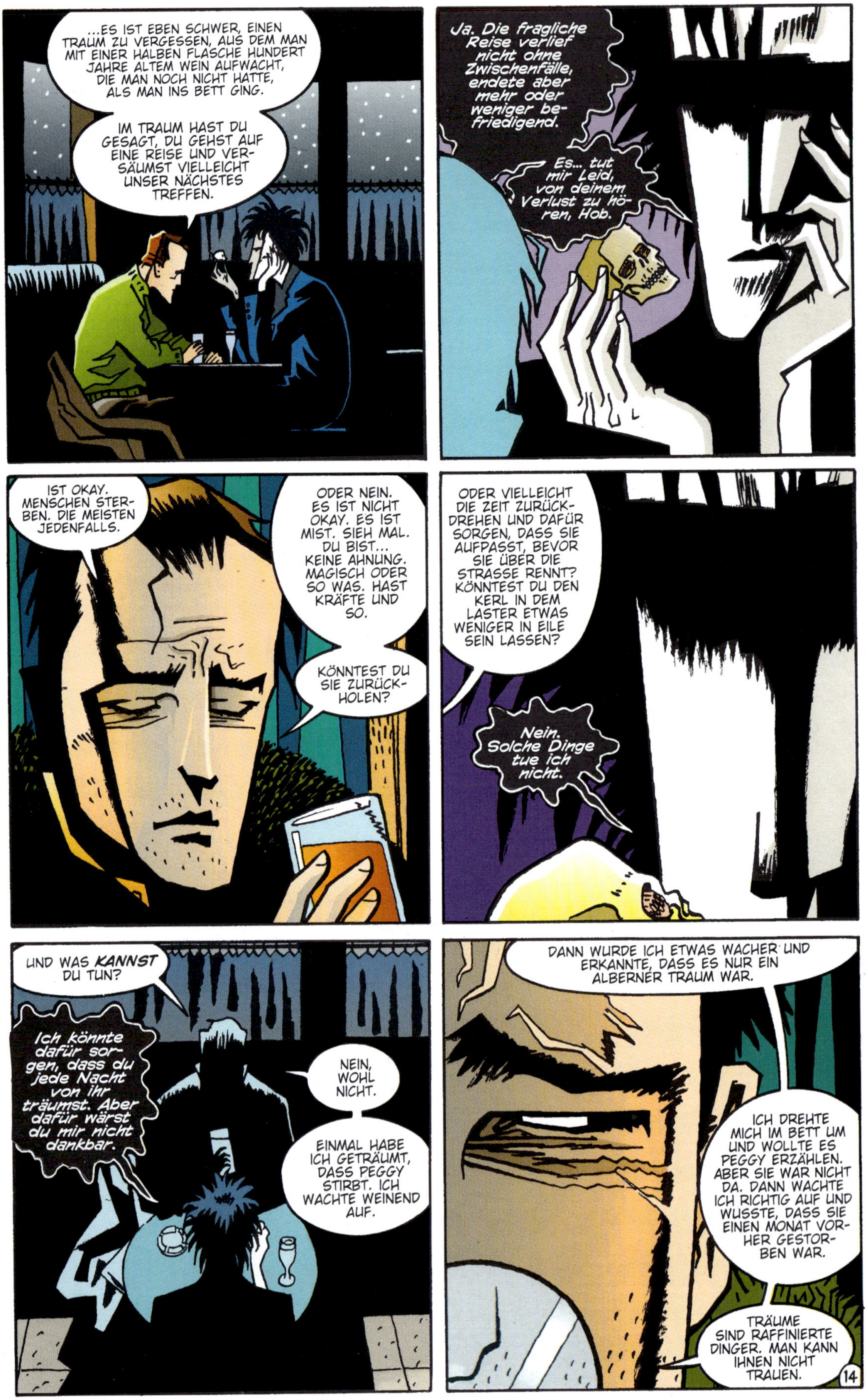
...ES IST EBEN SCHWER, EINEN TRAUM ZU VERGESSEN, AUS DEM MAN MIT EINER HALBEN FLASCHE HUNDERT JAHRE ALTEM WEIN AUFWACHT, DIE MAN NOCH NICHT HATTE, ALS MAN INS BETT GING.
IM TRAUM HAST DU GESAGT, DU GEHST AUF EINE REISE UND VERSÄUMST VIELLEICHT UNSER NÄCHSTES TREFFEN.
Ja. Die fragliche Reise verlief nicht ohne Zwischenfälle, endete aber mehr oder weniger befriedigend.
Es... tut mir Leid, von deinem Verlust zu hören, Hob.
IST OKAY. MENSCHEN STERBEN. DIE MEISTEN JEDENFALLS.
ODER NEIN. ES IST NICHT OKAY. ES IST MIST. SIEH MAL. DU BIST... KEINE AHNUNG. MAGISCH ODER SO WAS. HAST KRÄFTE UND SO.
KÖNNTEST DU SIE ZURÜCKHOLEN?
ODER VIELLEICHT DIE ZEIT ZURÜCKDREHEN UND DAFÜR SORGEN, DASS SIE AUFPASST, BEVOR SIE ÜBER DIE STRASSE RENNT? KÖNNTEST DU DEN KERL IN DEM LASTER ETWAS WENIGER IN EILE SEIN LASSEN?
Nein. Solche Dinge tue ich nicht.
UND WAS KANNST DU TUN?
Ich könnte dafür sorgen, dass du jede Nacht von ihr träumst. Aber dafür wärst du mir nicht dankbar.
NEIN, WOHL NICHT.
EINMAL HABE ICH GETRÄUMT, DASS PEGGY STIRBT. ICH WACHTE WEINEND AUF.
DANN WURDE ICH ETWAS WACHER UND ERKANNTE, DASS ES NUR EIN ALBERNER TRAUM WAR.
ICH DREHTE MICH IM BETT UM UND WOLLTE ES PEGGY ERZÄHLEN. ABER SIE WAR NICHT DA. DANN WACHTE ICH RICHTIG AUF UND WUSSTE, DASS SIE EINEN MONAT VORHER GESTORBEN WAR.
TRÄUME SIND RAFFINIERTE DINGER. MAN KANN IHNEN NICHT TRAUEN.

VIELLEICHT KÖNNTEST DU DEN BASTARD VERFOLGEN, DER DEN LASTER FUHR... FUHR SIE AN UND VERSCHWAND, SO SCHNELL SEINE KLEINEN RÄDER ROLLTEN.
Und was tue ich, wenn ich ihn finde?
NAJA, IN FRÜHEREN ZEITEN HÄTTEN WIR IHM DIE OHREN ABGESCHNITTEN UND SIE IHN FRESSEN LASSEN. HEUTE?
KEINE AHNUNG. IHM IRGENDEINE LEKTION ERTEILEN.
Rache kann ich nicht empfehlen. Sie erzeugt leicht Nachwirkungen.
ICH WEISS.
ICH GLAUBE, ICH MÖCHTE NUR, DASS ER WEISS, WEN ER UMGEBRACHT HAT. WAS AUDREY MIR BEDEUTETE. WARUM SIE EIN GUTER MENSCH WAR. WARUM IHR LÄCHELN MICH GLÜCKLICH GEMACHT HAT.
Na schön. Es sei.
Ich hätte nicht herkommen sollen.
DU GEHST? JETZT SCHON?
HÖR MAL, SCHÖN, DASS DU GEKOMMEN BIST, ABER...
HAST DU PROBLEME?
Nein.
WAS IST DANN LOS?
Nichts ist los.
15

HEY!
HÖR MAL. ICH SOLLTE DAS NICHT SAGEN. ICH BIN HIER NICHT ZU HAUSE –
ICH BIN SCHON EINE WEILE DA. NATÜRLICH NICHT SO LANGE WIE DU. ABER ES GIBT EINE SACHE, AUF DIE HABE ICH ZU ACHTEN GELERNT, UND DAS IST DER GERUCH DES TODES. ICH MEINE, ES IST BEINAH WIE EIN RICHTIGER GERUCH.
MAN NIMMT IHN AN EINEM TYPEN WAHR, UND ZWEI WOCHEN SPÄTER WIRD IHM AUF DER STRASSE DIE KEHLE DURCH-GESCHNITTEN.
UND, KOLLEGE, DU STINKST DANACH. FÜRCHTE ICH. PASS AUF DICH AUF.
Danke, Hob. Das werde ich.
16

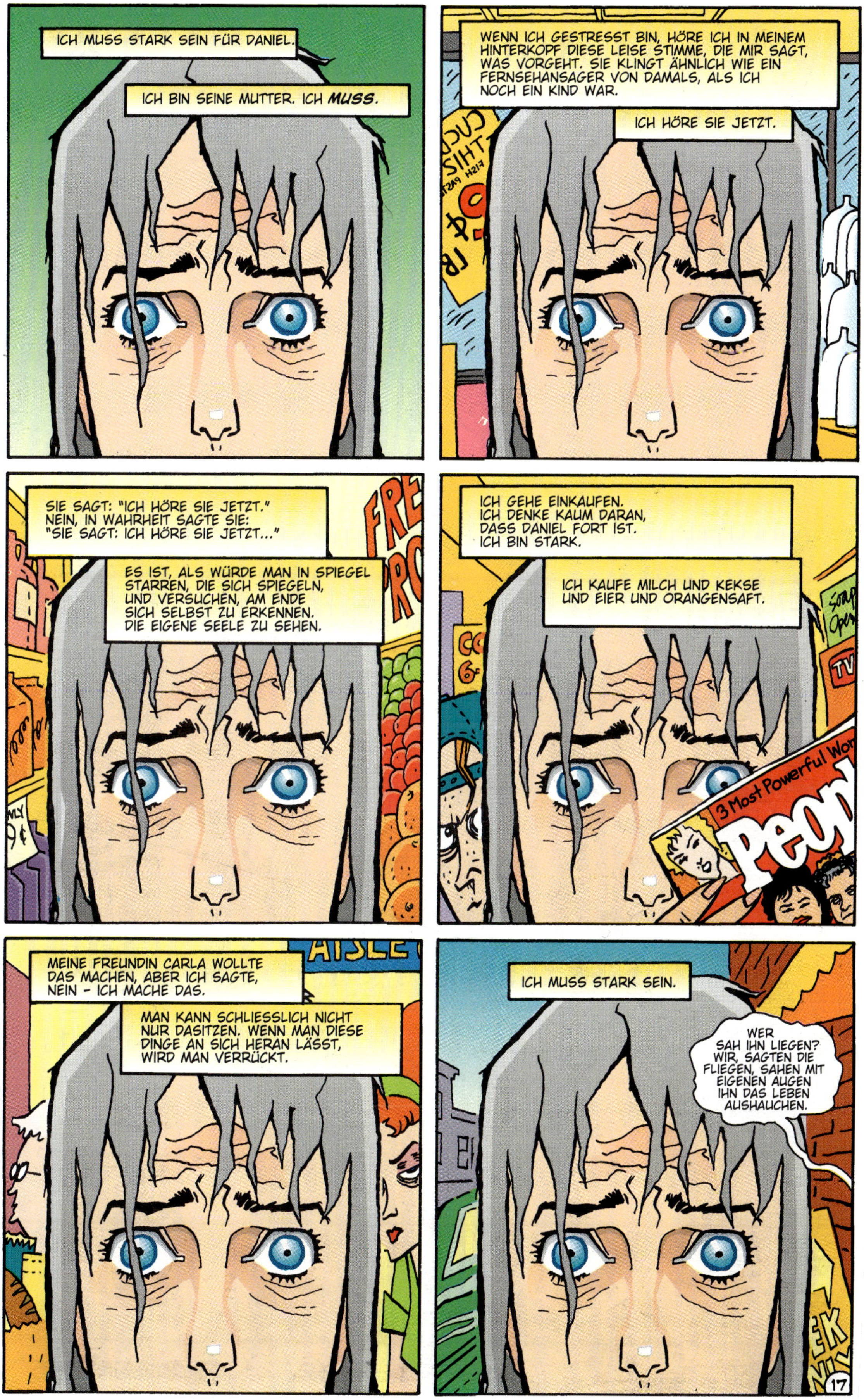

ICH MUSS STARK SEIN FÜR DANIEL.
ICH BIN SEINE MUTTER. ICH *MUSS*.
WENN ICH GESTRESST BIN, HÖRE ICH IN MEINEM HINTERKOPF DIESE LEISE STIMME, DIE MIR SAGT, WAS VORGEHT. SIE KLINGT ÄHNLICH WIE EIN FERNSEHANSAGER VON DAMALS, ALS ICH NOCH EIN KIND WAR.
ICH HÖRE SIE JETZT.
SIE SAGT: "ICH HÖRE SIE JETZT." NEIN, IN WAHRHEIT SAGTE SIE: "SIE SAGT: ICH HÖRE SIE JETZT..."
ES IST, ALS WÜRDE MAN IN SPIEGEL STARREN, DIE SICH SPIEGELN, UND VERSUCHEN, AM ENDE SICH SELBST ZU ERKENNEN. DIE EIGENE SEELE ZU SEHEN.
ICH GEHE EINKAUFEN. ICH DENKE KAUM DARAN, DASS DANIEL FORT IST. ICH BIN STARK.
ICH KAUFE MILCH UND KEKSE UND EIER UND ORANGENSAFT.
3 Most Powerful Wo
Peop
MEINE FREUNDIN CARLA WOLLTE DAS MACHEN, ABER ICH SAGTE, NEIN - ICH MACHE DAS.
MAN KANN SCHLIESSLICH NICHT NUR DASITZEN. WENN MAN DIESE DINGE AN SICH HERAN LÄSST, WIRD MAN VERRÜCKT.
ICH MUSS STARK SEIN.
WER SAH IHN LIEGEN? WIR, SAGTEN DIE FLIEGEN, SAHEN MIT EIGENEN AUGEN IHN DAS LEBEN AUSHAUCHEN.

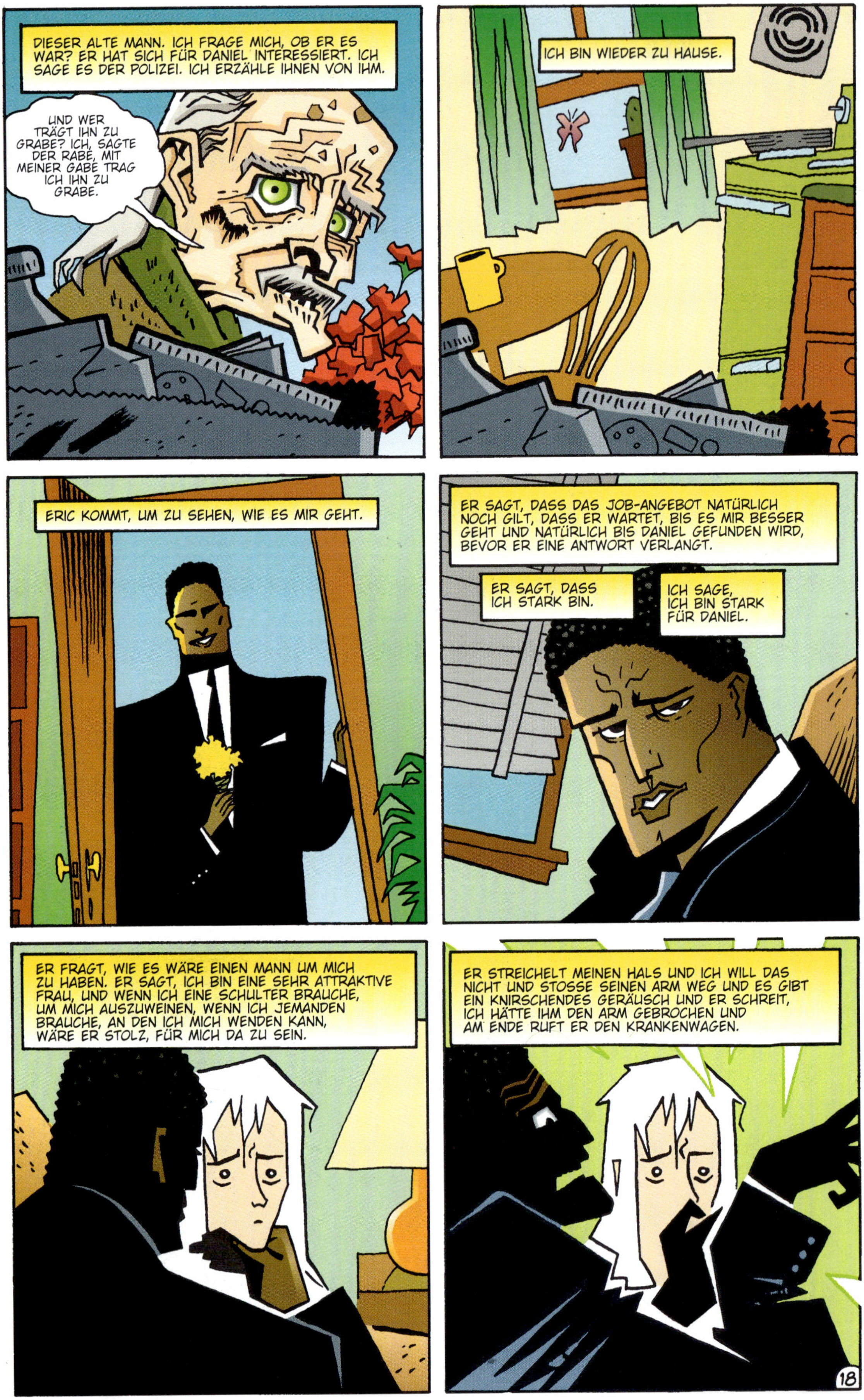
DIESER ALTE MANN. ICH FRAGE MICH, OB ER ES WAR? ER HAT SICH FÜR DANIEL INTERESSIERT. ICH SAGE ES DER POLIZEI. ICH ERZÄHLE IHNEN VON IHM.
UND WER TRÄGT IHN ZU GRABE? ICH, SAGTE DER RABE, MIT MEINER GABE TRAG ICH IHN ZU GRABE.
ICH BIN WIEDER ZU HAUSE.
ERIC KOMMT, UM ZU SEHEN, WIE ES MIR GEHT.
ER SAGT, DASS DAS JOB-ANGEBOT NATÜRLICH NOCH GILT, DASS ER WARTET, BIS ES MIR BESSER GEHT UND NATÜRLICH BIS DANIEL GEFUNDEN WIRD, BEVOR ER EINE ANTWORT VERLANGT.
ER SAGT, DASS ICH STARK BIN.
ICH SAGE, ICH BIN STARK FÜR DANIEL.
ER FRAGT, WIE ES WÄRE EINEN MANN UM MICH ZU HABEN. ER SAGT, ICH BIN EINE SEHR ATTRAKTIVE FRAU, UND WENN ICH EINE SCHULTER BRAUCHE, UM MICH AUSZUWEINEN, WENN ICH JEMANDEN BRAUCHE, AN DEN ICH MICH WENDEN KANN, WÄRE ER STOLZ, FÜR MICH DA ZU SEIN.
ER STREICHELT MEINEN HALS UND ICH WILL DAS NICHT UND STOSSE SEINEN ARM WEG UND ES GIBT EIN KNIRSCHENDES GERÄUSCH UND ER SCHREIT, ICH HÄTTE IHM DEN ARM GEBROCHEN UND AM ENDE RUFT ER DEN KRANKENWAGEN.

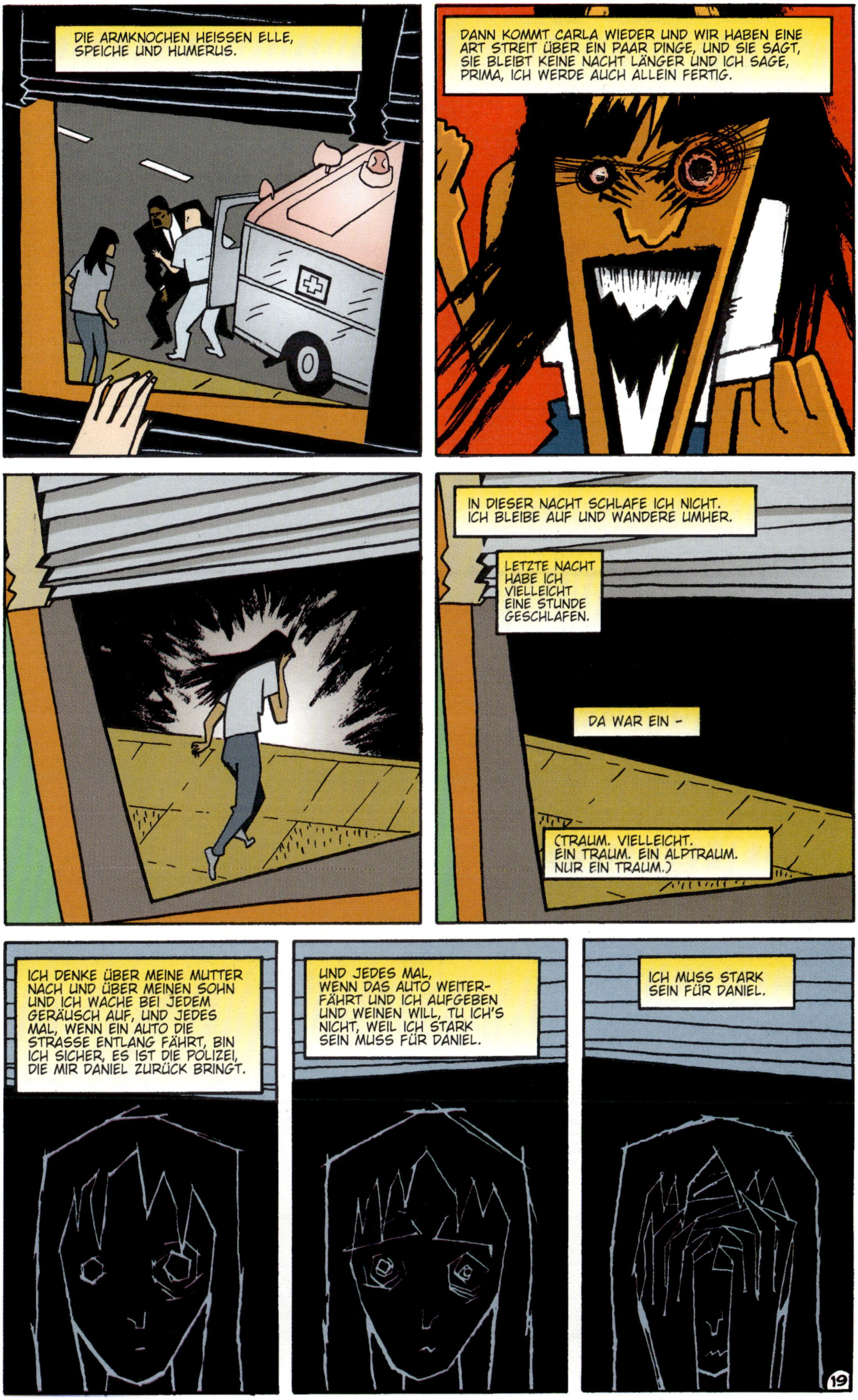
DIE ARMKNOCHEN HEISSEN ELLE, SPEICHE UND HUMERUS.
DANN KOMMT CARLA WIEDER UND WIR HABEN EINE ART STREIT ÜBER EIN PAAR DINGE, UND SIE SAGT, SIE BLEIBT KEINE NACHT LÄNGER UND ICH SAGE, PRIMA, ICH WERDE AUCH ALLEIN FERTIG.
IN DIESER NACHT SCHLAFE ICH NICHT. ICH BLEIBE AUF UND WANDERE UMHER.
LETZTE NACHT HABE ICH VIELLEICHT EINE STUNDE GESCHLAFEN.
DA WAR EIN –
(TRAUM. VIELLEICHT. EIN TRAUM. EIN ALPTRAUM. NUR EIN TRAUM.)
ICH DENKE ÜBER MEINE MUTTER NACH UND ÜBER MEINEN SOHN UND ICH WACHE BEI JEDEM GERÄUSCH AUF, UND JEDES MAL, WENN EIN AUTO DIE STRASSE ENTLANG FÄHRT, BIN ICH SICHER, ES IST DIE POLIZEI, DIE MIR DANIEL ZURÜCK BRINGT.
UND JEDES MAL, WENN DAS AUTO WEITERFÄHRT UND ICH AUFGEBEN UND WEINEN WILL, TU ICH'S NICHT, WEIL ICH STARK SEIN MUSS FÜR DANIEL.
ICH MUSS STARK SEIN FÜR DANIEL.

WENN ICH DOCH RAUCHEN WÜRDE. DANN HÄTTE ICH ETWAS ZU TUN. DIE ZEITSCHRIFT HABE ICH SCHON ZWEIMAL GELESEN.
ICH HABE AUCH KEINEN HUNGER.
UND MORGENS UM 4:00 LÄUFT NICHTS IM FERNSEHEN AUSSER WERBESHOWS UND EINE WIEDERHOLUNG VON "TWILIGHT ZONE" ABER ICH KANN MICH NICHT KONZENTRIEREN UND SO GEHE ICH WIEDER ZUM FENSTER UND WARTE.
UND ENDLICH NACH EINER EWIG DAUERNDEN NACHT SEHE ICH WIE DIE VIOLETTE DUNKELHEIT ZUM ZWIELICHT VERBLASST UND DER OSTHIMMEL IN BLUT UND ROSA SCHWIMMT.
MORGENROT. SCHLECHT WETTER DROHT.
UND DAS BLUT VERBLASST ZU BLAU UND BALD WIRD ES HEISS UND ES IST EIN SCHÖNER KLARER TAG, DENN DER REGEN HAT DEN DRECK AUS DER LUFT GEWASCHEN...
ICH LESE IRGENDWO, DASS MAN VERRÜCKT WERDEN KANN, WENN MAN NICHT SCHLÄFT.
ABER ES GEHT MIR GUT FÜHLE MICH EINFACH GUT UND ALLES IST KRISTALLKLAR.
ICH HABE NICHT MAL HUNGER.
DAS DRÖHNEN DER AUTOS WIRD LAUT UND SO STETIG DASS ICH DIE EINZELNEN AUTOS NICHT MEHR UNTERSCHEIDEN KANN UND SCHLIESSLICH ÜBERRASCHT MICH DAS SCHELLEN DER KLINGEL.

SCHAU HER. DAS BIN ICH WIE ICH ZUR TÜR GEHE, GENAU WIE ABERTAUSENDE VON MALEN IN DER VERGANGENHEIT UND KEINS DIESER MALE WAR WICHTIG. ICH MEINE, NICHT EINS DIESER MALE WAR WICHTIG, ICH KANN MICH NICHT MAL AN DIE EINZELNEN MALE ERINNERN, WER ERINNERT SICH DARAN, WIE ER ZUR TÜR GING...?
DANN ÖFFNE ICH DIE TÜR.
MA'AM?
DETECTIVE PINKERTON. DETECTIVE FELLOWES.
GANZ GENAU, MA'AM.
GIBT ES... GIBT ES NEUIGKEITEN?
ICH FÜRCHTE JA, MADAM. WIR KOMMEN WOHL BESSER REIN.
NEIN. SAGEN SIE ES. *JETZT.*
DANIEL?
WIR HABEN EINE LEICHE ENTDECKT, MADAM.
GESTERN ABEND.
SIE... IST ZIEMLICH ÜBEL VERBRANNT.
21

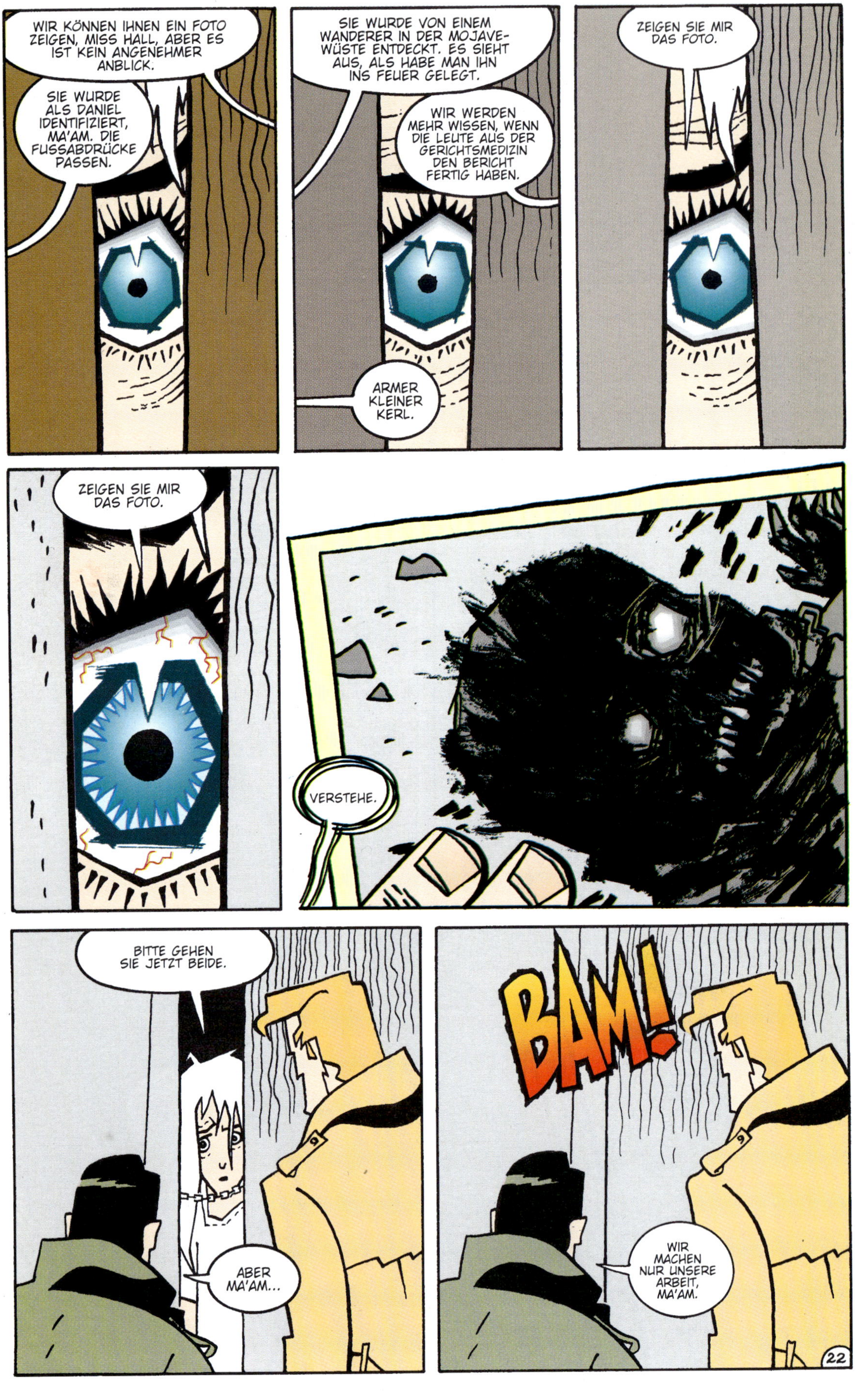
WIR KÖNNEN IHNEN EIN FOTO ZEIGEN, MISS HALL, ABER ES IST KEIN ANGENEHMER ANBLICK.
SIE WURDE ALS DANIEL IDENTIFIZIERT, MA'AM. DIE FUSSABDRÜCKE PASSEN.
SIE WURDE VON EINEM WANDERER IN DER MOJAVE-WÜSTE ENTDECKT. ES SIEHT AUS, ALS HABE MAN IHN INS FEUER GELEGT.
WIR WERDEN MEHR WISSEN, WENN DIE LEUTE AUS DER GERICHTSMEDIZIN DEN BERICHT FERTIG HABEN.
ARMER KLEINER KERL.
ZEIGEN SIE MIR DAS FOTO.
ZEIGEN SIE MIR DAS FOTO.
VERSTEHE.
BITTE GEHEN SIE JETZT BEIDE.
ABER MA'AM...
BAM!
WIR MACHEN NUR UNSERE ARBEIT, MA'AM.
22

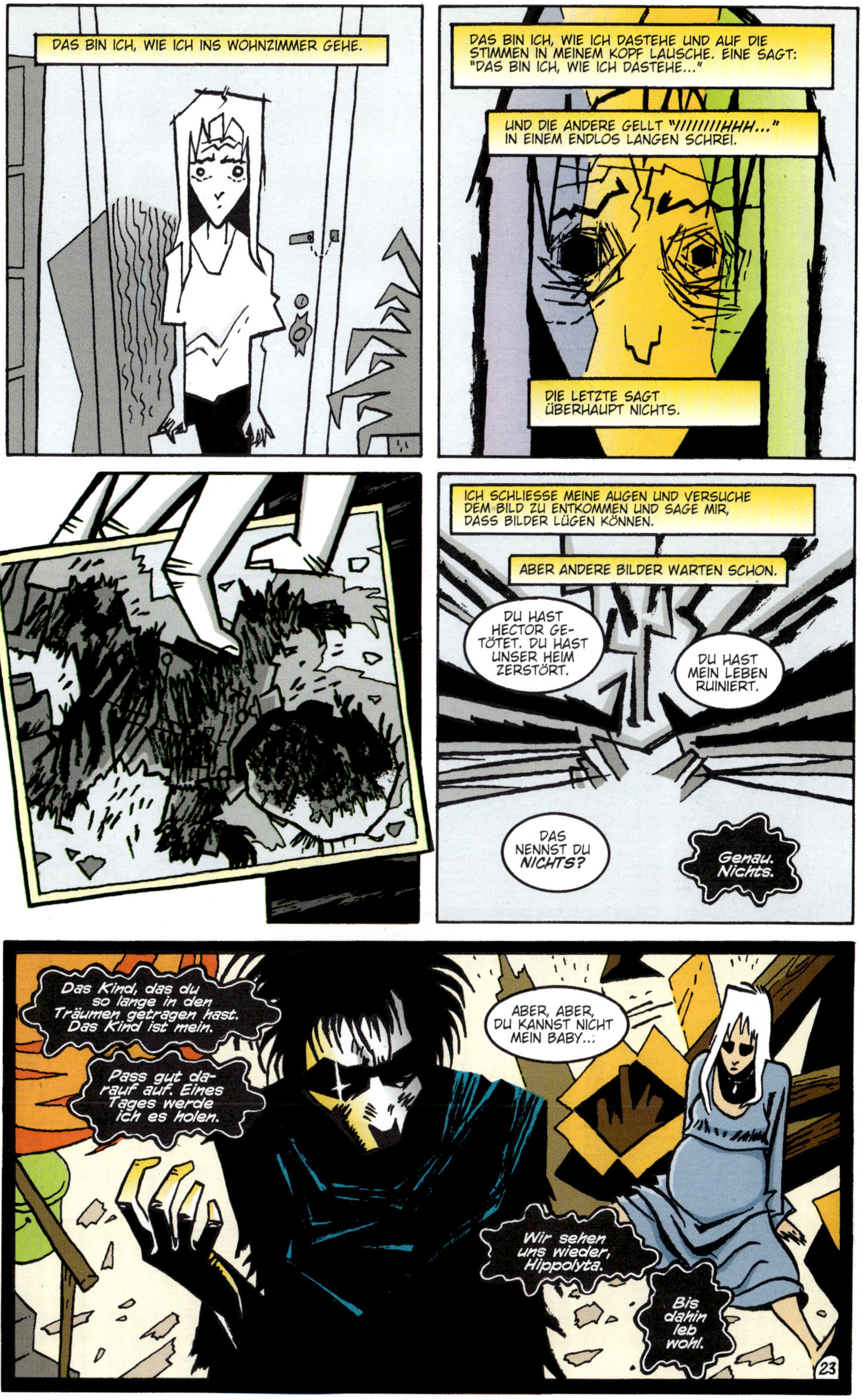
DAS BIN ICH, WIE ICH INS WOHNZIMMER GEHE.
DAS BIN ICH, WIE ICH DASTEHE UND AUF DIE STIMMEN IN MEINEM KOPF LAUSCHE. EINE SAGT: "DAS BIN ICH, WIE ICH DASTEHE..."
UND DIE ANDERE GELLT "IIIIIIIIHHH..." IN EINEM ENDLOS LANGEN SCHREI.
DIE LETZTE SAGT ÜBERHAUPT NICHTS.
ICH SCHLIESSE MEINE AUGEN UND VERSUCHE DEM BILD ZU ENTKOMMEN UND SAGE MIR, DASS BILDER LÜGEN KÖNNEN.
ABER ANDERE BILDER WARTEN SCHON.
DU HAST HECTOR GETÖTET. DU HAST UNSER HEIM ZERSTÖRT.
DU HAST MEIN LEBEN RUINIERT.
DAS NENNST DU NICHTS?
Genau. Nichts.
Das Kind, das du so lange in den Träumen getragen hast. Das Kind ist mein.
Pass gut darauf auf. Eines Tages werde ich es holen.
ABER, ABER, DU KANNST NICHT MEIN BABY...
Wir sehen uns wieder, Hippolyta.
Bis dahin leb wohl.
23

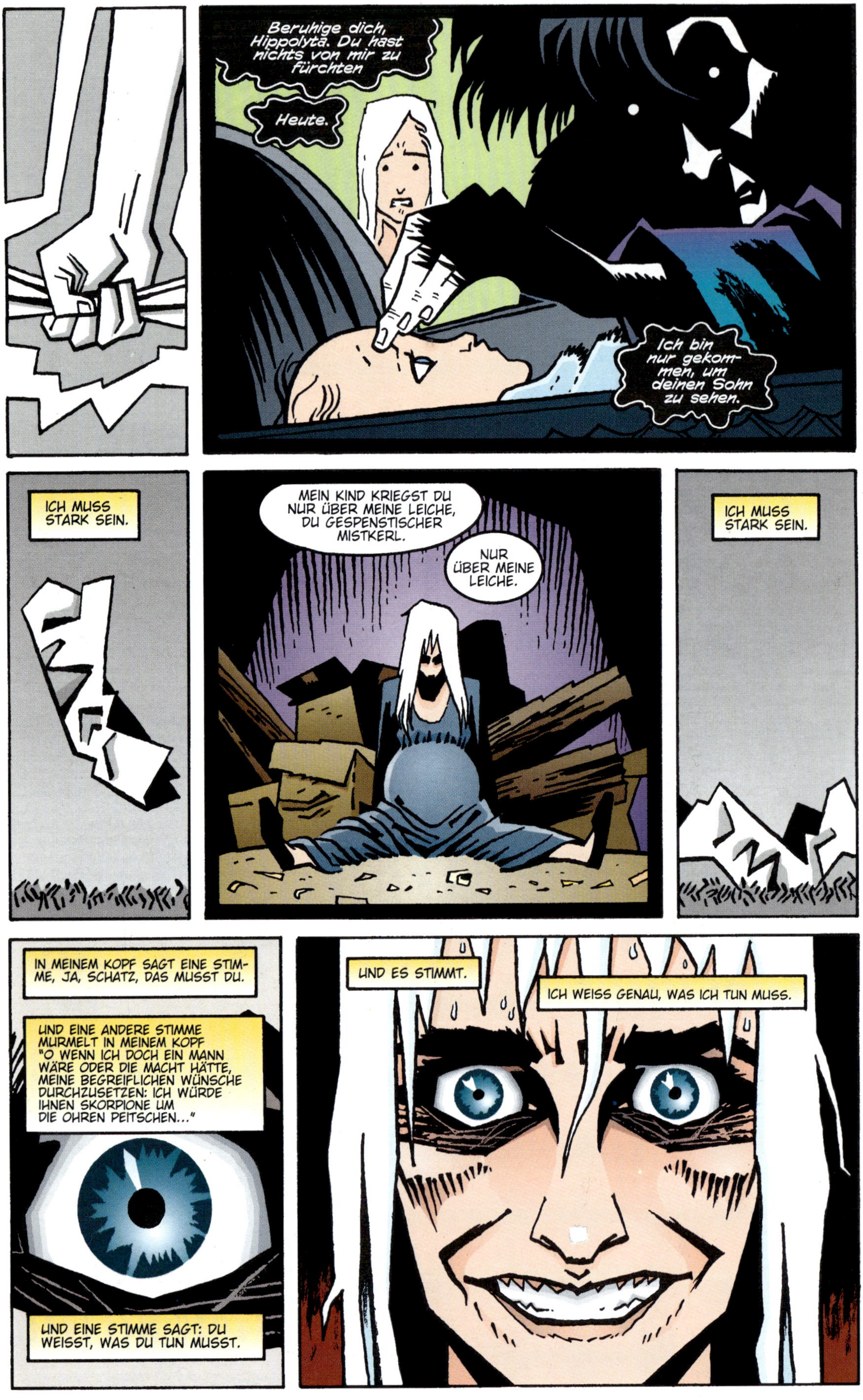
Beruhige dich, Hippolyta. Du hast nichts von mir zu fürchten
Heute.
Ich bin nur gekommen, um deinen Sohn zu sehen.
ICH MUSS STARK SEIN.
MEIN KIND KRIEGST DU NUR ÜBER MEINE LEICHE, DU GESPENSTISCHER MISTKERL.
NUR ÜBER MEINE LEICHE.
ICH MUSS STARK SEIN.
IN MEINEM KOPF SAGT EINE STIMME, JA, SCHATZ, DAS MUSST DU.
UND EINE ANDERE STIMME MURMELT IN MEINEM KOPF "O WENN ICH DOCH EIN MANN WÄRE ODER DIE MACHT HÄTTE, MEINE BEGREIFLICHEN WÜNSCHE DURCHZUSETZEN: ICH WÜRDE IHNEN SKORPIONE UM DIE OHREN PEITSCHEN..."
UND EINE STIMME SAGT: DU WEISST, WAS DU TUN MUSST.
UND ES STIMMT.
ICH WEISS GENAU, WAS ICH TUN MUSS.

Diese schweren Schlüssel hatte ich wegen bestimmter Aufnahmen für MR. PUNCH gekauft, einen Comic, an dem ich zu der Zeit mit Neil arbeitete. Tatsächlich tauchten Requisiten für Punch auf einigen dieser Cover auf. Ich konnte nicht glauben, dass Neil noch immer keinen Fisch in der Geschichte untergebracht hatte. Hatte er nicht begriffen, wie toll Fisch ist?

**DM**

Ich wollte, ich wäre überzeugt davon, das Richtige zu tun.
LUX
Hallo.
Könnte ich den Besitzer sprechen?
Ich bin sicher, dass ich hier richtig bin.
Meine Leute haben mir gesagt, dass ich hierher kommen muss, um ihn zu sprechen.
Ich komme von weit her.
Ich suche den Morgenstern. Verstehen Sie?
Danke sehr.

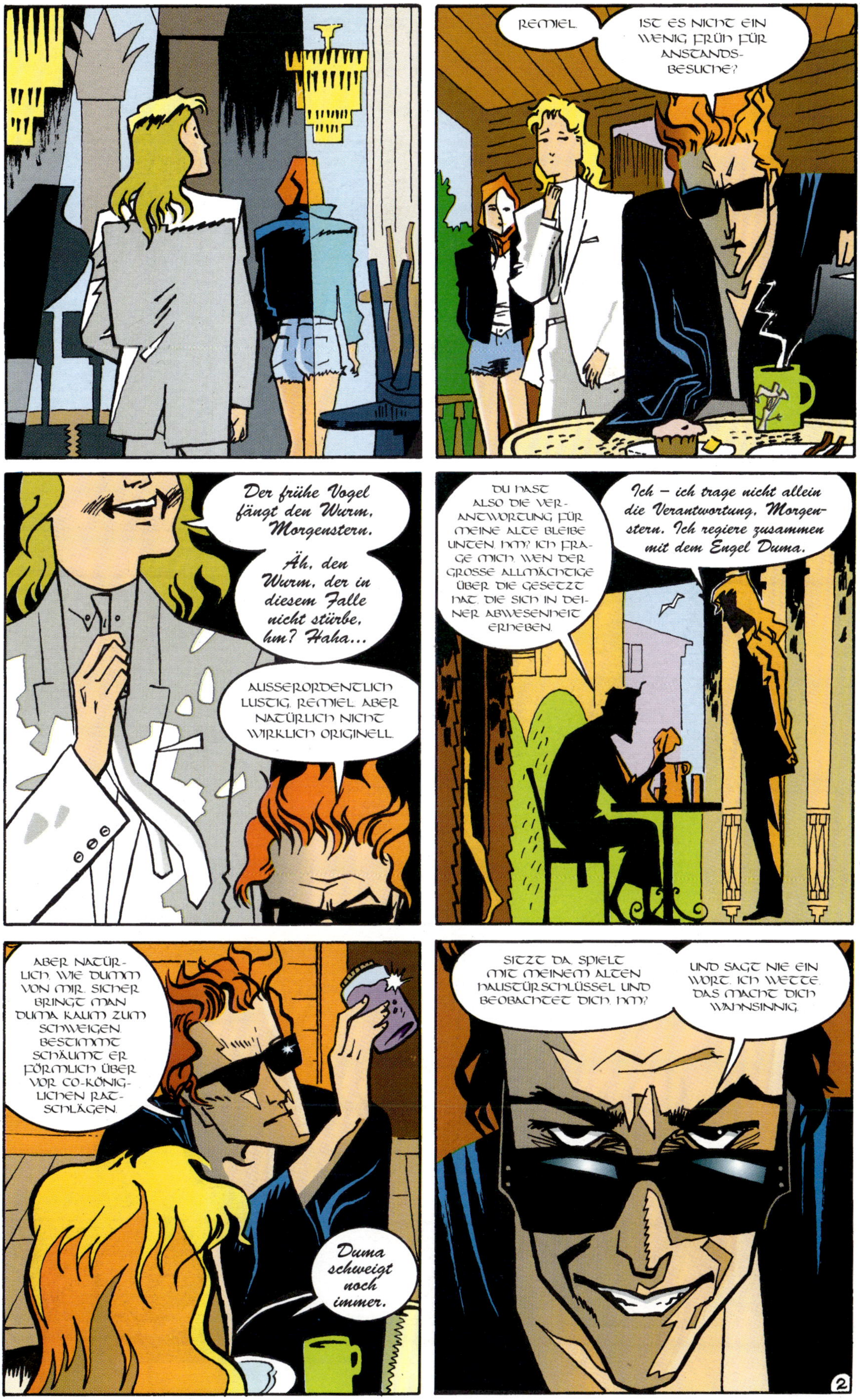
REMIEL.
IST ES NICHT EIN WENIG FRÜH FÜR ANSTANDS-BESUCHE?
Der frühe Vogel fängt den Wurm, Morgenstern.
Äh, den Wurm, der in diesem Falle nicht stürbe, hm? Haha...
AUSSERORDENTLICH LUSTIG, REMIEL. ABER NATÜRLICH NICHT WIRKLICH ORIGINELL.
DU HAST ALSO DIE VER-ANTWORTUNG FÜR MEINE ALTE BLEIBE UNTEN, HM? ICH FRA-GE MICH, WEN DER GROSSE ALLMÄCHTIGE ÜBER DIE GESETZT HAT, DIE SICH IN DEI-NER ABWESENHEIT ERHEBEN.
Ich – ich trage nicht allein die Verantwortung, Morgen-stern. Ich regiere zusammen mit dem Engel Duma.
ABER NATÜR-LICH, WIE DUMM VON MIR. SICHER BRINGT MAN DUMA KAUM ZUM SCHWEIGEN. BESTIMMT SCHÄUMT ER FÖRMLICH ÜBER VOR CO-KÖNIG-LICHEN RAT-SCHLÄGEN.
Duma schweigt noch immer.
SITZT DA, SPIELT MIT MEINEM ALTEN HAUSTÜRSCHLÜSSEL UND BEOBACHTET DICH, HM?
UND SAGT NIE EIN WORT. ICH WETTE, DAS MACHT DICH WAHNSINNIG.
2

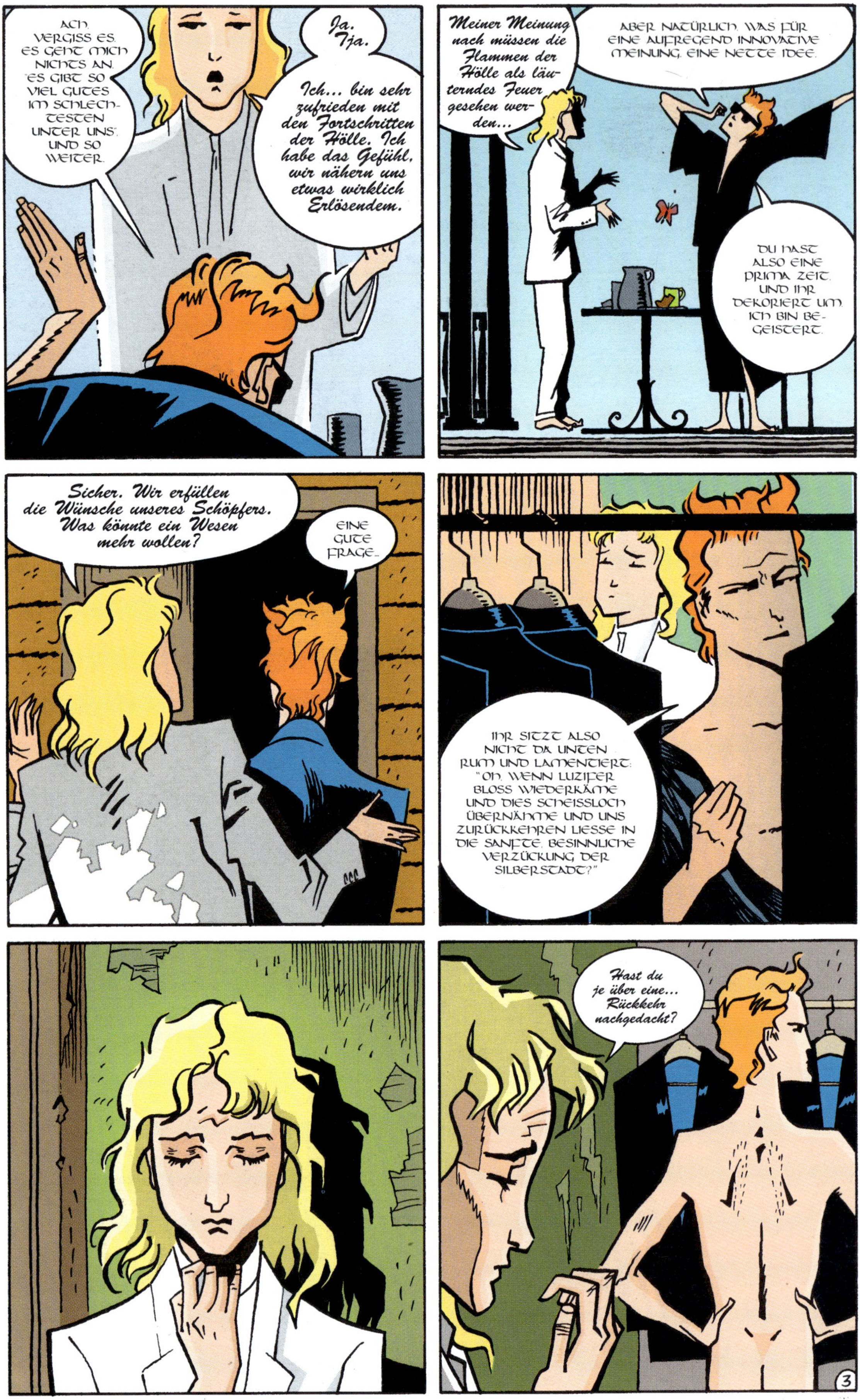
ACH. VERGISS ES. ES GEHT MICH NICHTS AN. "ES GIBT SO VIEL GUTES IM SCHLECHTESTEN UNTER UNS". UND SO WEITER.
Ja. Tja.
Ich... bin sehr zufrieden mit den Fortschritten der Hölle. Ich habe das Gefühl, wir nähern uns etwas wirklich Erlösendem.
Meiner Meinung nach müssen die Flammen der Hölle als läuterndes Feuer gesehen werden...
ABER NATÜRLICH. WAS FÜR EINE AUFREGEND INNOVATIVE MEINUNG. EINE NETTE IDEE.
DU HAST ALSO EINE PRIMA ZEIT, UND IHR DEKORIERT UM. ICH BIN BEGEISTERT.
Sicher. Wir erfüllen die Wünsche unseres Schöpfers. Was könnte ein Wesen mehr wollen?
EINE GUTE FRAGE...
IHR SITZT ALSO NICHT DA UNTEN RUM UND LAMENTIERT: "OH, WENN LUZIFER BLOSS WIEDERKÄME UND DIES SCHEISSLOCH ÜBERNÄHME UND UNS ZURÜCKKEHREN LIESSE IN DIE SANFTE, BESINNLICHE VERZÜCKUNG DER SILBERSTADT?"
Hast du je über eine... Rückkehr nachgedacht?
3

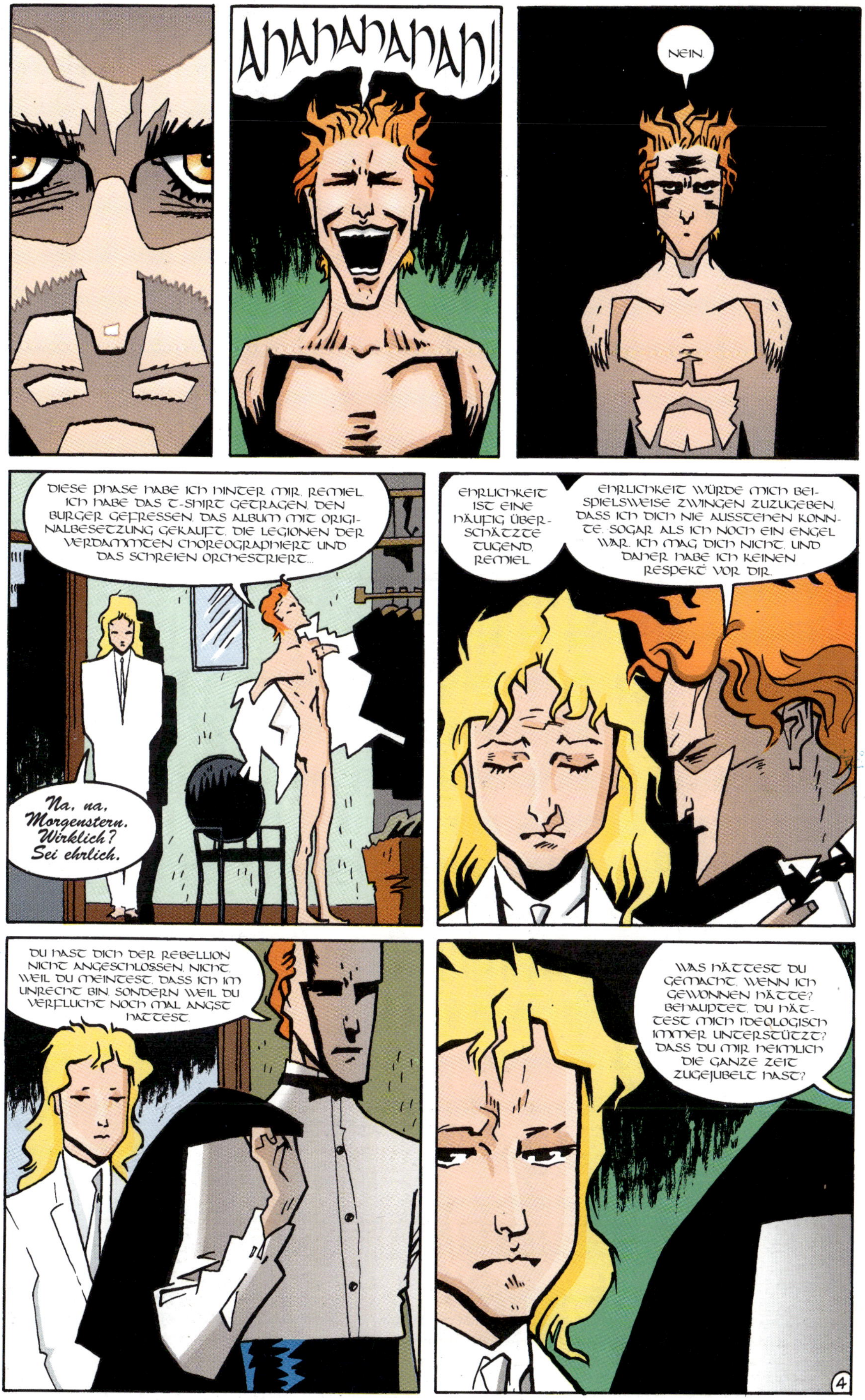
AHAHAHAHAH!
NEIN.
DIESE PHASE HABE ICH HINTER MIR, REMIEL. ICH HABE DAS T-SHIRT GETRAGEN, DEN BURGER GEFRESSEN, DAS ALBUM MIT ORIGINALBESETZUNG GEKAUFT, DIE LEGIONEN DER VERDAMMTEN CHOREOGRAPHIERT UND DAS SCHREIEN ORCHESTRIERT...
Na, na, Morgenstern. Wirklich? Sei ehrlich.
EHRLICHKEIT IST EINE HÄUFIG ÜBERSCHÄTZTE TUGEND, REMIEL.
EHRLICHKEIT WÜRDE MICH BEISPIELSWEISE ZWINGEN ZUZUGEBEN, DASS ICH DICH NIE AUSSTEHEN KONNTE. SOGAR ALS ICH NOCH EIN ENGEL WAR. ICH MAG DICH NICHT, UND DAHER HABE ICH KEINEN RESPEKT VOR DIR.
DU HAST DICH DER REBELLION NICHT ANGESCHLOSSEN, NICHT, WEIL DU MEINTEST, DASS ICH IM UNRECHT BIN, SONDERN WEIL DU VERFLUCHT NOCH MAL ANGST HATTEST.
WAS HÄTTEST DU GEMACHT, WENN ICH GEWONNEN HÄTTE? BEHAUPTET, DU HÄTTEST MICH IDEOLOGISCH IMMER UNTERSTÜTZT? DASS DU MIR HEIMLICH DIE GANZE ZEIT ZUGEJUBELT HAST?
4

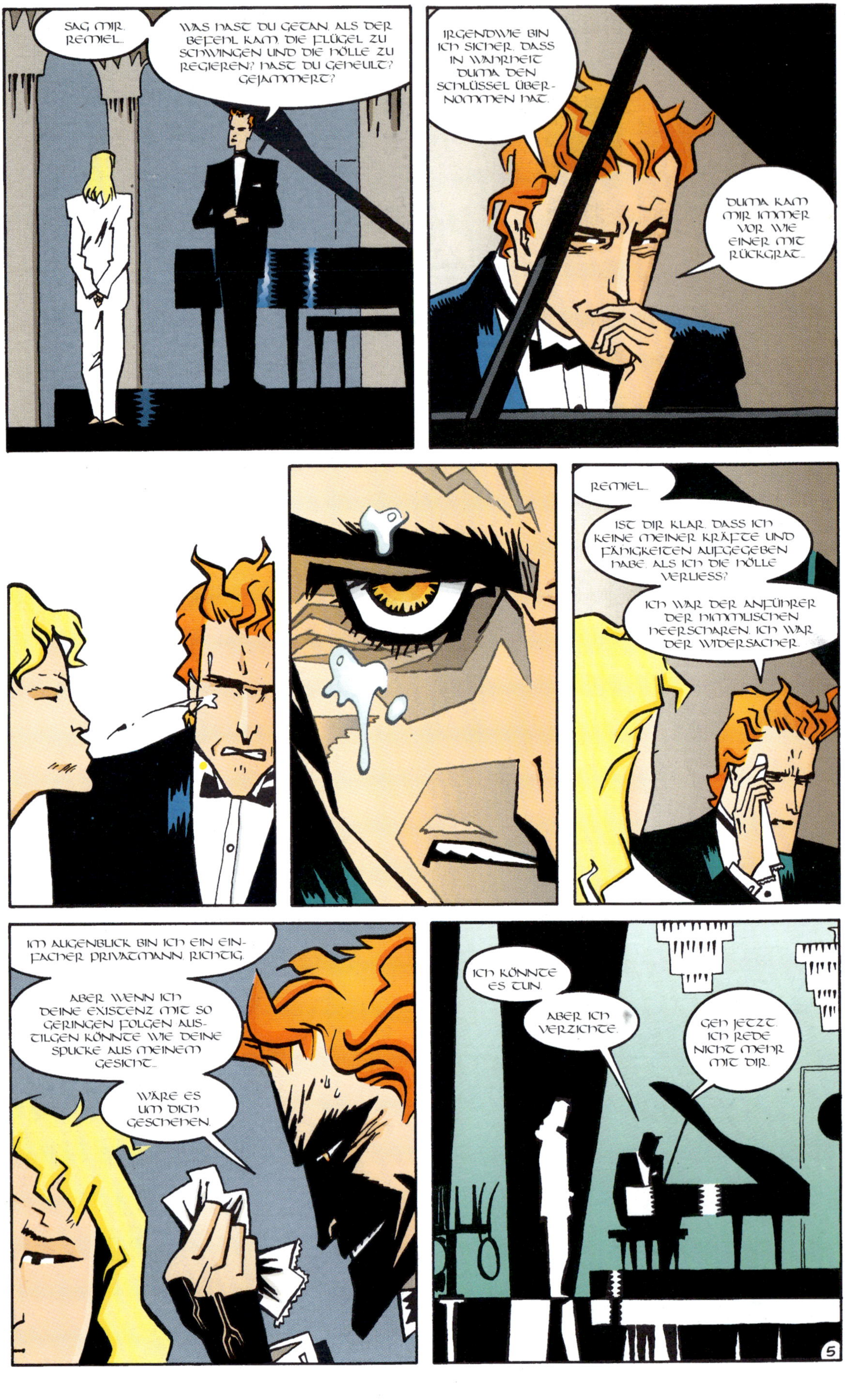
SAG MIR, REMIEL...
WAS HAST DU GETAN, ALS DER BEFEHL KAM, DIE FLÜGEL ZU SCHWINGEN UND DIE HÖLLE ZU REGIEREN? HAST DU GEHEULT? GEJAMMERT?
IRGENDWIE BIN ICH SICHER, DASS IN WAHRHEIT DUMA DEN SCHLÜSSEL ÜBERNOMMEN HAT.
DUMA KAM MIR IMMER VOR WIE EINER MIT RÜCKGRAT...
REMIEL...
IST DIR KLAR, DASS ICH KEINE MEINER KRÄFTE UND FÄHIGKEITEN AUFGEGEBEN HABE, ALS ICH DIE HÖLLE VERLIESS?
ICH WAR DER ANFÜHRER DER HIMMLISCHEN HEERSCHAREN. ICH WAR DER WIDERSACHER.
IM AUGENBLICK BIN ICH EIN EINFACHER PRIVATMANN, RICHTIG.
ABER WENN ICH DEINE EXISTENZ MIT SO GERINGEN FOLGEN AUSTILGEN KÖNNTE WIE DEINE SPUCKE AUS MEINEM GESICHT...
WÄRE ES UM DICH GESCHEHEN.
ICH KÖNNTE ES TUN.
ABER ICH VERZICHTE.
GEH JETZT. ICH REDE NICHT MEHR MIT DIR.

PSYCHOTIC REACTIONS
Also, das war ein völliger Fehlschlag.
Wir haben nicht einmal angefangen, über die Lage des Traumkönigs zu sprechen.
Morgenstern hat mich so... wütend gemacht, Duma. Ich konnte nicht weiter mit ihm sprechen. Ich fand es weiser, einfach zu gehen.
Und wenn du mit ihm verhandeln willst...
...dann rede verdammt selbst mit ihm!
6

DIE GÜTIGEN: 4
TEXT NEIL GAIMAN
ZEICHNUNGEN MARC HEMPEL
TUSCHE D'ISRAELI
FARBEN DANIEL VOZZO
ÜBERSETZUNG GERLINDE ALTHOFF
LETTERING MATTHIAS ROTTLER & TORSTEN TAG
DIE SANDMAN-CHARAKTERE WURDEN ERDACHT VON GAIMAN, KIETH & DRINGENBERG

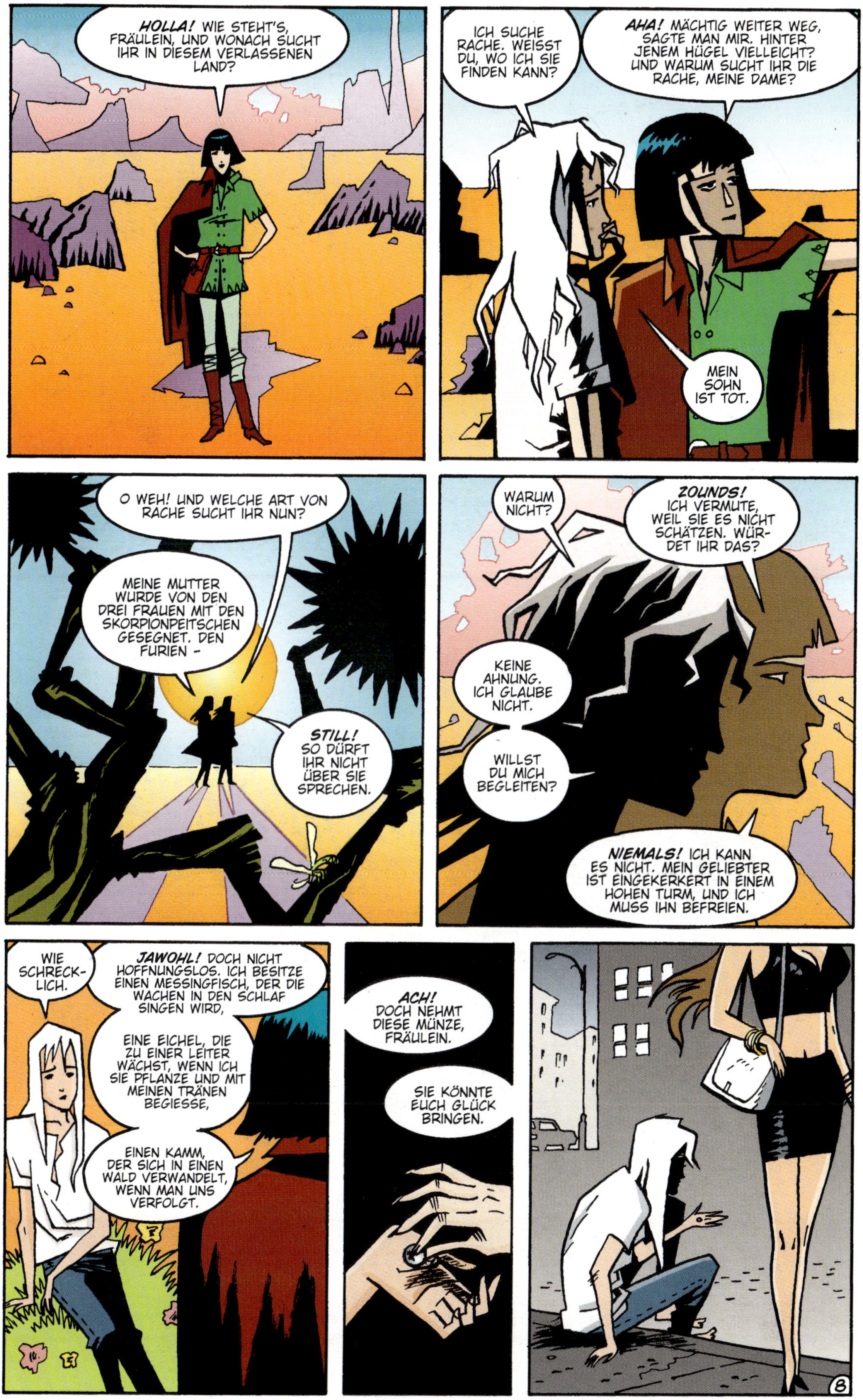
HOLLA! WIE STEHT'S, FRÄULEIN, UND WONACH SUCHT IHR IN DIESEM VERLASSENEN LAND?
ICH SUCHE RACHE. WEISST DU, WO ICH SIE FINDEN KANN?
AHA! MÄCHTIG WEITER WEG, SAGTE MAN MIR. HINTER JENEM HÜGEL VIELLEICHT? UND WARUM SUCHT IHR DIE RACHE, MEINE DAME?
MEIN SOHN IST TOT.
O WEH! UND WELCHE ART VON RACHE SUCHT IHR NUN?
MEINE MUTTER WURDE VON DEN DREI FRAUEN MIT DEN SKORPIONPEITSCHEN GESEGNET. DEN FURIEN –
STILL! SO DÜRFT IHR NICHT ÜBER SIE SPRECHEN.
WARUM NICHT?
ZOUNDS! ICH VERMUTE, WEIL SIE ES NICHT SCHÄTZEN. WÜR-DET IHR DAS?
KEINE AHNUNG. ICH GLAUBE NICHT.
WILLST DU MICH BEGLEITEN?
NIEMALS! ICH KANN ES NICHT. MEIN GELIEBTER IST EINGEKERKERT IN EINEM HOHEN TURM, UND ICH MUSS IHN BEFREIEN.
WIE SCHRECK-LICH.
JAWOHL! DOCH NICHT HOFFNUNGSLOS. ICH BESITZE EINEN MESSINGFISCH, DER DIE WACHEN IN DEN SCHLAF SINGEN WIRD,
EINE EICHEL, DIE ZU EINER LEITER WÄCHST, WENN ICH SIE PFLANZE UND MIT MEINEN TRÄNEN BEGIESSE,
EINEN KAMM, DER SICH IN EINEN WALD VERWANDELT, WENN MAN UNS VERFOLGT.
ACH! DOCH NEHMT DIESE MÜNZE, FRÄULEIN.
SIE KÖNNTE EUCH GLÜCK BRINGEN.

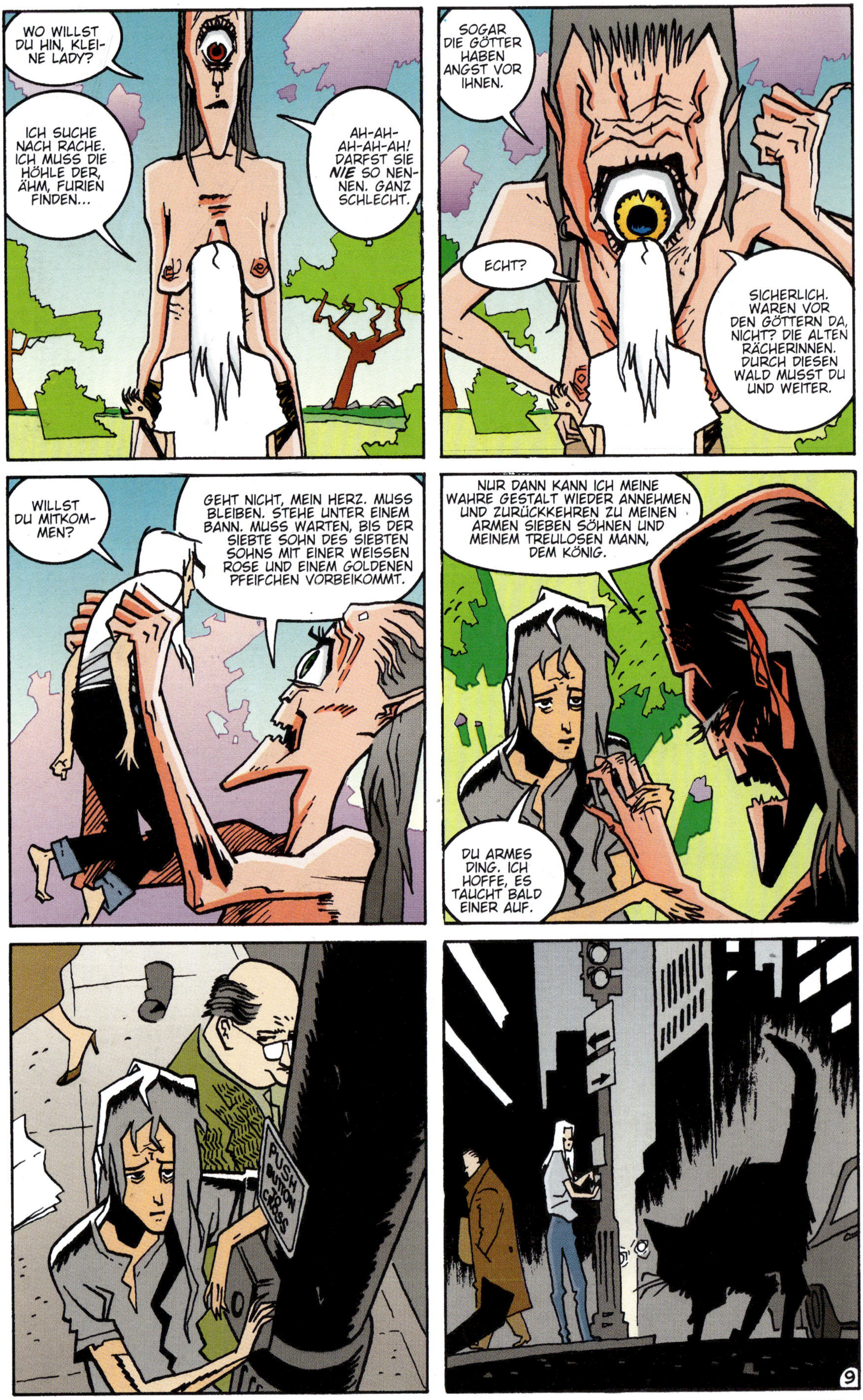
WO WILLST DU HIN, KLEINE LADY?
ICH SUCHE NACH RACHE. ICH MUSS DIE HÖHLE DER, ÄHM, FURIEN FINDEN...
AH-AH-AH-AH-AH! DARFST SIE NIE SO NENNEN. GANZ SCHLECHT.
SOGAR DIE GÖTTER HABEN ANGST VOR IHNEN.
ECHT?
SICHERLICH. WAREN VOR DEN GÖTTERN DA, NICHT? DIE ALTEN RÄCHERINNEN. DURCH DIESEN WALD MUSST DU UND WEITER.
WILLST DU MITKOMMEN?
GEHT NICHT, MEIN HERZ. MUSS BLEIBEN. STEHE UNTER EINEM BANN. MUSS WARTEN, BIS DER SIEBTE SOHN DES SIEBTEN SOHNS MIT EINER WEISSEN ROSE UND EINEM GOLDENEN PFEIFCHEN VORBEIKOMMT.
NUR DANN KANN ICH MEINE WAHRE GESTALT WIEDER ANNEHMEN UND ZURÜCKKEHREN ZU MEINEN ARMEN SIEBEN SÖHNEN UND MEINEM TREULOSEN MANN, DEM KÖNIG.
DU ARMES DING. ICH HOFFE, ES TAUCHT BALD EINER AUF.
PUSH BUTTON TO CROSS

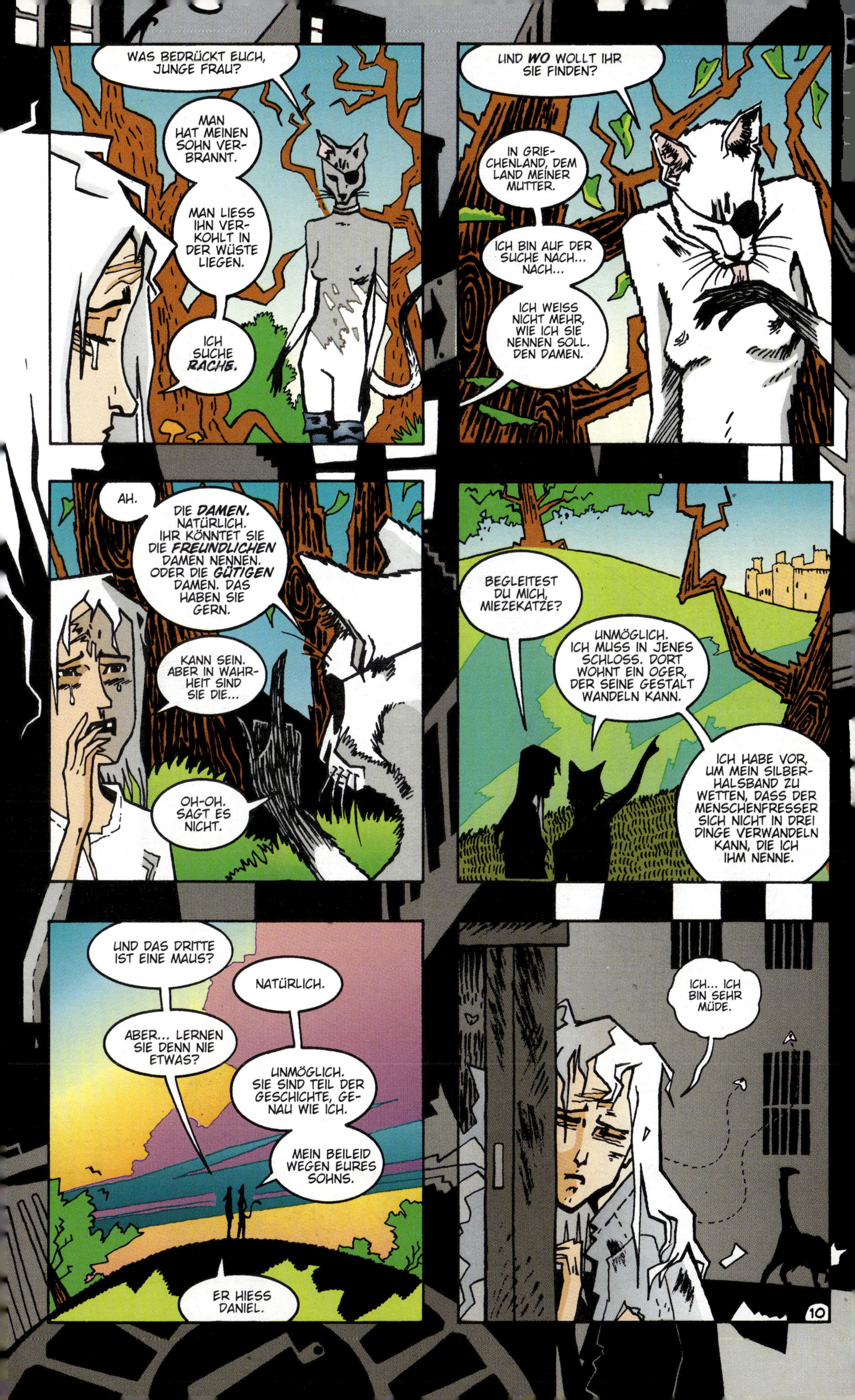
WAS BEDRÜCKT EUCH, JUNGE FRAU?
MAN HAT MEINEN SOHN VERBRANNT.
MAN LIESS IHN VERKOHLT IN DER WÜSTE LIEGEN.
ICH SUCHE RACHE.
UND WO WOLLT IHR SIE FINDEN?
IN GRIECHENLAND, DEM LAND MEINER MUTTER.
ICH BIN AUF DER SUCHE NACH... NACH...
ICH WEISS NICHT MEHR, WIE ICH SIE NENNEN SOLL. DEN DAMEN.
AH.
DIE DAMEN. NATÜRLICH. IHR KÖNNTET SIE DIE FREUNDLICHEN DAMEN NENNEN. ODER DIE GÜTIGEN DAMEN. DAS HABEN SIE GERN.
KANN SEIN. ABER IN WAHRHEIT SIND SIE DIE...
OH-OH. SAGT ES NICHT.
BEGLEITEST DU MICH, MIEZEKATZE?
UNMÖGLICH. ICH MUSS IN JENES SCHLOSS. DORT WOHNT EIN OGER, DER SEINE GESTALT WANDELN KANN.
ICH HABE VOR, UM MEIN SILBERHALSBAND ZU WETTEN, DASS DER MENSCHENFRESSER SICH NICHT IN DREI DINGE VERWANDELN KANN, DIE ICH IHM NENNE.
UND DAS DRITTE IST EINE MAUS?
NATÜRLICH.
ABER... LERNEN SIE DENN NIE ETWAS?
UNMÖGLICH. SIE SIND TEIL DER GESCHICHTE, GENAU WIE ICH.
MEIN BEILEID WEGEN EURES SOHNS.
ER HIESS DANIEL.
ICH... ICH BIN SEHR MÜDE.
10

AH.
AH. AH. AAAH.
ICH LIEBE DICH. VERDAMMT, ICH LIEBE DICH, DU SCHEISSKERL.
AHHHHH. HIMMEL. OHH JAA. **AHHAAH.**
OHHHHHHHHH JAAAAAAAAA...
**MMMMM.**
HE!
DU DA. GLAUB NICHT, ICH SEHE DICH NICHT DA OBEN.
WAS ZUM TEUFEL MACHST DU DA?
VERFLUCHTER SPANNER.
OH ICH ÄHH. **ÖHM.** MM. HM. AH.
ICH WAR. ÄH. ICH. ÄHH. NANANA*JA*. WA-WA-WARUM FA-FA-**FRAGST** DU, I-ICH ÄH, WA-WAR HIER O-OBEN, WA-WEIL, **ÖHM.**
ICH BI-BIN NICHT WI-WIRKLICH **HIER.**
DU HAST ZUGEGUCKT.
DU HAST MIR ZUGEGUCKT BEIM...
DU LIEBE ZEIT!
BANG! BANG! BANG!

BDAM! BDAM! BDAM!
HI, ROSE.
ICH BIN'S, CARLA. LYTAS FREUNDIN. VON OBEN, WEISST DU?
OH ICH ÄH...
ACH, KLAR. HI...
HIMMEL. ICH HATTE EINEN UNGLAUBLICHEN TRAUM. ICH MEINE, EINEN RICHTIG VERSAUTEN. FING TOTAL GEIL AN. SO EINER. MIT MEINEM EX.
WIR HABEN'S GETRIEBEN WIE LÄUFIGE WIESEL.
UND DANN HABE ICH DIESEN KERL AUF DEM SCHRANK BEMERKT. ER HAT MICH ANGE-STARRT. ICH HAB' MICH VERRATEN GEFÜHLT.
WAR JA BLOSS EIN *TRAUM.*
ICH WEISS.
HOFFENTLICH FALLEN IHM DIE AUGEN AUS. IN MEINEN BESCHISSENEN TRAUM ZU GLOTZEN.
WAR DAS PEINLICH.
HÖR MAL, ROSE, HAST DU LYTA GESTERN GESEHEN?
ICH WEISS NICHT, WO SIE STECKT.
ICH DACHTE, DU WOHNST BEI IHR.
NA JA, WIR HATTEN EINE ART STREIT LETZTE NACHT, UND ICH DACHTE, SCHEISS DRAUF. ICH WOLLTE EINE NACHT RICHTIG SCHLAFEN, UND SIE HAT SICH VÖLLIG IRRE BENOMMEN.

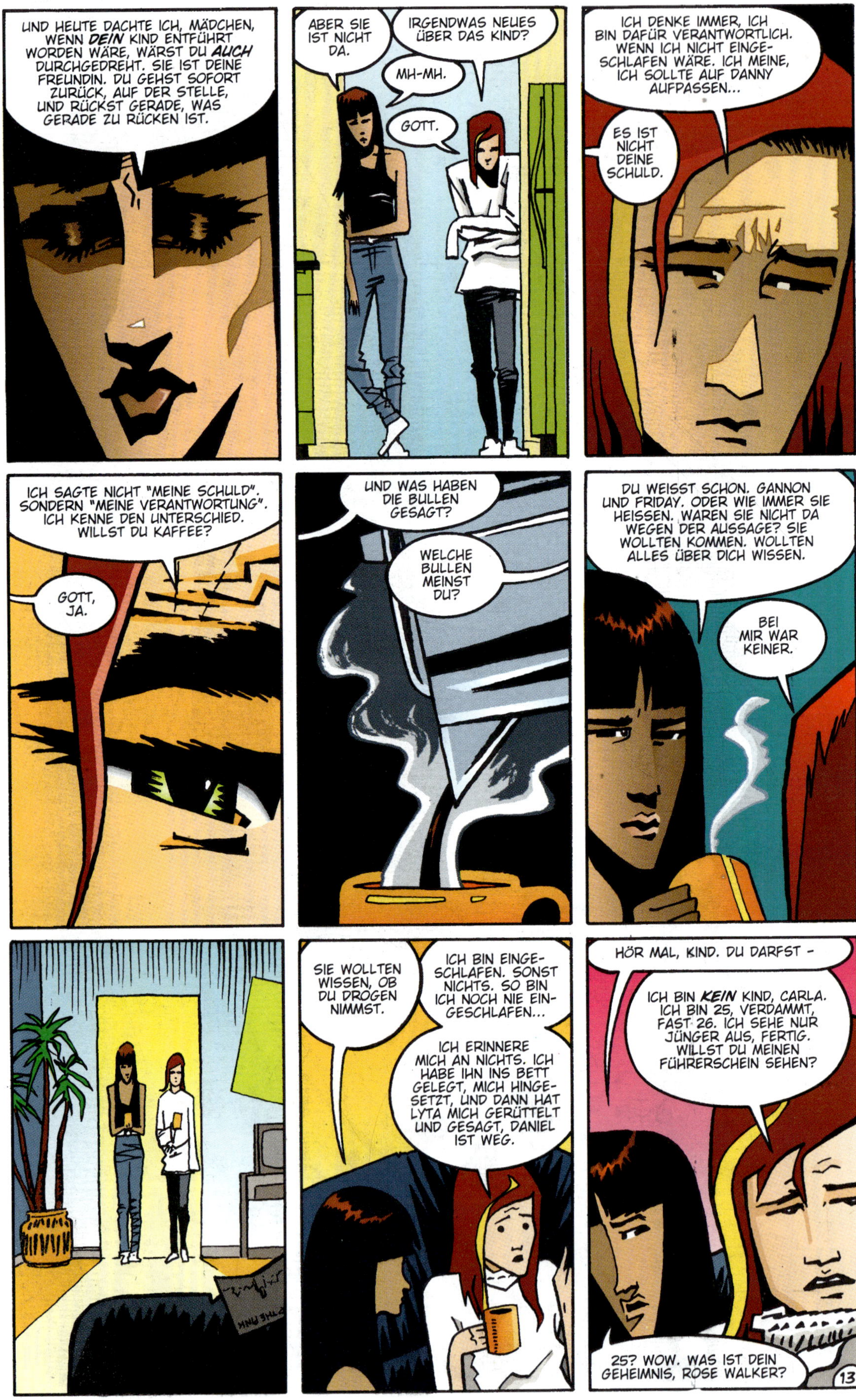
UND HEUTE DACHTE ICH, MÄDCHEN, WENN DEIN KIND ENTFÜHRT WORDEN WÄRE, WÄRST DU AUCH DURCHGEDREHT. SIE IST DEINE FREUNDIN. DU GEHST SOFORT ZURÜCK, AUF DER STELLE, UND RÜCKST GERADE, WAS GERADE ZU RÜCKEN IST.
IRGENDWAS NEUES ÜBER DAS KIND?
ABER SIE IST NICHT DA.
MH-MH.
GOTT.
ICH DENKE IMMER, ICH BIN DAFÜR VERANTWORTLICH. WENN ICH NICHT EINGESCHLAFEN WÄRE. ICH MEINE, ICH SOLLTE AUF DANNY AUFPASSEN...
ES IST NICHT DEINE SCHULD.
ICH SAGTE NICHT "MEINE SCHULD". SONDERN "MEINE VERANTWORTUNG". ICH KENNE DEN UNTERSCHIED. WILLST DU KAFFEE?
GOTT, JA.
UND WAS HABEN DIE BULLEN GESAGT?
WELCHE BULLEN MEINST DU?
DU WEISST SCHON. GANNON UND FRIDAY. ODER WIE IMMER SIE HEISSEN. WAREN SIE NICHT DA WEGEN DER AUSSAGE? SIE WOLLTEN KOMMEN. WOLLTEN ALLES ÜBER DICH WISSEN.
BEI MIR WAR KEINER.
SIE WOLLTEN WISSEN, OB DU DROGEN NIMMST.
ICH BIN EINGESCHLAFEN. SONST NICHTS. SO BIN ICH NOCH NIE EINGESCHLAFEN...
ICH ERINNERE MICH AN NICHTS. ICH HABE IHN INS BETT GELEGT, MICH HINGESETZT, UND DANN HAT LYTA MICH GERÜTTELT UND GESAGT, DANIEL IST WEG.
HÖR MAL, KIND. DU DARFST -
ICH BIN KEIN KIND, CARLA. ICH BIN 25, VERDAMMT, FAST 26. ICH SEHE NUR JÜNGER AUS, FERTIG. WILLST DU MEINEN FÜHRERSCHEIN SEHEN?
25? WOW. WAS IST DEIN GEHEIMNIS, ROSE WALKER?
13

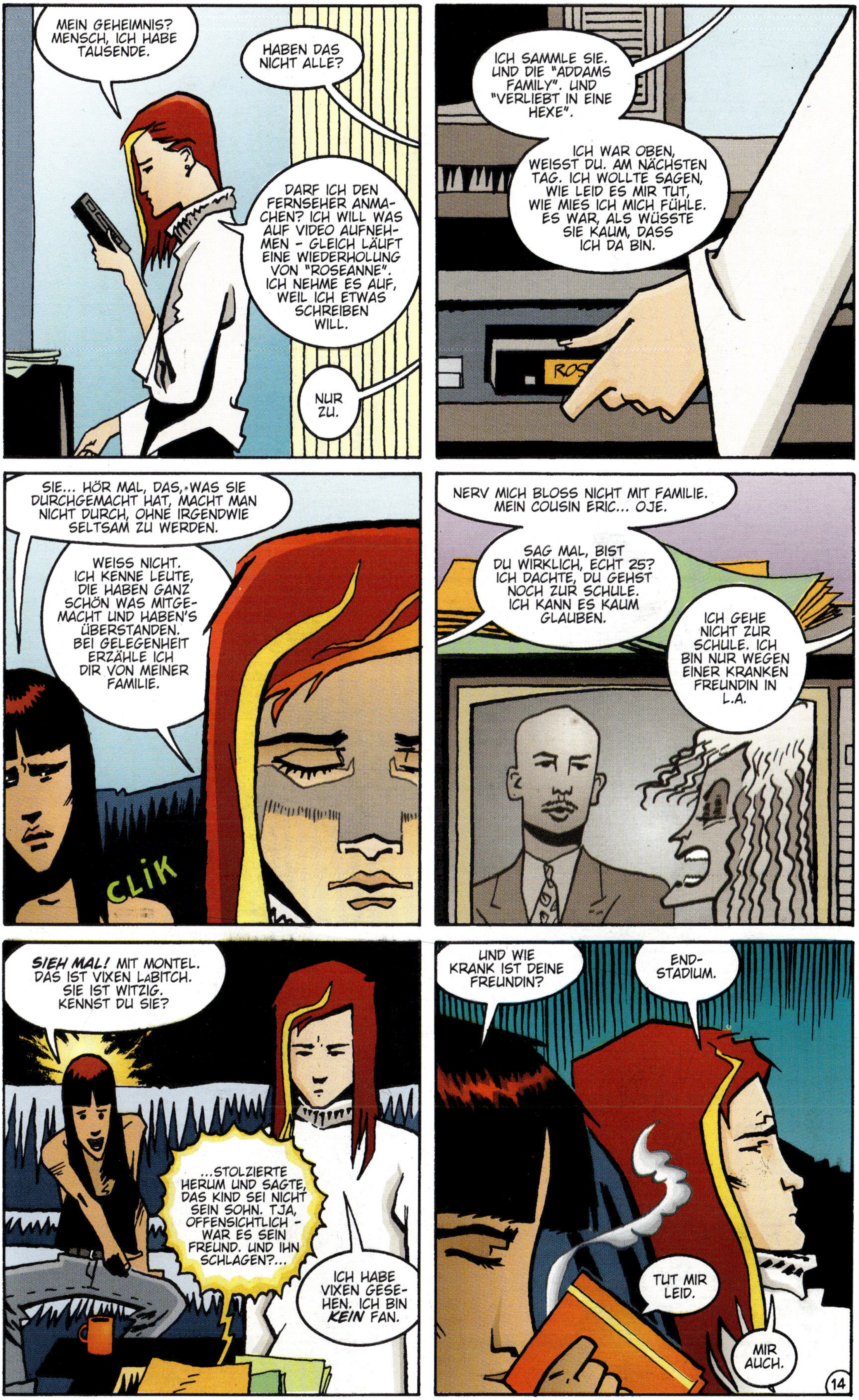
MEIN GEHEIMNIS? MENSCH, ICH HABE TAUSENDE.
HABEN DAS NICHT ALLE?
DARF ICH DEN FERNSEHER ANMACHEN? ICH WILL WAS AUF VIDEO AUFNEHMEN - GLEICH LÄUFT EINE WIEDERHOLUNG VON "ROSEANNE". ICH NEHME ES AUF, WEIL ICH ETWAS SCHREIBEN WILL.
NUR ZU.
ICH SAMMLE SIE. UND DIE "ADDAMS FAMILY". UND "VERLIEBT IN EINE HEXE".
ICH WAR OBEN, WEISST DU. AM NÄCHSTEN TAG. ICH WOLLTE SAGEN, WIE LEID ES MIR TUT, WIE MIES ICH MICH FÜHLE. ES WAR, ALS WÜSSTE SIE KAUM, DASS ICH DA BIN.
SIE... HÖR MAL, DAS, WAS SIE DURCHGEMACHT HAT, MACHT MAN NICHT DURCH, OHNE IRGENDWIE SELTSAM ZU WERDEN.
WEISS NICHT. ICH KENNE LEUTE, DIE HABEN GANZ SCHÖN WAS MITGEMACHT UND HABEN'S ÜBERSTANDEN. BEI GELEGENHEIT ERZÄHLE ICH DIR VON MEINER FAMILIE.
CLIK
NERV MICH BLOSS NICHT MIT FAMILIE. MEIN COUSIN ERIC... OJE.
SAG MAL, BIST DU WIRKLICH, ECHT 25? ICH DACHTE, DU GEHST NOCH ZUR SCHULE. ICH KANN ES KAUM GLAUBEN.
ICH GEHE NICHT ZUR SCHULE. ICH BIN NUR WEGEN EINER KRANKEN FREUNDIN IN L.A.
SIEH MAL! MIT MONTEL. DAS IST VIXEN LaBITCH. SIE IST WITZIG. KENNST DU SIE?
...STOLZIERTE HERUM UND SAGTE, DAS KIND SEI NICHT SEIN SOHN. TJA, OFFENSICHTLICH - WAR ES SEIN FREUND. UND IHN SCHLAGEN?...
ICH HABE VIXEN GESEHEN. ICH BIN KEIN FAN.
UND WIE KRANK IST DEINE FREUNDIN?
ENDSTADIUM.
TUT MIR LEID.
MIR AUCH.

ROSE, VIELLEICHT IST DAS EINE DUMME FRAGE, ABER WAS MACHST DU? ICH MEINE, HAST DU EINEN JOB ODER SO WAS?
NEIN. KEINEN ECHTEN JOB. MEINE FAMILIE IST... NA JA, MEINE MUTTER, ALSO – ES GIBT 'NE MENGE GELD. GEERBT. VON MEINER GROSSMUTTER.
ICH SCHREIBE EIN BISSCHEN.
DAS IST IRGENDWIE LUSTIG.
LYTA MEINTE, SIE TUT DIR EINEN GEFALLEN, WENN SIE DIR 5 MÄUSE DIE STUNDE FÜRS BABYSITTEN ZAHLT.
ICH LEBE QUASI AUCH AUF KOSTEN DER FAMILIE. NA JA, ES IST EIN TREUHANDVERMÖGEN.
The GOLDEN RLS Companion
BEWITC
MEINE GROSSMUTTER WAR NÄMLICH CARMILLA BRISTOL.
WER?
RECORD
ROSEANNE
CARMILLA BRISTOL.
SIE SPIELTE UNGEFÄHR JEDE SCHWARZE DIENERIN IN JEDEM HOLLYWOODSCHINKEN ZWISCHEN 1925 UND 1950. "LIEBE MISSY, JETZ' WI'D NICH' ME' GEWEINT."
SIE KONNTE NICHT VIEL DRAMATISCHES TALENT ZEIGEN, ABER SIE HATTE EIN HÄNDCHEN FÜR IMMOBILIENGESCHÄFTE.
ROSE – DARF ICH MAL TELEFONIEREN? ICH RUFE SIE AN.
WEN?
FRIDAY UND GANNON. PINKERTON UND FELLOWES. ABBOTT UND COSTELLO. DIE POLIZEI-HEINIS. SIE HÄTTEN MIT DIR REDEN MÜSSEN. WENIGSTENS EINE AUSSAGE AUFNEHMEN.
DAS IST KOMISCH. ICH KÖNNTE SCHWÖREN...
WAS DENN?
DIE HABEN MIR WOHL 'NE FALSCHE KARTE GEGEBEN.
STEHT KEINE TELEFONNUMMER DRAUF?
ES STEHT GAR NICHTS DARAUF.
PASS AUF, ICH GEBE DIR MEINE NUMMER. WENN DIE POLIZEI VORBEIKOMMT ODER LYTA AUFTAUCHT, RUFST DU MICH AN, OKAY?
KLAR.
ICH HOFFE BLOSS, SIE HAT NICHTS DUMMES GETAN.

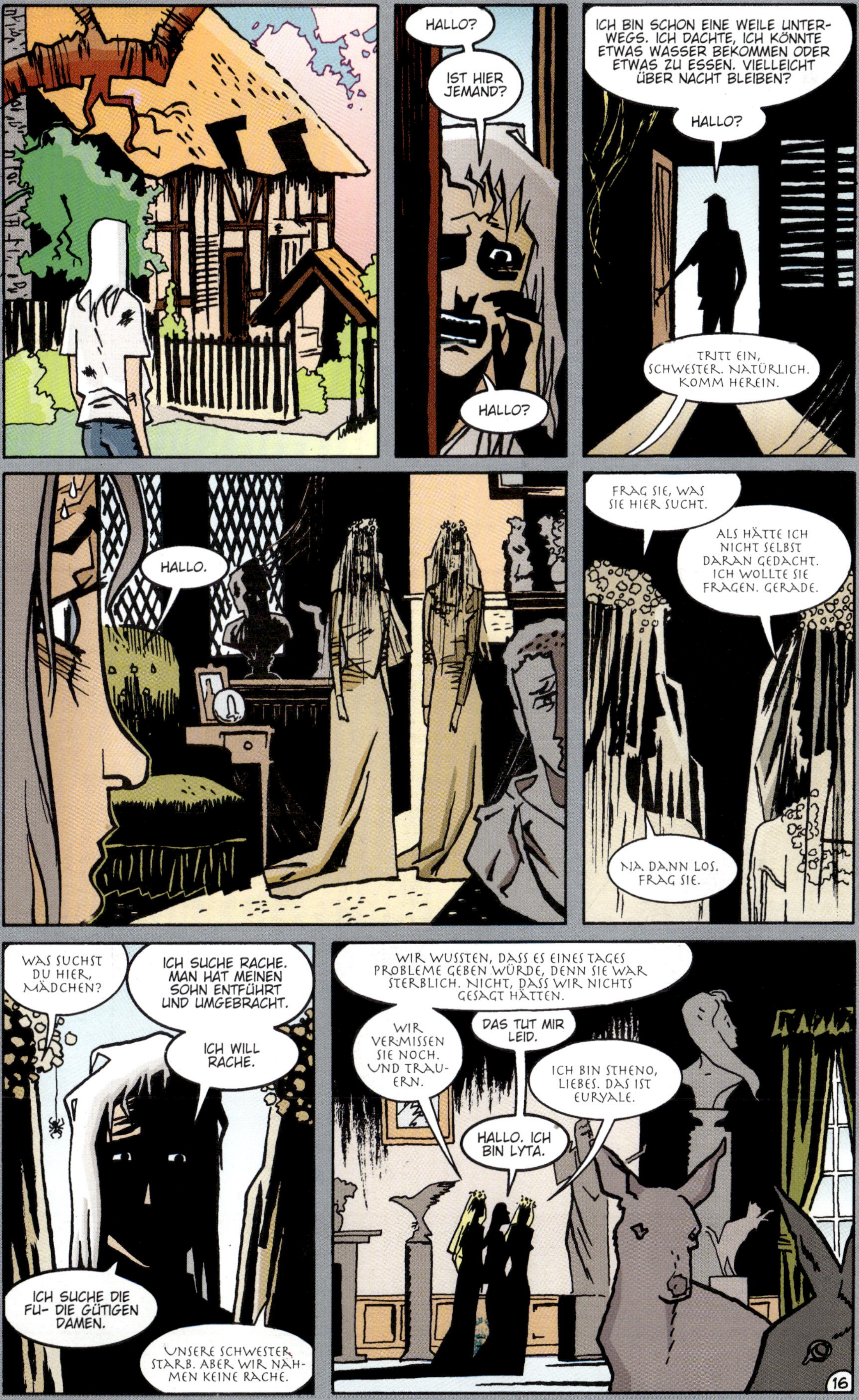
HALLO?
IST HIER JEMAND?
HALLO?
ICH BIN SCHON EINE WEILE UNTERWEGS. ICH DACHTE, ICH KÖNNTE ETWAS WASSER BEKOMMEN ODER ETWAS ZU ESSEN. VIELLEICHT ÜBER NACHT BLEIBEN?
HALLO?
TRITT EIN, SCHWESTER. NATÜRLICH. KOMM HEREIN.
HALLO.
FRAG SIE, WAS SIE HIER SUCHT.
ALS HÄTTE ICH NICHT SELBST DARAN GEDACHT. ICH WOLLTE SIE FRAGEN. GERADE.
NA, DANN LOS. FRAG SIE.
WAS SUCHST DU HIER, MÄDCHEN?
ICH SUCHE RACHE. MAN HAT MEINEN SOHN ENTFÜHRT UND UMGEBRACHT.
ICH WILL RACHE.
ICH SUCHE DIE FU- DIE GÜTIGEN DAMEN.
UNSERE SCHWESTER STARB. ABER WIR NAHMEN KEINE RACHE.
WIR WUSSTEN, DASS ES EINES TAGES PROBLEME GEBEN WÜRDE, DENN SIE WAR STERBLICH. NICHT, DASS WIR NICHTS GESAGT HÄTTEN.
WIR VERMISSEN SIE NOCH. UND TRAUERN.
DAS TUT MIR LEID.
ICH BIN STHENO, LIEBES. DAS IST EURYALE.
HALLO. ICH BIN LYTA.
16

DU DARFST BLEIBEN – EINE NACHT UND EINEN TAG UND EINE WEITERE NACHT.
ABER WIR HABEN NICHTS ZU ESSEN HIER.
WIR HATTEN ESSEN, ALS UNSERE SCHWESTER BEI UNS WAR.
DOCH ALS SIE GEGANGEN WAR, WURDE ES SCHLECHT, NÄHRTE FLIEGEN UND WURDE DANN ZU STAUB.
ES GIBT WASSER, ECHTES WASSER. SO VIEL DU TRINKEN MAGST UND MEHR.
DAS SIND SCHÖNE STATUEN.
HABT IHR SIE SELBST GEMACHT?
ACH, BITTE...
MÖCHTEST DU UNSERE SCHWESTER SEIN?
WIE BITTE?
EIN FREMDER HAT IHR DAS HAUPT ABGESCHLAGEN. WIR WOLLTEN ES MIT IHR BEERDIGEN, DOCH ER HAT ES MITGENOMMEN.
ES SOLLTE DREI VON UNS GEBEN. DU KÖNNTEST DIE STERBLICHE SEIN.
BRING DIE ARME NICHT DURCHEINANDER, EURYALE.
ZUM ABENDBROT GIBT ES ÄPFEL AM ENDE DES GARTENS. DU MUSST SIE DIR SELBST HOLEN. WIR KÖNNEN NICHT MITKOMMEN – ES IST NICHT UNSER GARTEN.
MÖCHTEST DU EINEN APFEL?
SICHER.
"WENN DU AIGLE, ERYTHEIA UND ARETHUSA SIEHST, SEI NETT ZU IHNEN. IHNEN GEHÖRT DER GARTEN."
"DER BAUM STEHT OBEN AUF DEM HÜGEL."

ISS DEN APFEL - VERLIER EIN WENIG STERBLICHKEIT - SEI EIN BISSCHEN GEWARNT - HÖR AUF MICH.
WER - WER BIST DU?
BIST DU... *SATAN?*
NICHT SEHR WAHRSCHEINLICH - HEISSE GERYON - UND DU?
ICH BIN LYTA. HIPPOLYTA HALL.
HIPPOLYTA - AUCH ANTIOPE. KÖNIGIN DER AMAZONEN. HERAKLES GAB SIE THESEUS ZUR FRAU.
HALL WIE HALLE. EIN RAUM ZWISCHEN RÄUMEN.
LYTA - WENIGER DUNKEL. JA?
KANN SEIN. ES IST NUR EIN NAME.
SIND DAS BIBLISCHE ÄPFEL?
DIESE? KEIN BISSCHEN - NUTZLOS FÜR ERKENNTNIS VON GUT UND BÖSE - MEHR WIE DER ANDERE BAUM - DU WEISST SCHON.
ÄH. NEIN.
FRAGE: WARUM WARF ER SIE RAUS?
WER? WEN?
NETTES PAAR - FEIGENBLÄTTER - ADAM, EVA.
ACH SO. VERSTEHE.
WARUM GOTT SIE AUS DEM GARTEN EDEN VERTRIEB? ICH DENKE, WEIL SIE IHM NICHT GEHORCHT HABEN.
KEIN STÜCK.
HATTE ANGST, SIE KÖNNTEN DEN BAUM DES LEBENS FINDEN, "UND ESSEN UND LEBEN EWIGLICH". SCHÖPFUNGSGESCHICHTE, KAP. 3, 22.
NIMM ÄPFEL, NUN MACH SCHON - BIN WÄCHTER - UM EHRLICH ZU SEIN, GEBE KEINEN DEUT DRAUF, WER SIE ISST - ES KOMMT NIE EINER HER.
VERFAULEN AUF DEM BODEN - WÜRMER FRESSEN SIE - SCHADE.

HÖR AUF MICH.
DAMEN, DIE DICH SCHICKEN - EURYALE - STHENO - VERMISSEN DIE SCHWESTER, WENN DU VERSTEHST.
SCHLAF IN IHREM HAUS - ISS DIESES ESSEN...
NUN - KANN'S NICHT EMPFEHLEN, NICHTS WEITER.
NICHT EMPFEH-LENSWERT - DORT.
HÖR AUF MICH.
PAPER ONLY
CHOMP

Sturm zieht auf.
20

HE, MATTHEW.
MERV. WAS NEUES?
IMMER DASSELBE. MIR FEHLT JEMAND FÜR EINEN PUTZJOB, ALS HÄTT ICH NICH SCHON GENUG SORGEN.
FFFFT
KENNST DU ABUDAH?
HI ABUDAH.
AJA.
UND WER FEHLT DIR?
NIX VON GEHÖRT? DIE FEE. DER BOSS HAT SIE NACH HAUSE GESCHICKT.
NUALA IST WEG? SCHADE.
SCHADE? WARUM?
PHOOT!
ICH WEISS NICHT. ICH KANNTE SIE GAR NICHT MAL GUT.
ABER WENN SIE WEG IST, IST DAS SCHLOSS WIE... WIE EIN JUNGSCLUB.
SO? WAS IST SCHLECHT DARAN?
HALLO MATTHEW, MERVYN, ABUDAH.
AJA.
HEEEY, LUTZE. ALLES KLAR SCHIFF?
ES GEHT SO LEIDLICH, MERVYN. UND SELBST?
ALLES 1A. HAB GERADE MATTY HIER ERZÄHLT, DASS DIE FEE VERDUFTET IST, UND ER STÖHNT UND MECKERT.
ICH VERSTEHE MATTHEW.
ICH VERMISSE BESONDERS IHREN GESANG. MAN KONNTE IHN HÖREN – IN DER FERNE – ÜBER DEN GANZEN FLUR.
ICH HABE ES GENOSSEN. SEHR SOGAR.
21

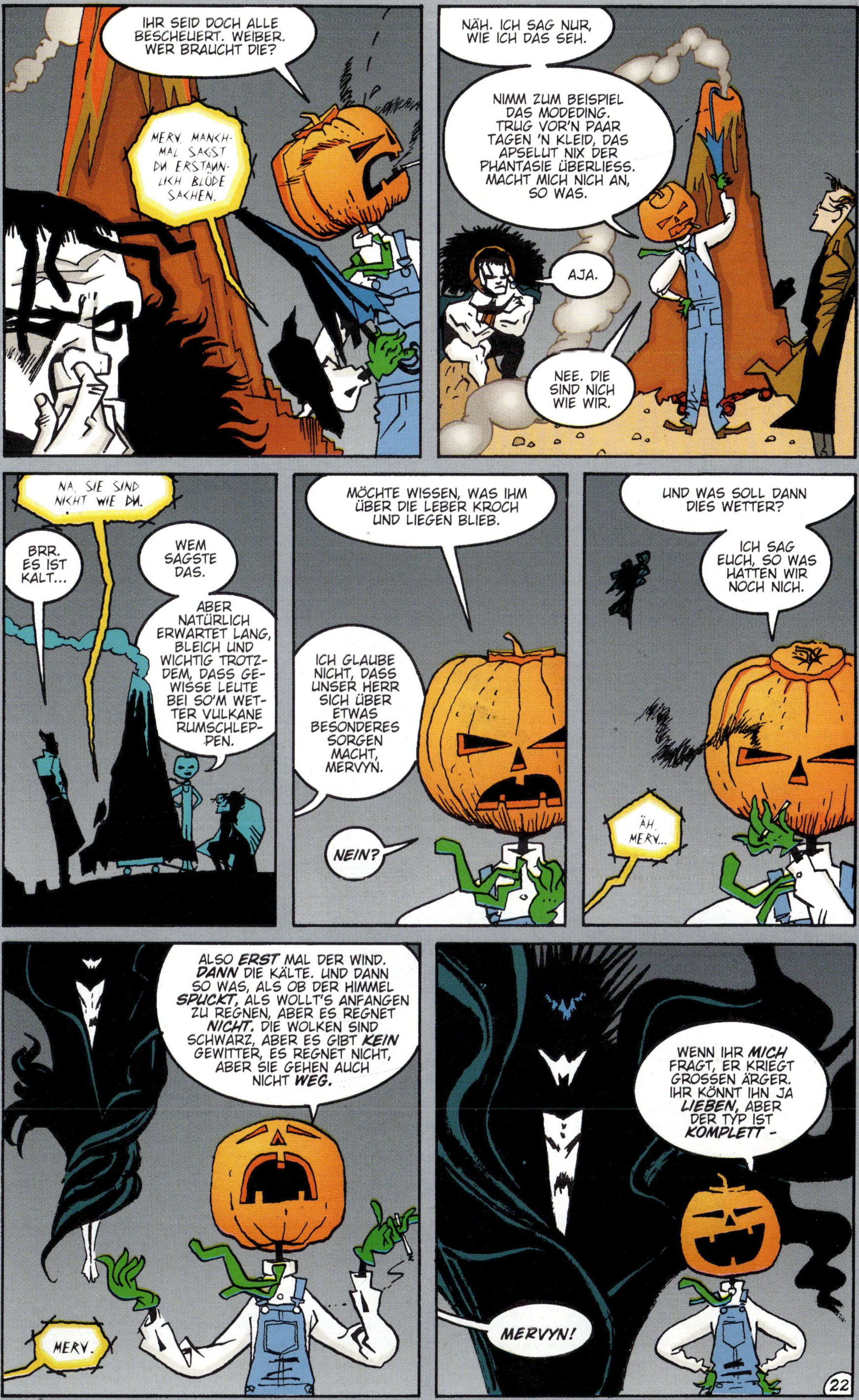

IHR SEID DOCH ALLE BESCHEUERT. WEIBER. WER BRAUCHT DIE?
MERV, MANCH-MAL SAGST DU ERSTAUN-LICH BLÖDE SACHEN.
NÄH. ICH SAG NUR, WIE ICH DAS SEH.
NIMM ZUM BEISPIEL DAS MODEDING. TRUG VOR'N PAAR TAGEN 'N KLEID, DAS APSELUT NIX DER PHANTASIE ÜBERLIESS. MACHT MICH NICH AN, SO WAS.
AJA.
NEE. DIE SIND NICH WIE WIR.
NA, SIE SIND NICHT WIE DU.
BRR. ES IST KALT...
WEM SAGSTE DAS.
ABER NATÜRLICH ERWARTET LANG, BLEICH UND WICHTIG TROTZ-DEM, DASS GE-WISSE LEUTE BEI SO'M WET-TER VULKANE RUMSCHLEP-PEN.
MÖCHTE WISSEN, WAS IHM ÜBER DIE LEBER KROCH UND LIEGEN BLIEB.
ICH GLAUBE NICHT, DASS UNSER HERR SICH ÜBER ETWAS BESONDERES SORGEN MACHT, MERVYN.
NEIN?
UND WAS SOLL DANN DIES WETTER?
ICH SAG EUCH, SO WAS HATTEN WIR NOCH NICH.
ÄH, MERV...
ALSO ERST MAL DER WIND. DANN DIE KÄLTE. UND DANN SO WAS, ALS OB DER HIMMEL SPUCKT, ALS WOLLT'S ANFANGEN ZU REGNEN, ABER ES REGNET NICHT. DIE WOLKEN SIND SCHWARZ, ABER ES GIBT KEIN GEWITTER, ES REGNET NICHT, ABER SIE GEHEN AUCH NICHT WEG.
MERV.
WENN IHR MICH FRAGT, ER KRIEGT GROSSEN ÄRGER. IHR KÖNNT IHN JA LIEBEN, ABER DER TYP IST KOMPLETT –
MERVYN!
22

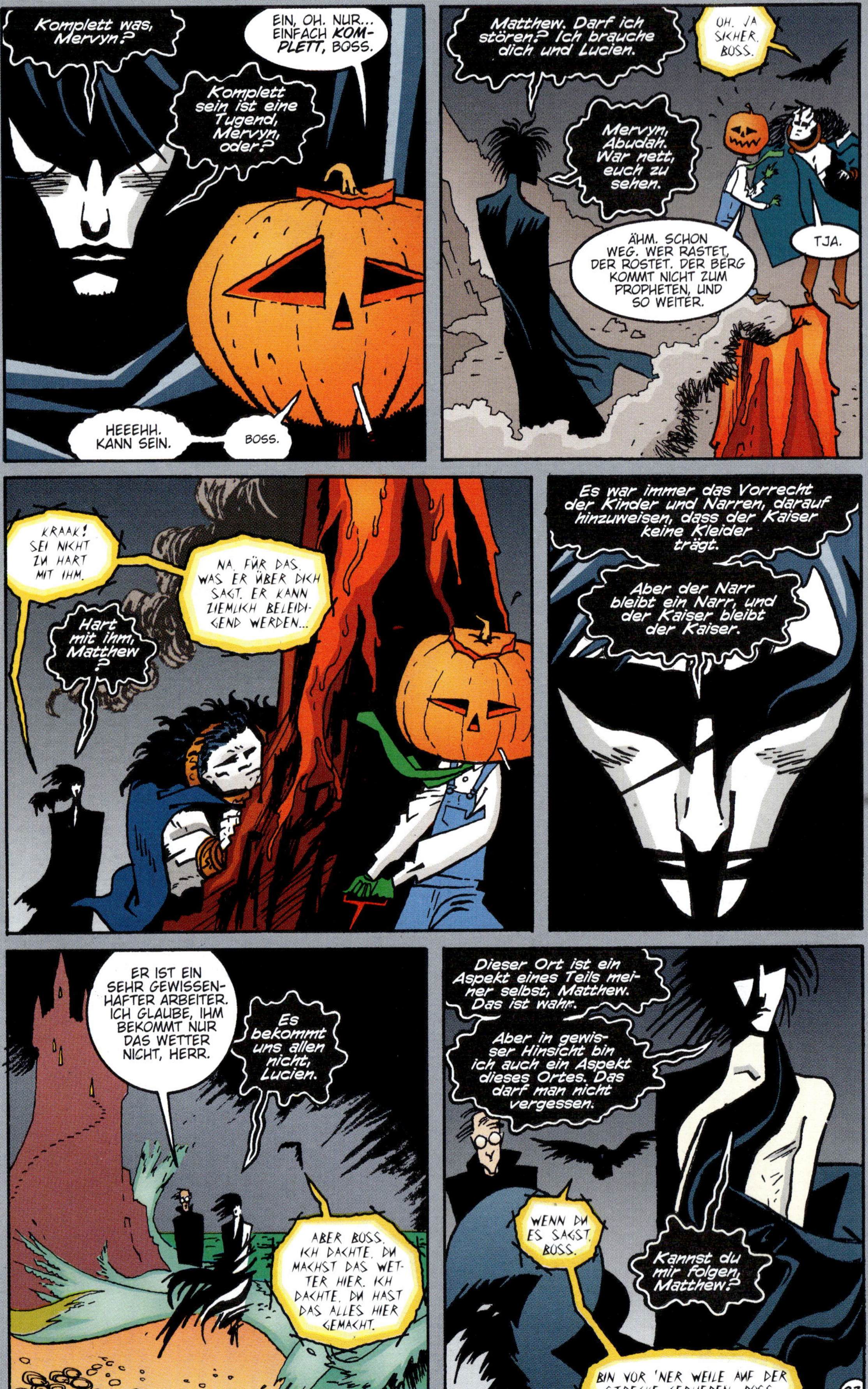
Komplett was, Mervyn?
EIN, OH. NUR... EINFACH KOMPLETT, BOSS.
Komplett sein ist eine Tugend, Mervyn, oder?
HEEEHH. KANN SEIN.
BOSS.
Matthew. Darf ich stören? Ich brauche dich und Lucien.
OH. JA SICHER. BOSS.
Mervyn, Abudah. War nett, euch zu sehen.
ÄHM. SCHON WEG. WER RASTET, DER ROSTET. DER BERG KOMMT NICHT ZUM PROPHETEN, UND SO WEITER.
TJA.
KRAAK! SEI NICHT ZU HART MIT IHM.
NA. FÜR DAS, WAS ER ÜBER DICH SAGT. ER KANN ZIEMLICH BELEIDIGEND WERDEN...
Hart mit ihm, Matthew?
Es war immer das Vorrecht der Kinder und Narren, darauf hinzuweisen, dass der Kaiser keine Kleider trägt.
Aber der Narr bleibt ein Narr, und der Kaiser bleibt der Kaiser.
ER IST EIN SEHR GEWISSENHAFTER ARBEITER. ICH GLAUBE, IHM BEKOMMT NUR DAS WETTER NICHT, HERR.
Es bekommt uns allen nicht, Lucien.
ABER BOSS. ICH DACHTE, DU MACHST DAS WETTER HIER. ICH DACHTE, DU HAST DAS ALLES HIER GEMACHT.
Dieser Ort ist ein Aspekt eines Teils meiner selbst, Matthew. Das ist wahr.
Aber in gewisser Hinsicht bin ich auch ein Aspekt dieses Ortes. Das darf man nicht vergessen.
WENN DU ES SAGST, BOSS.
Kannst du mir folgen, Matthew?
BIN VOR 'NER WEILE AUF DER STRECKE GEBLIEBEN, BOSS.
23

Er ist fast fertig. Was meint ihr?
ER SIEHT... WIE DER VORIGE AUS. SIEHT... OKAY AUS.
Ja.
Nun: lebe.
DANKE, MYLORD. ES IST SCHÖN, WIEDER ZU LEBEN.
ICH ERWARTE EURE BEFEHLE.

Ein wunderschönes altes Mikroskop, das ich im Antiquitätenladen eines Freundes gefunden habe, und eine weitere komische Figur (mit Neils Gesicht). DM

ES GESCHIEHT. SEHR LANGSAM, ABER ES GESCHIEHT.
ES DAUERT IMMER LÄNGER, ALS MAN DENKT, NICHT WAHR?
SIE IST SEHR SCHÖN, NICHT WAHR, STHENO?
SICH DIR IHR HAAR AN.
GLAUBST DU, SIE WIRD UNSERE SCHWESTER SEIN?
WIR KÖNNEN BETEN.
DIE GÖTTER, ZU DENEN WIR BETETEN, ALS WIR JUNG WAREN, SIND LANGE VERGANGEN. SIE KÖNNEN NICHT MEHR ANTWORTEN.
SIE MOCHTEN UNS NIE, STIMMT'S?
GÖTTER "MÖGEN" NICHT. SIE LIEBEN UND HASSEN UND IGNORIEREN...
WÜRDEN SIE UNS MÖGEN, HÄTTEN SIE NICHT ZUGELASSEN, DASS DER JUNGE MANN UNSEREN LIEBLING ENTHAUPTETE...
ES WAR SCHÖN, ZU DRITT ZU SEIN. ICH HABE ES NICHT VERGESSEN...
ZWEIER FUNKTIONIEREN NICHT. ZWEI SIND VERLETZLICH UND VERGEHEN. ZWEI WERDEN ZU EINEM UND DANN ZU STAUB UND NICHTS.
NOCH SIND WIR DA.
DAS LIEGT DARAN, DASS WIR DIE HOFFNUNG NICHT AUFGEGEBEN HABEN, WIEDER DREI ZU WERDEN. ICH HOFFE, SIE IST ES.
SIE IST SEHR SCHÖN.
GUTEN MORGEN, SCHWESTER LYTA. HAST DU GUT GESCHLAFEN?
ICH... BIN NICHT EURE SCHWESTER.
DU KÖNNTEST, WENN DU WOLLTEST.

NEIN. ICH HABE NICHT GUT GESCHLAFEN. ICH HABE VON MEINEM MANN UND MEINEM SOHN GETRÄUMT.
HAST DU VON DEINEM VATER GETRÄUMT?
MEINEN VATER KENNE ICH NICHT.
AH. WAHRSCHEINLICH EIN GOTT. SIE ACHTEN NIE DARAUF, WO SIE IHREN SAMEN VERSPRITZEN. SIND NICHT SCHARF AUF DIE VERANTWORTUNG ALS VATER.
ICH FÜHLE MICH KOMISCH.
HIER. TRINK ETWAS WASSER.
MEINE HAARE. IN MEINEN HAAREN SIND SCHLANGEN.
NUR WENIGE. ABER ES WERDEN MEHR, JE LÄNGER DU BLEIBST.
BALD WIRST DU WIE MEDUSA AUSSEHEN.
SCHLANGEN.
SIE WAR EURE SCHWESTER?
SIE WAR ETWAS BESONDERES. SIE WOHNT NOCH IN UNSEREN HERZEN.
2

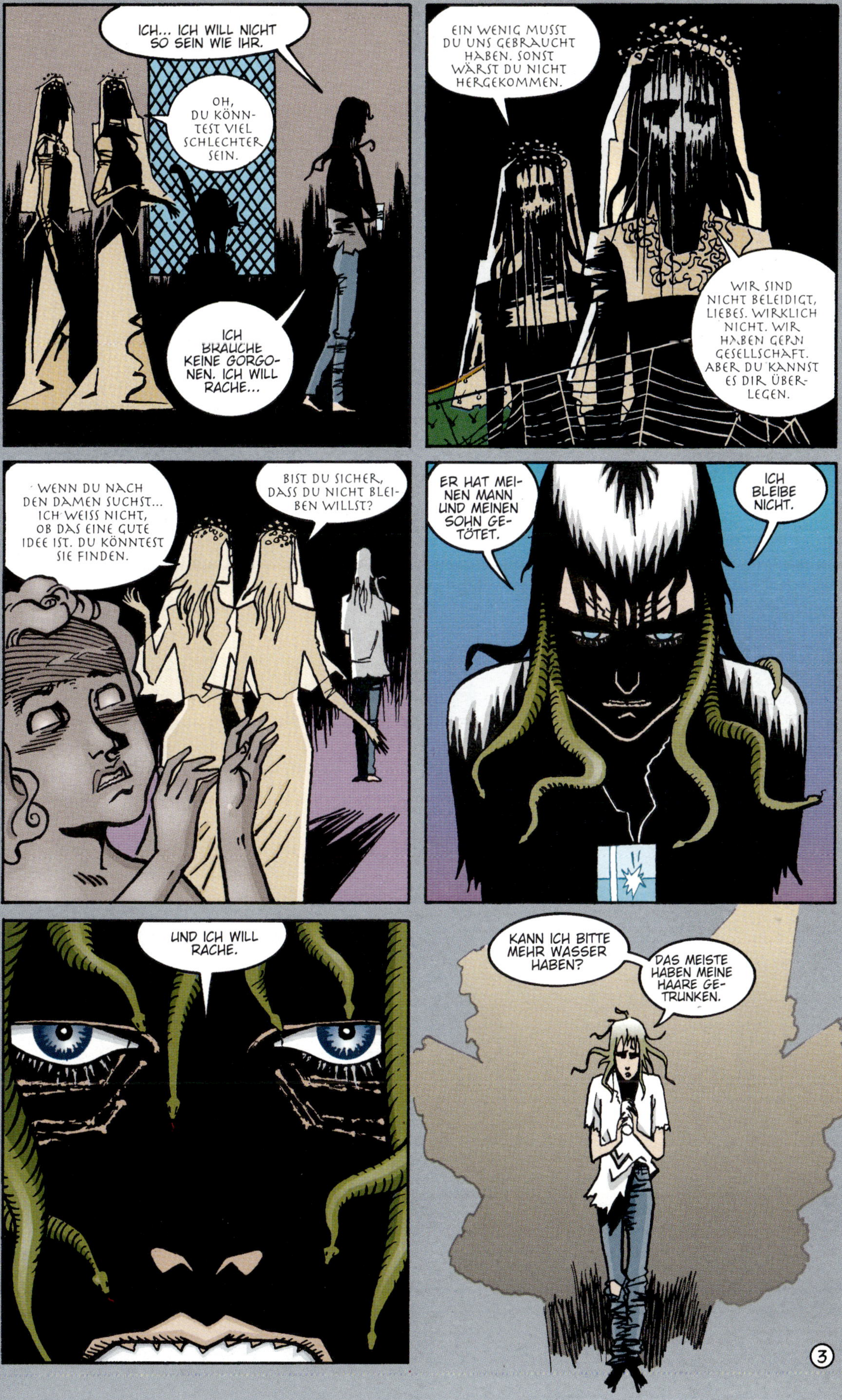
ICH... ICH WILL NICHT SO SEIN WIE IHR.
OH, DU KÖNNTEST VIEL SCHLECHTER SEIN.
ICH BRAUCHE KEINE GORGONEN. ICH WILL RACHE...
EIN WENIG MUSST DU UNS GEBRAUCHT HABEN. SONST WÄRST DU NICHT HERGEKOMMEN.
WIR SIND NICHT BELEIDIGT, LIEBES. WIRKLICH NICHT. WIR HABEN GERN GESELLSCHAFT. ABER DU KANNST ES DIR ÜBERLEGEN.
WENN DU NACH DEN DAMEN SUCHST... ICH WEISS NICHT, OB DAS EINE GUTE IDEE IST. DU KÖNNTEST SIE FINDEN.
BIST DU SICHER, DASS DU NICHT BLEIBEN WILLST?
ER HAT MEINEN MANN UND MEINEN SOHN GETÖTET.
ICH BLEIBE NICHT.
UND ICH WILL RACHE.
KANN ICH BITTE MEHR WASSER HABEN?
DAS MEISTE HABEN MEINE HAARE GETRUNKEN.
3

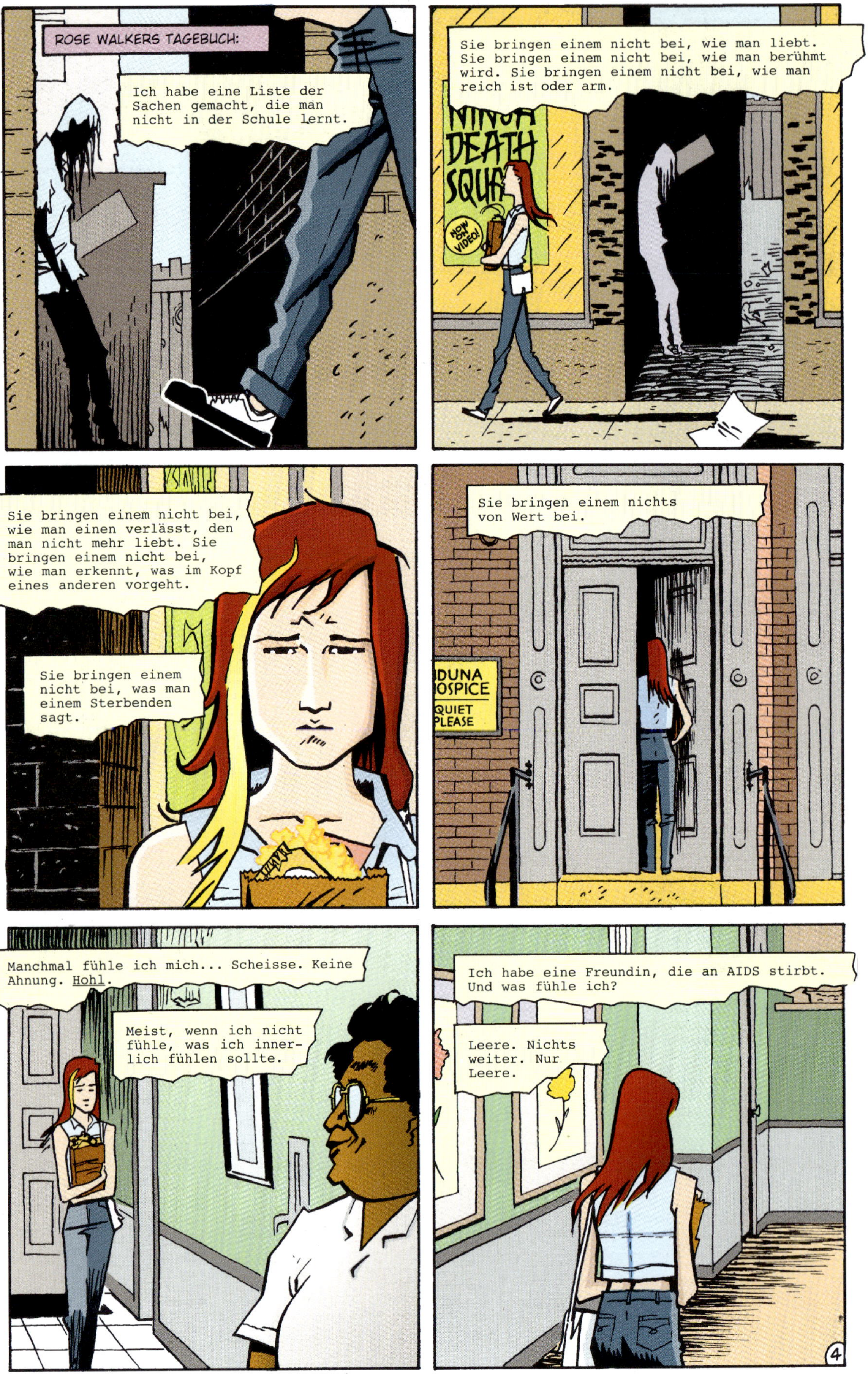
ROSE WALKERS TAGEBUCH:
Ich habe eine Liste der Sachen gemacht, die man nicht in der Schule lernt.
Sie bringen einem nicht bei, wie man liebt. Sie bringen einem nicht bei, wie man berühmt wird. Sie bringen einem nicht bei, wie man reich ist oder arm.
DEATH
NOW ON VIDEO!
Sie bringen einem nicht bei, wie man einen verlässt, den man nicht mehr liebt. Sie bringen einem nicht bei, wie man erkennt, was im Kopf eines anderen vorgeht.
Sie bringen einem nicht bei, was man einem Sterbenden sagt.
Sie bringen einem nichts von Wert bei.
QUIET
Manchmal fühle ich mich... Scheisse. Keine Ahnung. Hohl.
Meist, wenn ich nicht fühle, was ich innerlich fühlen sollte.
Ich habe eine Freundin, die an AIDS stirbt. Und was fühle ich?
Leere. Nichts weiter. Nur Leere.

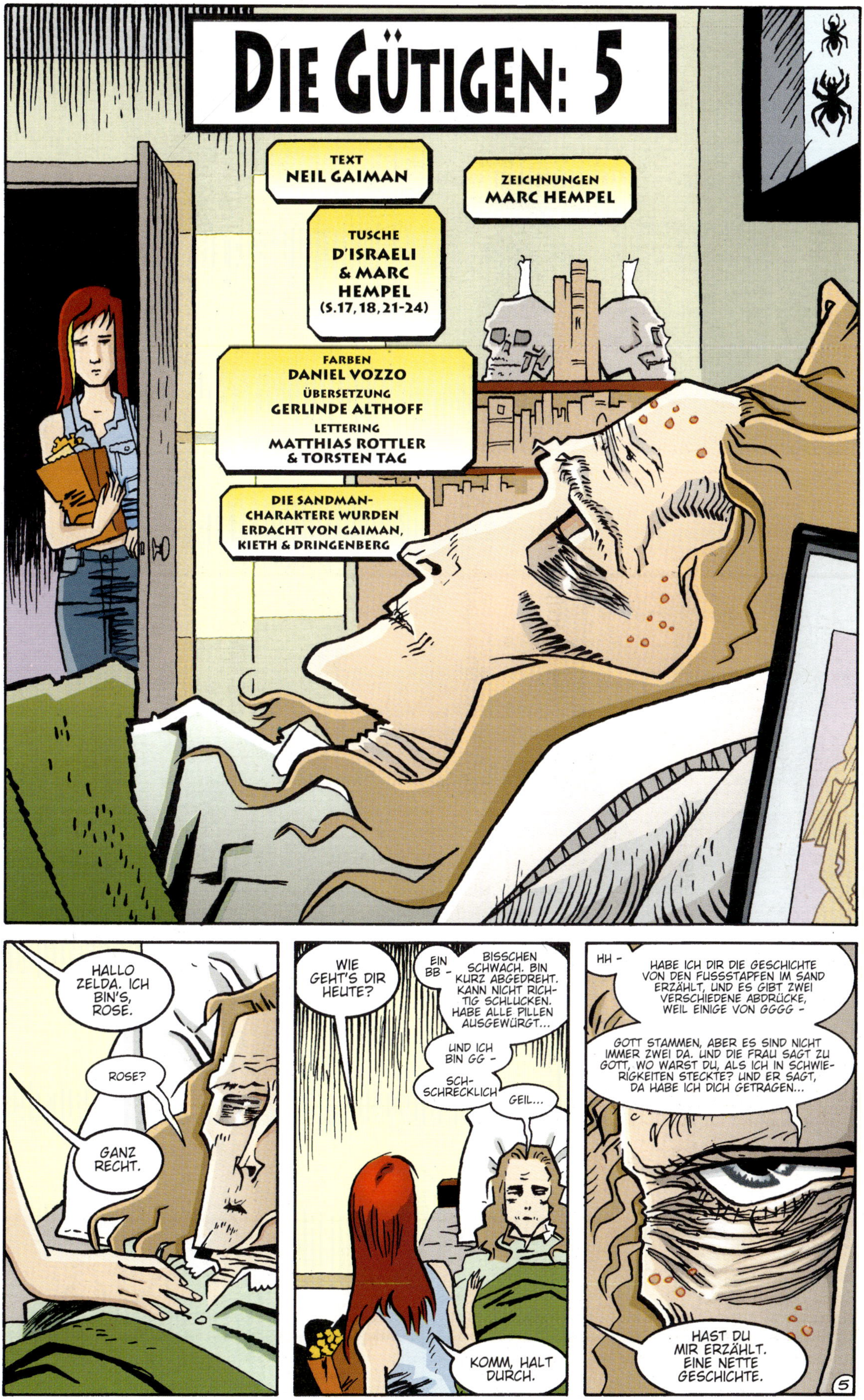
DIE GÜTIGEN: 5
TEXT NEIL GAIMAN
ZEICHNUNGEN MARC HEMPEL
TUSCHE D'ISRAELI & MARC HEMPEL (S.17, 18, 21-24)
FARBEN DANIEL VOZZO
ÜBERSETZUNG GERLINDE ALTHOFF
LETTERING MATTHIAS ROTTLER & TORSTEN TAG
DIE SANDMAN-CHARAKTERE WURDEN ERDACHT VON GAIMAN, KIETH & DRINGENBERG
HALLO ZELDA. ICH BIN'S, ROSE.
ROSE?
GANZ RECHT.
WIE GEHT'S DIR HEUTE?
EIN BB -
BISSCHEN SCHWACH. BIN KURZ ABGEDREHT. KANN NICHT RICHTIG SCHLUCKEN. HABE ALLE PILLEN AUSGEWÜRGT...
UND ICH BIN GG -
SCH-SCHRECKLICH
GEIL...
KOMM, HALT DURCH.
HH -
HABE ICH DIR DIE GESCHICHTE VON DEN FUSSSTAPFEN IM SAND ERZÄHLT, UND ES GIBT ZWEI VERSCHIEDENE ABDRÜCKE, WEIL EINIGE VON GGGG -
GOTT STAMMEN, ABER ES SIND NICHT IMMER ZWEI DA. UND DIE FRAU SAGT ZU GOTT, WO WARST DU, ALS ICH IN SCHWIERIGKEITEN STECKTE? UND ER SAGT, DA HABE ICH DICH GETRAGEN...
HAST DU MIR ERZÄHLT. EINE NETTE GESCHICHTE.
5

WIE AUCH IMMER, ROSIE. ZUR ZEIT HABE ICH DAS GEFÜHL, ALS HÄTTE GOTT MMM -
MICH IN DEN SAND FALLEN LASSEN.
GLAUBST DDD -
DU AN GOTT?
ICH GLAUBE AN VIELE SACHEN.
CHANTAL HAT NNN -
NICHT AN GOTT GEGLAUBT. SIE LIEBTE SPINNEN UND SCHÄDEL UND FRIEDHÖFE, UM IHRER SELBST WILLEN. ICH LIEBTE SIE WEGEN IHRER VVV - VV -
VERGÄNGLICHKEIT.
DU LACHST.
WO... WORÜBER LACHST DU?
ICH WEISS NICHT. WEIL DU NIE GEREDET HAST, GLAUBE ICH. CHANTAL HAT IMMER FÜR EUCH BEIDE GESPROCHEN.
WWWW -
WEIL ICH SCHSCH -
STSTSTTT -
UND ICH SITZE DA UND SAGE NICHT "STOTTERE", DENN ALS ICH LETZTENS EINEN IHRER SÄTZE BEENDETE, FING SIE AN ZU WEINEN UND WOLLTE EINE STUNDE LANG NICHT MEHR MIT MIR REDEN.
S - STOTTERTE.
ICH DACHTE, SCHÄDEL WÄREN EINE ART EE -
EWIGER NÄHE.
KANNST DU MEINEN SCHÄDEL ERKENNEN?
DU BIST DÜNN GEWORDEN, ZELDA. ABER NOCH NICHT SO.
6

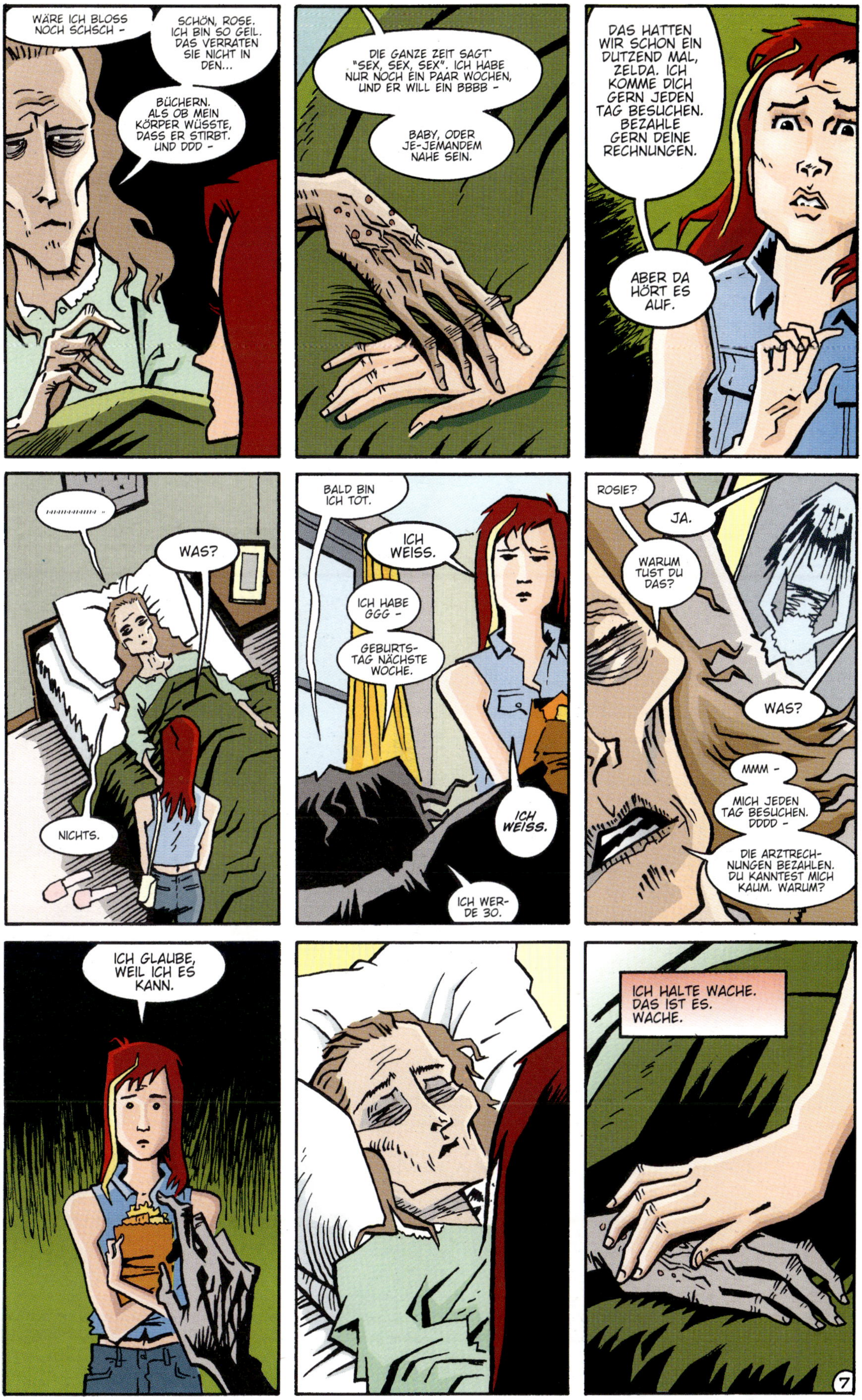
WÄRE ICH BLOSS NOCH SCHSCH -
SCHÖN, ROSE. ICH BIN SO GEIL. DAS VERRATEN SIE NICHT IN DEN...
BÜCHERN. ALS OB MEIN KÖRPER WÜSSTE, DASS ER STIRBT. UND DDD -
DIE GANZE ZEIT SAGT "SEX, SEX, SEX". ICH HABE NUR NOCH EIN PAAR WOCHEN, UND ER WILL EIN BBBB -
BABY, ODER JE-JEMANDEM NAHE SEIN.
DAS HATTEN WIR SCHON EIN DUTZEND MAL, ZELDA. ICH KOMME DICH GERN JEDEN TAG BESUCHEN. BEZAHLE GERN DEINE RECHNUNGEN.
ABER DA HÖRT ES AUF.
WAS?
NICHTS.
BALD BIN ICH TOT.
ICH WEISS.
ICH HABE GGG -
GEBURTSTAG NÄCHSTE WOCHE.
ICH WEISS.
ICH WERDE 30.
ROSIE?
JA.
WARUM TUST DU DAS?
WAS?
MMM -
MICH JEDEN TAG BESUCHEN. DDDD -
DIE ARZTRECHNUNGEN BEZAHLEN. DU KANNTEST MICH KAUM. WARUM?
ICH GLAUBE, WEIL ICH ES KANN.
ICH HALTE WACHE. DAS IST ES. WACHE.
7

ICH WEISS NICHT MAL, WIE SIE AIDS BEKAM. IST DOCH AUCH EGAL, ODER?
IHR IMMUNSYSTEM FUNKTIONIERT NICHT MEHR. SO EINFACH IST DAS.
ZELDA SAGT, EIN TYP AUF DEM FLUR HAT EINE KRANKHEIT, DIE MAN SONST NUR VON SCHAFEN KENNT. DAS IST BEINAHE LUSTIG, NICHT?
ES MUSS WIE VERRAT SEIN, WENN DER KÖRPER SICH GEGEN EINEN WENDET.
ICH FRAGE MICH, OB SIE BLUMEN MAG.
WAS ALLES IN EINEM KAPUTT GEHEN KANN...
ICH MAG BLUMEN NICHT WIRKLICH. ICH PFLEGE SIE GERN, ABER NUR, UM SIE BLÜHEN UND WELKEN ZU SEHEN.
OH, ROSE WALKER, WIE EXISTENZIALISTISCH VON DIR.
ICH SOLLTE SIE *FRAGEN,* OB SIE SIE MAG, ANSTATT NUR WELCHE MITZUBRINGEN...
ABER OH, WIE GERNE SPIELE ICH GOTT.
WEISST DU, ROSIE, DU SIEHST NICHT EINEN TAG ÄLTER AUS ALS IN FLORIDA.
DANKE.
GUT GESCHLAFEN?
WAR ICH EINGESCHLAFEN?
MM.
ICH SOLL DDDD -
DIR ETWAS AUSRICHTEN.
ACH JA? UND VON WEM?
DEINER GGGGGG -
GROSSMUTTER. SIE SAGTE, SIE HAT EINE NACHRICHT FÜR DICH. SIE SAGTE, ES SEI WICHTIG.
MEINE GROSSMUTTER IST *TOT,* ZELDA.
ICH WEISS. SIE ERWÄHNTE ES. SIE SAGTE, SIE SEI TOT.
DU SOLLST HINGEHEN, WO SIE GELEBT HAT.
WO SIE GESCHLAFEN HAT.
SIE SAGTE, DU WÜSSTEST BESCHEID.
HE, ZELDA - DAS IST ETWAS MERKWÜRDIG...
SIE SAGTE, WENN DU HINGEHST, GIBT SIE DIR DEIN HERZ ZURÜCK.
8

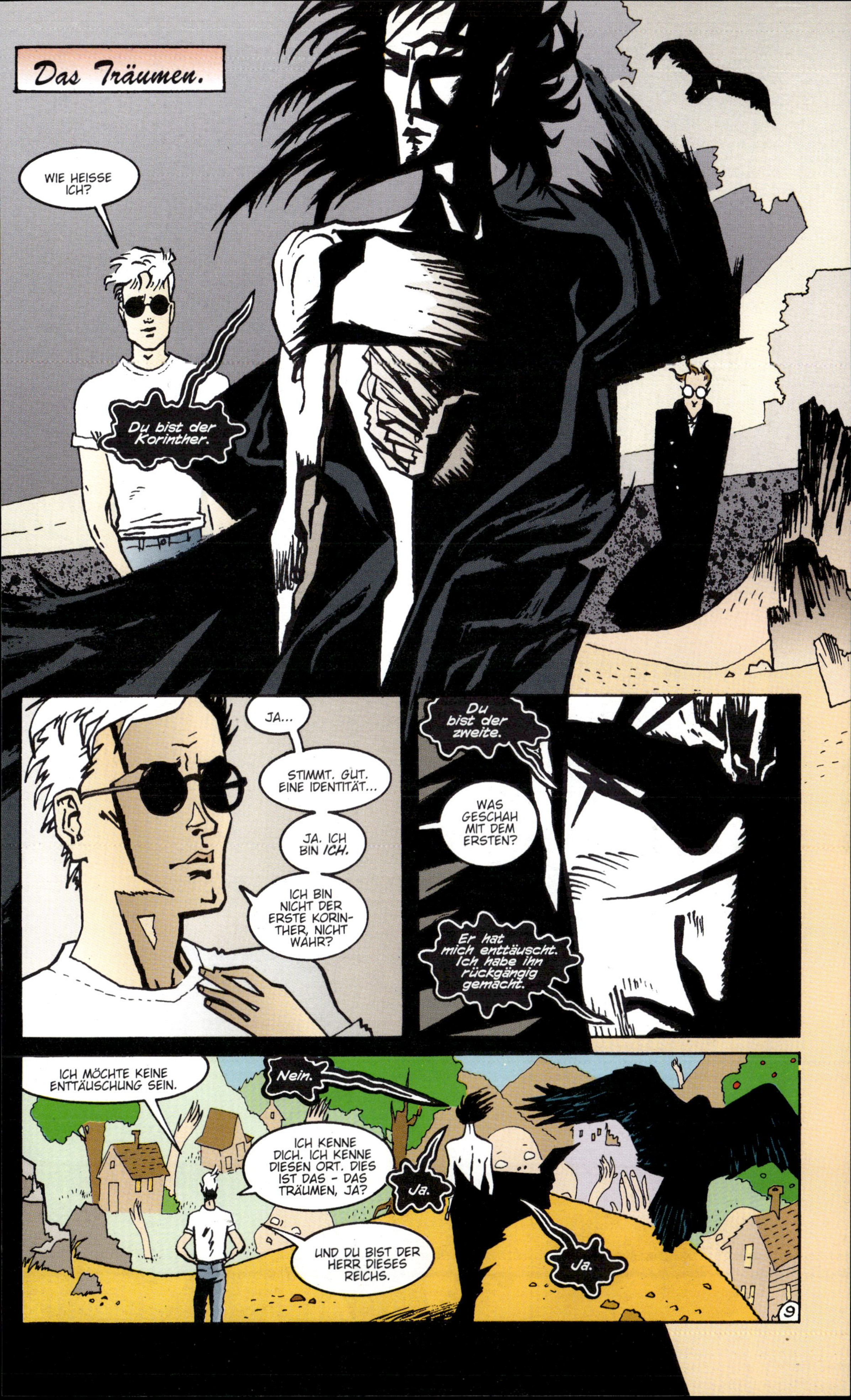
Das Träumen.
WIE HEISSE ICH?
Du bist der Korinther.
JA...
STIMMT. GUT. EINE IDENTITÄT...
JA. ICH BIN ICH.
ICH BIN NICHT DER ERSTE KORINTHER, NICHT WAHR?
Du bist der zweite.
WAS GESCHAH MIT DEM ERSTEN?
Er hat mich enttäuscht. Ich habe ihn rückgängig gemacht.
ICH MÖCHTE KEINE ENTTÄUSCHUNG SEIN.
Nein.
ICH KENNE DICH. ICH KENNE DIESEN ORT. DIES IST DAS - DAS TRÄUMEN, JA?
Ja.
UND DU BIST DER HERR DIESES REICHS.
Ja.
9

UND DIES IST DER RABE... JESSAMY?
Dies ist der Rabe Matthew. Der Rabe Jessamy ist schon seit einer Weile nicht mehr bei uns.
MATTHEW. DU HAST SCHÖNE AUGEN, MATTHEW.
ICH WAR... IN DER WACHWELT, HABE IHNEN ETWAS BEIGEBRACHT.
Ja.
ICH ERINNERE MICH. AN KLEINE EINZELHEITEN.
WARUM ERINNERE ICH MICH?
Weil dein Wesen ein Stück des ersten Korinthers enthält. Ich habe ein wenig von ihm gerettet.
WAS...
WAS SOLL ICH TUN? WAS SOLL ICH MACHEN? WAS SOLL ICH WERDEN?
Vieles, eines Tages.
Zunächst...
Wirst du eine Besorgung für mich machen. Eine Aufgabe muss erfüllt werden.
Matthew geht mit.
WIE BITTE?
Du wirst ihn begleiten, Matthew.
ABER — BOSS — ICH MAG IHN NICHT.
Ich verlange nicht, dass du ihn magst. Du sollst ihn nur begleiten.
WARUM MAGST DU MICH NICHT?
10

DU TÖTEST MENSCHEN. DU ISST IHRE AUGEN.
JA... JA, KANN SCHON SEIN. ICH WERDE ES TUN. ABER DAS IST MEINE NATUR, ODER? SO BIN ICH EBEN.
ISST DU KEINE AUGEN, MEISTER RABE? LABST DU DICH NICHT AUCH AN AAS?
MANCH-MAL.
WARUM LÄSST DU ES NICHT?
ICH FRESSE TOTES. ICH PICKE AUGEN AUS. ICH BIN EIN RABE. DAS IST MEINE NATUR.
UND ICH BIN DER KORINTHER.
MIT MIR AN DEINER SEITE BIST DU VOR ALLEN ANDEREN ÜBELN GESCHÜTZT, VOGEL.
SOLL MICH DAS BERUHIGEN?
Genug.
Euer Auftrag ist dieser: Findet ein bestimmtes Kind und bringt es her.
11

Feenland
"WILLKOMMEN DAHEIM, LIEBE, LIEBE NUALA. WILLKOMMEN."
"ICH DANKE EUCH, GEBIETERIN."
ICH VERTRAUE DARAUF, DASS DU NICHT GLAUBTEST, FÜR IMMER IM EXIL ZU BLEIBEN, HÜBSCHE NUALA. EINE ZEIT LANG WAR ES ANGEMESSEN, ABER ICH VERSICHERE DIR, NIEMAND HIER FREUT SICH MEHR, DICH WIEDERZUSEHEN, ALS ICH.
VIELEN DANK, EUER MAJESTÄT.
HMM. SEHR HÜBSCH. DAS IST NEU, ODER?
JA... MAJESTÄT.
UND? WIE WAR ER?
WER, MYLADY?
DER LORD GESTALTER, NUALA. IN WESSEN REICH SONST HAST DU DIE LETZTEN DREI JAHRE VERBRACHT?
OH. ER. ER WAR VOLLKOMMEN ANNEHMBAR.
HAT ER JE VON MIR GESPROCHEN?
VON EUCH, KÖNIGIN?
JA. VON MIR.
DAS IST SCHON MÖGLICH, MYLADY. ICH KANN ES NICHT SAGEN.
NEIN?
ICH WURDE SELTEN EINGEWEIHT IN DIE UNTERREDUNGEN DES LORD GESTALTERS, MYLADY. ER BEHÄLT SEINE MEINUNG FÜR SICH.
12

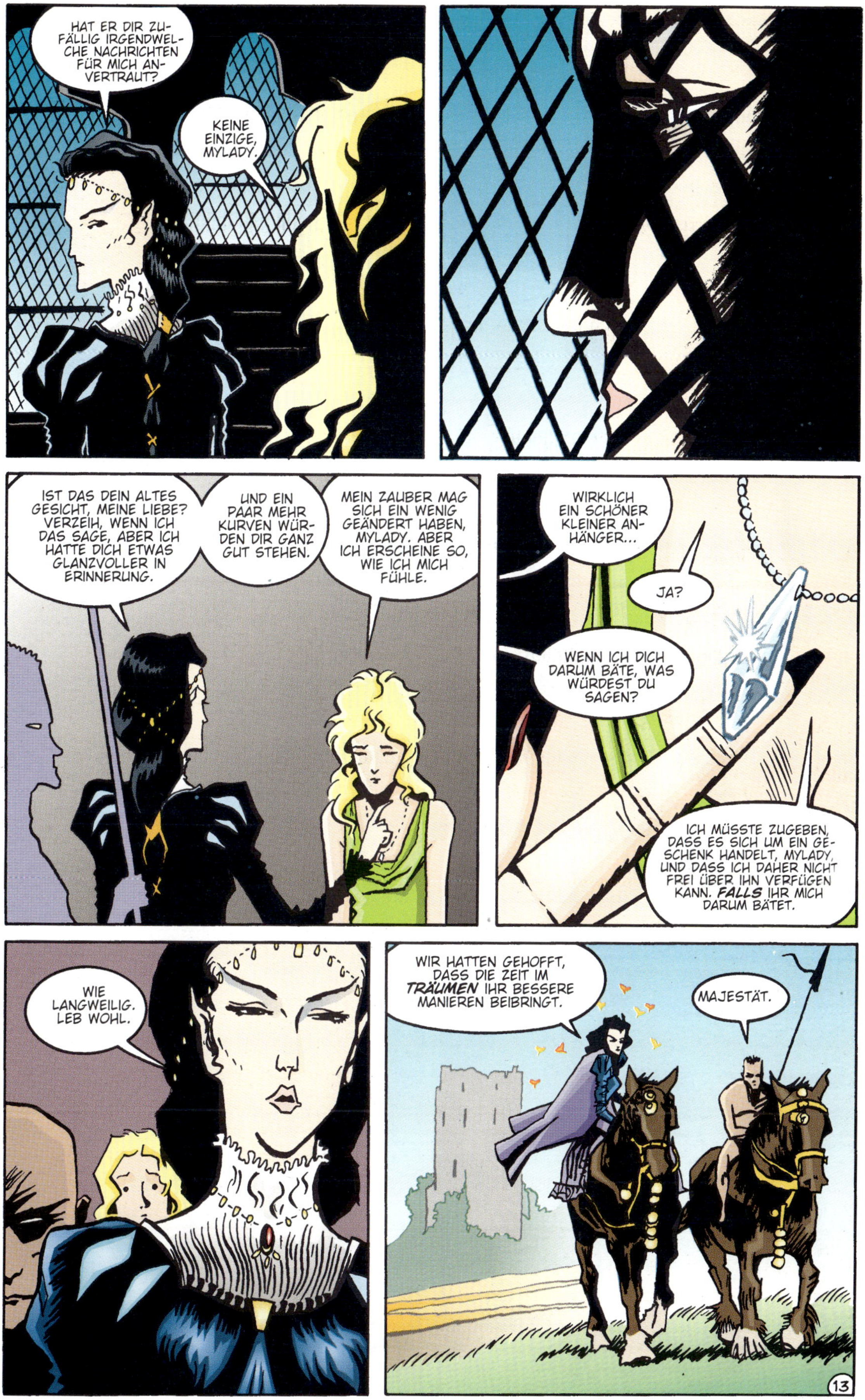
HAT ER DIR ZUFÄLLIG IRGENDWELCHE NACHRICHTEN FÜR MICH ANVERTRAUT?
KEINE EINZIGE, MYLADY.
IST DAS DEIN ALTES GESICHT, MEINE LIEBE? VERZEIH, WENN ICH DAS SAGE, ABER ICH HATTE DICH ETWAS GLANZVOLLER IN ERINNERUNG.
UND EIN PAAR MEHR KURVEN WÜRDEN DIR GANZ GUT STEHEN.
MEIN ZAUBER MAG SICH EIN WENIG GEÄNDERT HABEN, MYLADY. ABER ICH ERSCHEINE SO, WIE ICH MICH FÜHLE.
WIRKLICH EIN SCHÖNER KLEINER ANHÄNGER...
JA?
WENN ICH DICH DARUM BÄTE, WAS WÜRDEST DU SAGEN?
ICH MÜSSTE ZUGEBEN, DASS ES SICH UM EIN GESCHENK HANDELT, MYLADY, UND DASS ICH DAHER NICHT FREI ÜBER IHN VERFÜGEN KANN. FALLS IHR MICH DARUM BÄTET.
WIE LANGWEILIG. LEB WOHL.
WIR HATTEN GEHOFFT, DASS DIE ZEIT IM TRÄUMEN IHR BESSERE MANIEREN BEIBRINGT.
MAJESTÄT.
13

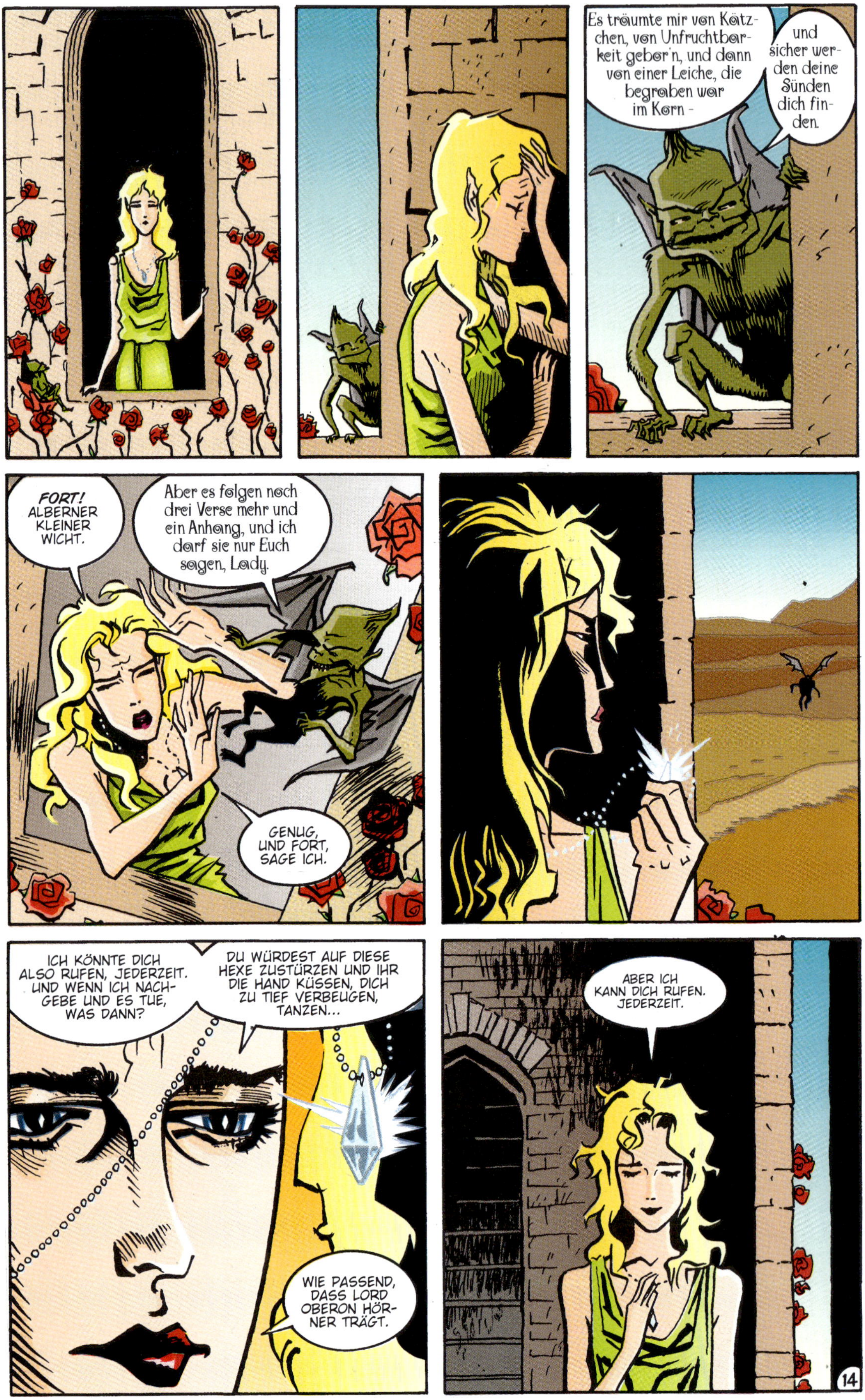
Es träumte mir von Kätzchen, von Unfruchtbarkeit gebor'n, und dann von einer Leiche, die begraben war im Korn -
und sicher werden deine Sünden dich finden.
FORT! ALBERNER KLEINER WICHT.
Aber es folgen noch drei Verse mehr und ein Anhang, und ich darf sie nur Euch sagen, Lady.
GENUG, UND FORT, SAGE ICH.
ICH KÖNNTE DICH ALSO RUFEN, JEDERZEIT. UND WENN ICH NACHGEBE UND ES TUE, WAS DANN?
DU WÜRDEST AUF DIESE HEXE ZUSTÜRZEN UND IHR DIE HAND KÜSSEN, DICH ZU TIEF VERBEUGEN, TANZEN...
WIE PASSEND, DASS LORD OBERON HÖRNER TRÄGT.
ABER ICH KANN DICH RUFEN. JEDERZEIT.
14

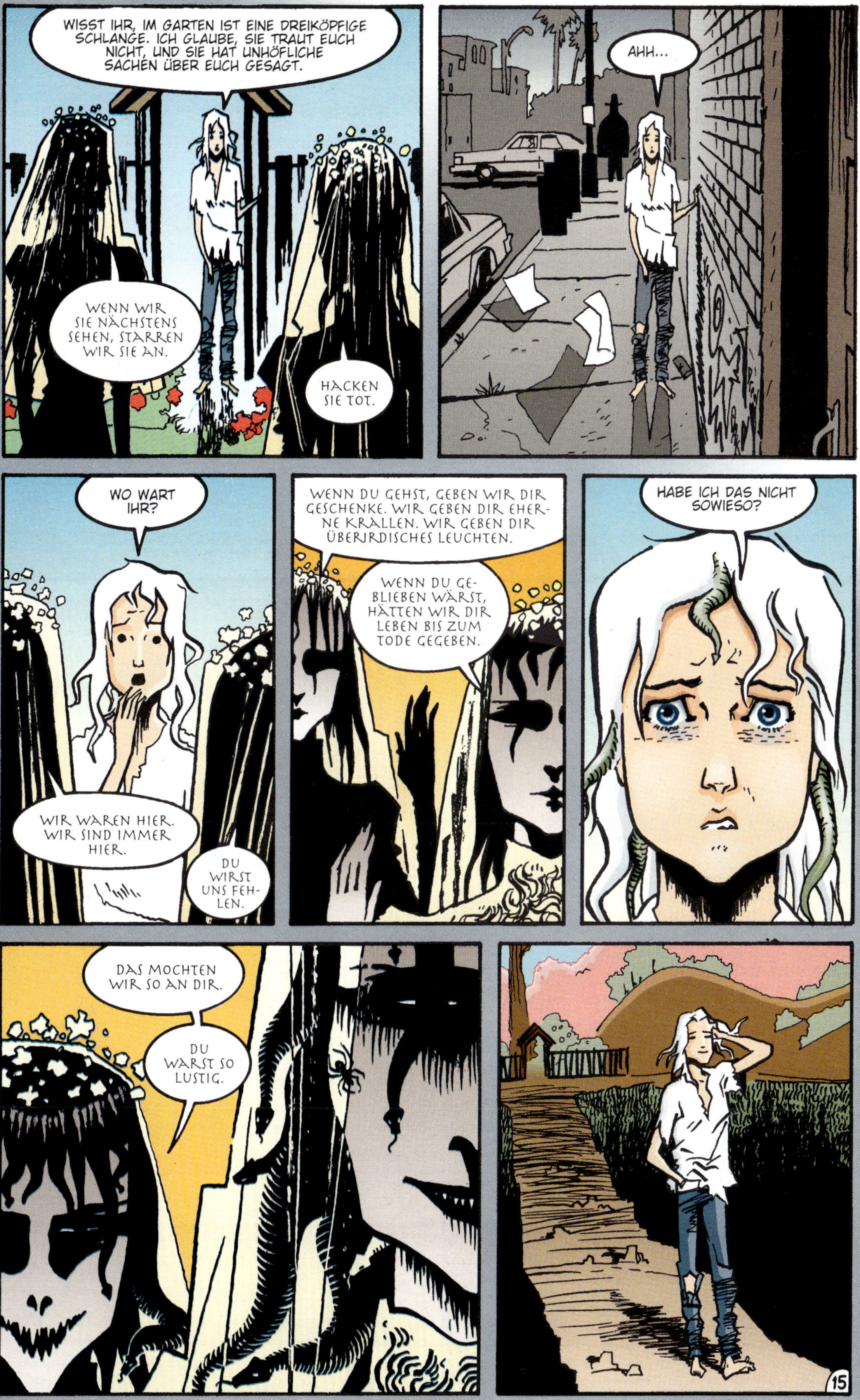
WISST IHR, IM GARTEN IST EINE DREIKÖPFIGE SCHLANGE. ICH GLAUBE, SIE TRAUT EUCH NICHT, UND SIE HAT UNHÖFLICHE SACHEN ÜBER EUCH GESAGT.
WENN WIR SIE NÄCHSTENS SEHEN, STARREN WIR SIE AN.
HACKEN SIE TOT.
AHH...
WO WART IHR?
WIR WAREN HIER. WIR SIND IMMER HIER.
DU WIRST UNS FEHLEN.
WENN DU GEHST, GEBEN WIR DIR GESCHENKE. WIR GEBEN DIR EHERNE KRALLEN. WIR GEBEN DIR ÜBERIRDISCHES LEUCHTEN.
WENN DU GEBLIEBEN WÄRST, HÄTTEN WIR DIR LEBEN BIS ZUM TODE GEGEBEN.
HABE ICH DAS NICHT SOWIESO?
DAS MOCHTEN WIR SO AN DIR.
DU WARST SO LUSTIG.
15

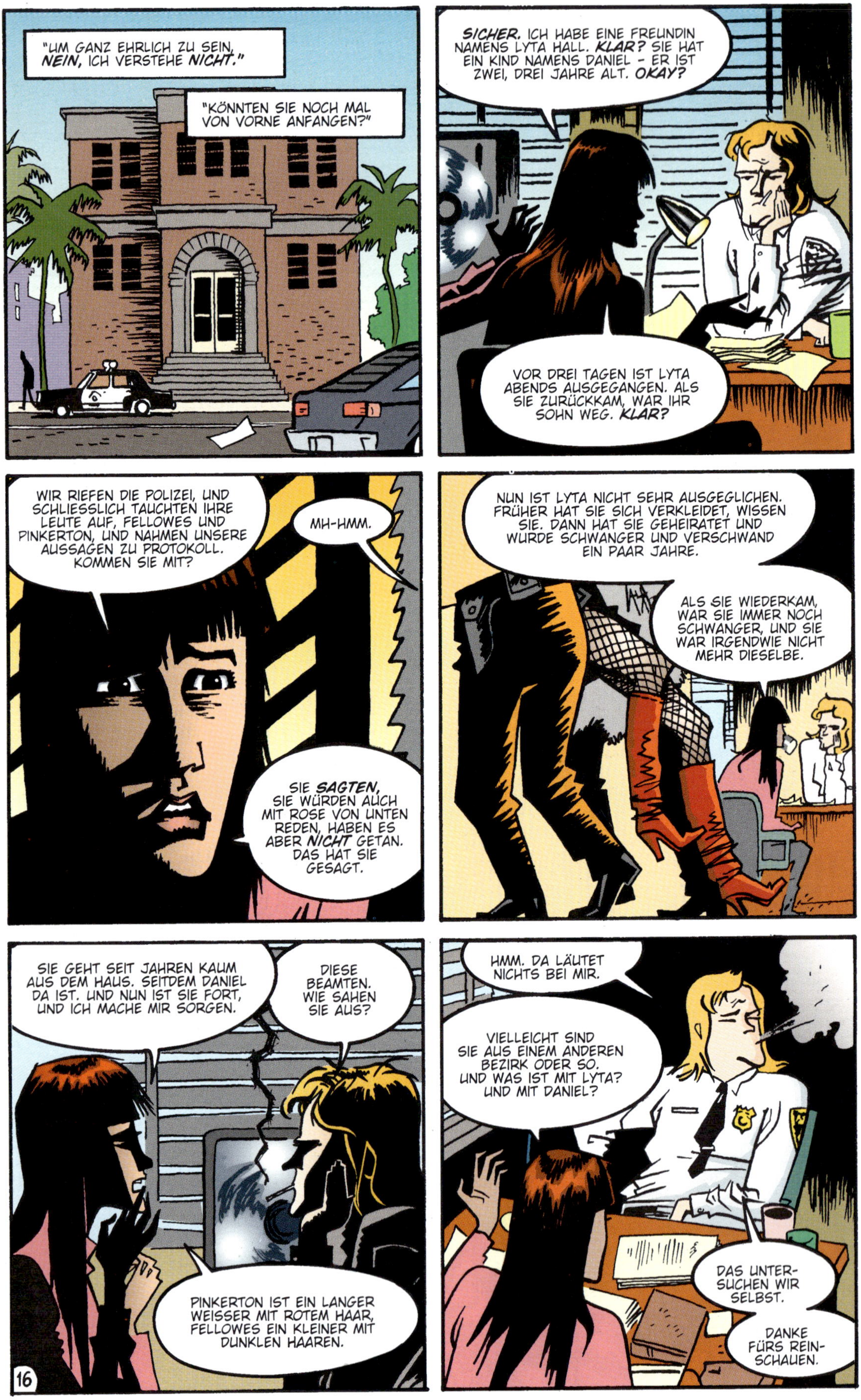
"UM GANZ EHRLICH ZU SEIN, NEIN, ICH VERSTEHE NICHT."
"KÖNNTEN SIE NOCH MAL VON VORNE ANFANGEN?"
SICHER. ICH HABE EINE FREUNDIN NAMENS LYTA HALL. KLAR? SIE HAT EIN KIND NAMENS DANIEL - ER IST ZWEI, DREI JAHRE ALT. OKAY?
VOR DREI TAGEN IST LYTA ABENDS AUSGEGANGEN. ALS SIE ZURÜCKKAM, WAR IHR SOHN WEG. KLAR?
WIR RIEFEN DIE POLIZEI, UND SCHLIESSLICH TAUCHTEN IHRE LEUTE AUF, FELLOWES UND PINKERTON, UND NAHMEN UNSERE AUSSAGEN ZU PROTOKOLL. KOMMEN SIE MIT?
MH-HMM.
SIE SAGTEN, SIE WÜRDEN AUCH MIT ROSE VON UNTEN REDEN, HABEN ES ABER NICHT GETAN. DAS HAT SIE GESAGT.
NUN IST LYTA NICHT SEHR AUSGEGLICHEN. FRÜHER HAT SIE SICH VERKLEIDET, WISSEN SIE. DANN HAT SIE GEHEIRATET UND WURDE SCHWANGER UND VERSCHWAND EIN PAAR JAHRE.
ALS SIE WIEDERKAM, WAR SIE IMMER NOCH SCHWANGER, UND SIE WAR IRGENDWIE NICHT MEHR DIESELBE.
SIE GEHT SEIT JAHREN KAUM AUS DEM HAUS. SEITDEM DANIEL DA IST. UND NUN IST SIE FORT, UND ICH MACHE MIR SORGEN.
DIESE BEAMTEN. WIE SAHEN SIE AUS?
PINKERTON IST EIN LANGER WEISSER MIT ROTEM HAAR, FELLOWES EIN KLEINER MIT DUNKLEN HAAREN.
HMM. DA LÄUTET NICHTS BEI MIR.
VIELLEICHT SIND SIE AUS EINEM ANDEREN BEZIRK ODER SO. UND WAS IST MIT LYTA? UND MIT DANIEL?
DAS UNTERSUCHEN WIR SELBST.
DANKE FÜRS REINSCHAUEN.
16

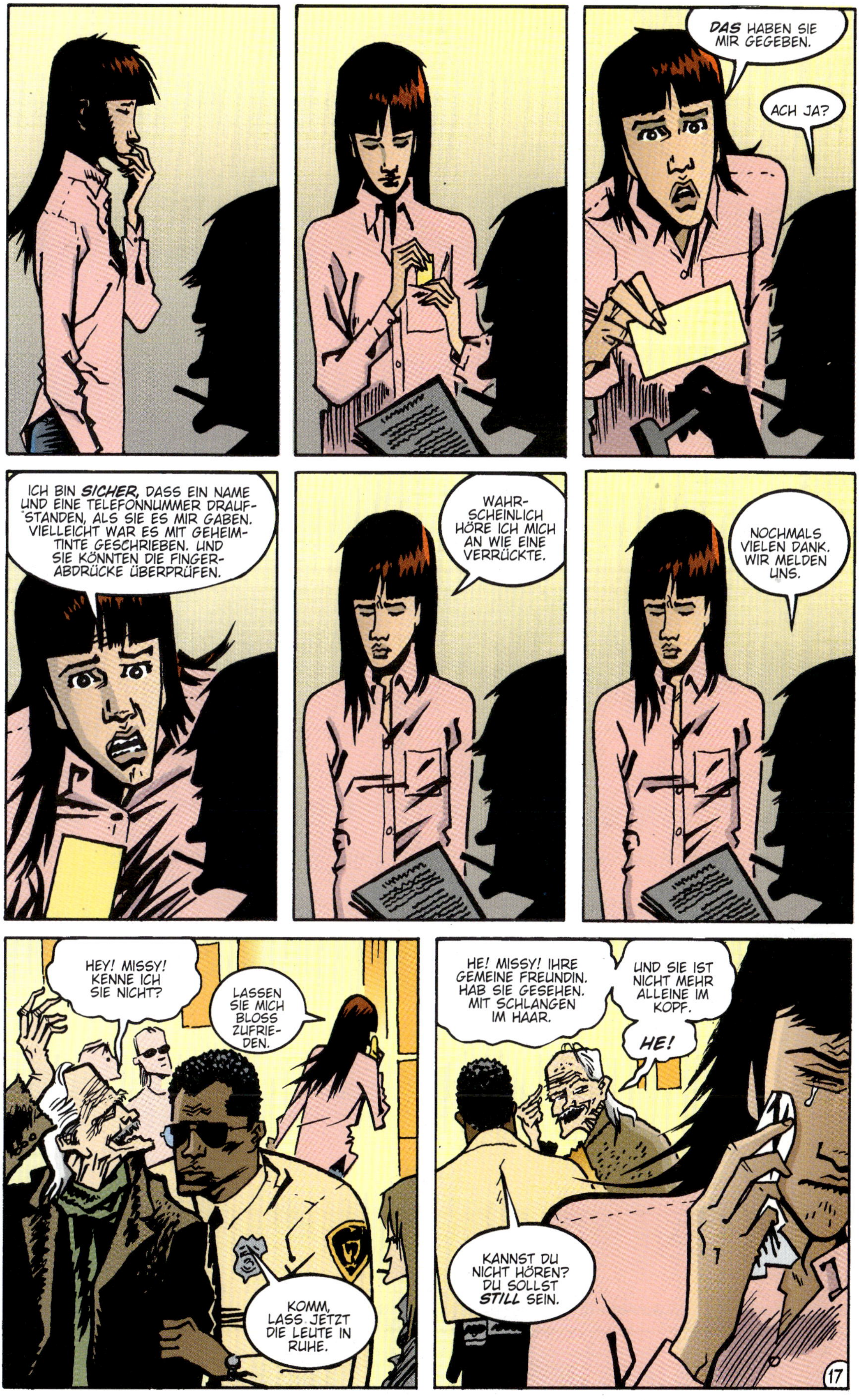
DAS HABEN SIE MIR GEGEBEN.
ACH JA?
ICH BIN SICHER, DASS EIN NAME UND EINE TELEFONNUMMER DRAUFSTANDEN, ALS SIE ES MIR GABEN. VIELLEICHT WAR ES MIT GEHEIMTINTE GESCHRIEBEN. UND SIE KÖNNTEN DIE FINGERABDRÜCKE ÜBERPRÜFEN.
WAHRSCHEINLICH HÖRE ICH MICH AN WIE EINE VERRÜCKTE.
NOCHMALS VIELEN DANK. WIR MELDEN UNS.
HEY! MISSY! KENNE ICH SIE NICHT?
LASSEN SIE MICH BLOSS ZUFRIEDEN.
KOMM, LASS JETZT DIE LEUTE IN RUHE.
HE! MISSY! IHRE GEMEINE FREUNDIN. HAB SIE GESEHEN. MIT SCHLANGEN IM HAAR.
UND SIE IST NICHT MEHR ALLEINE IM KOPF.
HE!
KANNST DU NICHT HÖREN? DU SOLLST STILL SEIN.

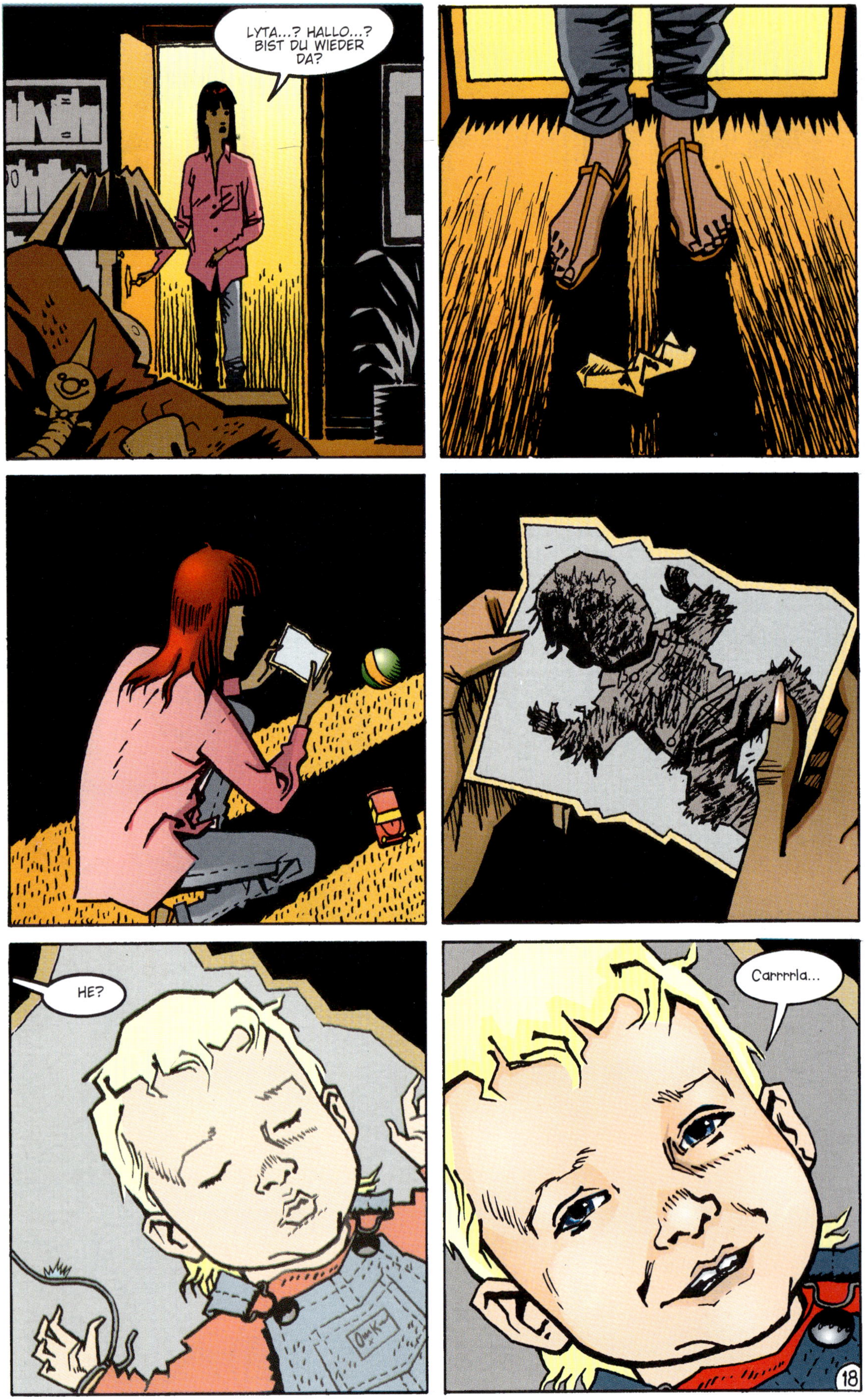
LYTA...? HALLO...? BIST DU WIEDER DA?
HE?
Carrrrla...
18

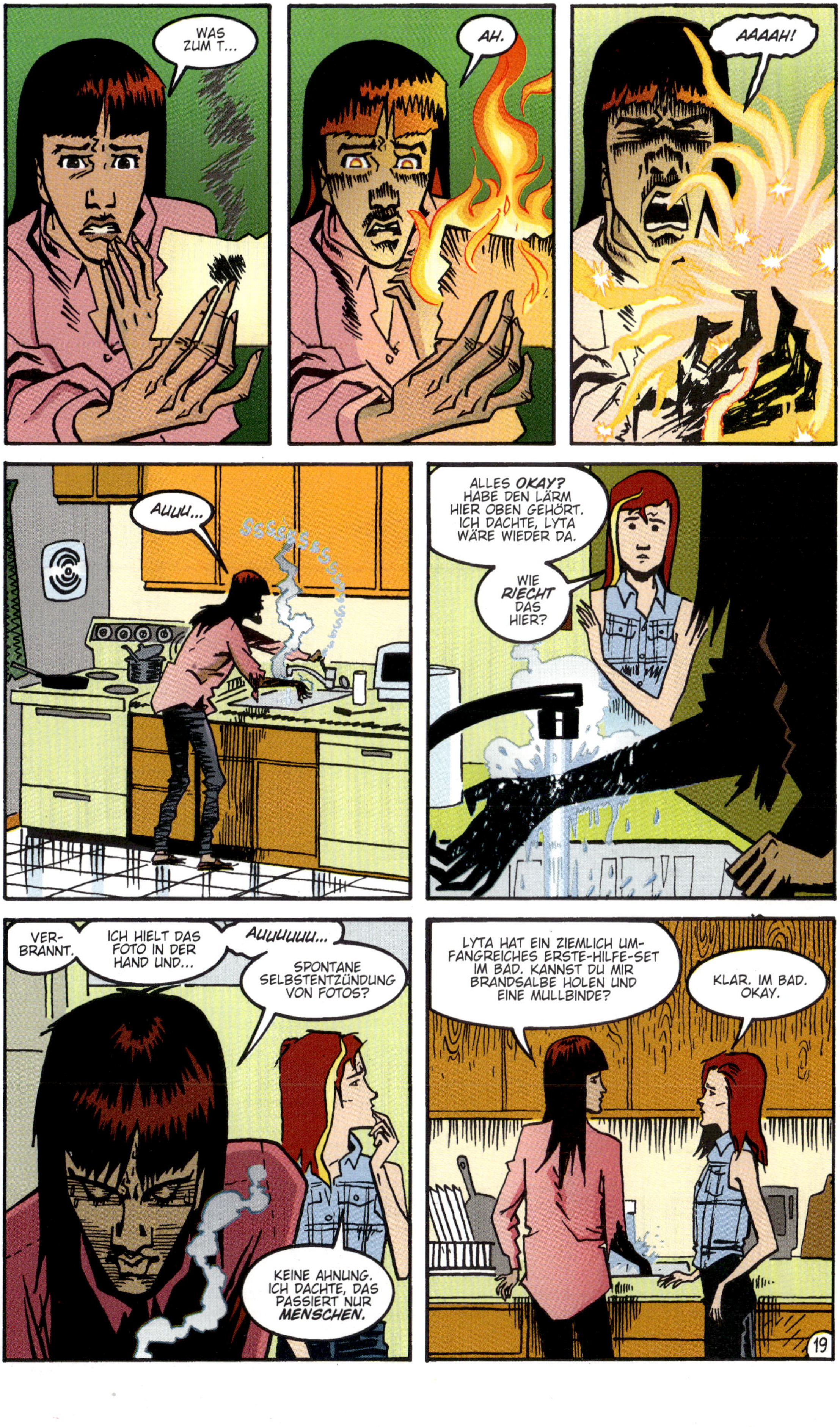
WAS ZUM T...
AH.
AAAAH!
AUUU...
SSSSSSSSSSSS
ALLES OKAY? HABE DEN LÄRM HIER OBEN GEHÖRT. ICH DACHTE, LYTA WÄRE WIEDER DA.
WIE RIECHT DAS HIER?
VER-BRANNT.
ICH HIELT DAS FOTO IN DER HAND UND...
AUUUUUU...
SPONTANE SELBSTENTZÜNDUNG VON FOTOS?
KEINE AHNUNG. ICH DACHTE, DAS PASSIERT NUR MENSCHEN.
LYTA HAT EIN ZIEMLICH UM-FANGREICHES ERSTE-HILFE-SET IM BAD. KANNST DU MIR BRANDSALBE HOLEN UND EINE MULLBINDE?
KLAR. IM BAD. OKAY.
19

WAR KEIN WITZ MIT DEM ERSTE-HILFE-SET. SIEHT AUS WIE EIN MINI-KRANKENHAUS.
NA JA. LYTA HATTE IMMER ANGST, DASS DANIEL SICH VERLETZT UND SIE NICHTS HÄTTE, UM IHM ZU HELFEN.
DAS SIEHT ECHT ÜBEL AUS. DU SOLLTEST DAMIT ZUM ARZT GEHEN.
SPÄTER.
DU, ROSE... GLAUBST DU AN MAGIE?
NICHT WIRKLICH, NEIN. ABER DAS WILLST DU GAR NICHT WISSEN.
NICHT?
NEE.
WAS DU WISSEN WILLST, IST, GLAUBST DU AN **VERRÜCKTEN SCHEISS?** DIE ANTWORT LAUTET, **JA.** NATÜRLICH. MÜSSTE ***IRRE*** SEIN, WENN NICHT. ICH HATTE EIN VERRÜCKTES SCHEISS-**LEBEN.**
VERRÜCKTER SCHEISS. SO KANN MAN ES AUCH NENNEN.
HÖR MAL, ICH FRAGE MICH, OB WIR UNS MORGEN NICHT TREFFEN KÖNNTEN, WENN DU NICHTS ANDERES VORHAST? ICH MÖCHTE EIN BISSCHEN MEHR DARÜBER REDEN.
NICHT MORGEN. VIELLEICHT NÄCHSTE WOCHE. ICH FAHRE EIN PAAR TAGE NACH ENGLAND. HABE GERADE MEIN TICKET GEKAUFT. ICH FLIEGE HEUTE ABEND.
FAMILIEN-SACHE?
IN GEWISSER HINSICHT. ICH ERHIELT DIE NACHRICHT, DASS MEINE GROSSMUTTER MIR ETWAS MITTEILEN MUSS.
GLAUBT SIE NICHT AN TELEFONE?
NICHT MEHR. SIE IST SEIT VIER JAHREN ***TOT.***
WAS?
WIE ICH SAGTE: VERRÜCKTER SCHEISS. DENKST DU, DU BIST DIE EINZIGE?
20

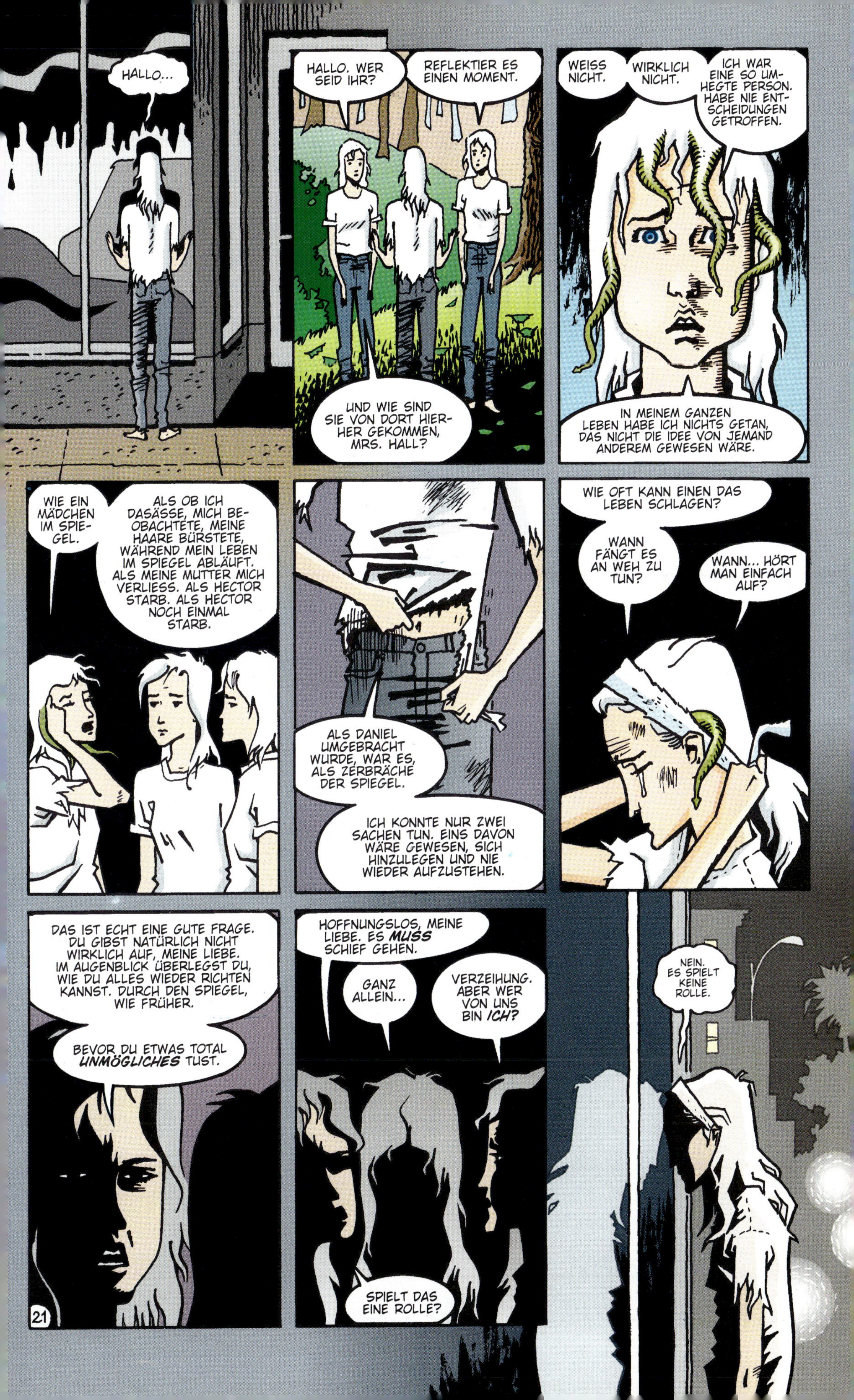
HALLO...
HALLO. WER SEID IHR?
REFLEKTIER ES EINEN MOMENT.
UND WIE SIND SIE VON DORT HIERHER GEKOMMEN, MRS. HALL?
WEISS NICHT.
WIRKLICH NICHT.
ICH WAR EINE SO UMHEGTE PERSON. HABE NIE ENTSCHEIDUNGEN GETROFFEN.
IN MEINEM GANZEN LEBEN HABE ICH NICHTS GETAN, DAS NICHT DIE IDEE VON JEMAND ANDEREM GEWESEN WÄRE.
WIE EIN MÄDCHEN IM SPIEGEL.
ALS OB ICH DASÄSSE, MICH BEOBACHTETE, MEINE HAARE BÜRSTETE, WÄHREND MEIN LEBEN IM SPIEGEL ABLÄUFT. ALS MEINE MUTTER MICH VERLIESS. ALS HECTOR STARB. ALS HECTOR NOCH EINMAL STARB.
ALS DANIEL UMGEBRACHT WURDE, WAR ES, ALS ZERBRÄCHE DER SPIEGEL.
ICH KONNTE NUR ZWEI SACHEN TUN. EINS DAVON WÄRE GEWESEN, SICH HINZULEGEN UND NIE WIEDER AUFZUSTEHEN.
WIE OFT KANN EINEN DAS LEBEN SCHLAGEN?
WANN FÄNGT ES AN WEH ZU TUN?
WANN... HÖRT MAN EINFACH AUF?
DAS IST ECHT EINE GUTE FRAGE. DU GIBST NATÜRLICH NICHT WIRKLICH AUF, MEINE LIEBE. IM AUGENBLICK ÜBERLEGST DU, WIE DU ALLES WIEDER RICHTEN KANNST. DURCH DEN SPIEGEL, WIE FRÜHER.
BEVOR DU ETWAS TOTAL UNMÖGLICHES TUST.
HOFFNUNGSLOS, MEINE LIEBE. ES MUSS SCHIEF GEHEN.
GANZ ALLEIN...
VERZEIHUNG. ABER WER VON UNS BIN ICH?
SPIELT DAS EINE ROLLE?
NEIN. ES SPIELT KEINE ROLLE.

SCHÖNER ABEND.
WISSEN SIE, DA WO ICH HERKOMME, HABEN WIR SECHS MONATE SCHNEE UND EIS UND SECHS MONATE MÜCKEN UND MATSCH. IM WINTER GEHT DIE SONNE MITTAGS AUF, UND UNGEFÄHR EINE STUNDE SPÄTER GEHT SIE UNTER. MAN HAT NIE DIE GEWISSHEIT, DASS DIE SONNE JE WIEDERKOMMT.
IRGENDJEMAND KÖNNTE IHR EINFACH EINEN ANGESPITZTEN MISTELZWEIG INS HERZ RAMMEN, UND FEIERABEND. EWIGE FINSTERNIS.
WER SIND SIE? SIE SIND KEIN BULLE.
WO IST LYTA?
WAS ZUM TEUFEL IST LOS?
WENN DU INS AUTO STEIGST, VERRAT' ICH'S DIR.
SCHNALL DICH AN. DANN WIRF DIE SCHLÜSSEL AUF DEN RÜCKSITZ. KANNST SIE WIEDERHABEN, WENN WIR FERTIG SIND.
KAPIERT?
MH-HM.

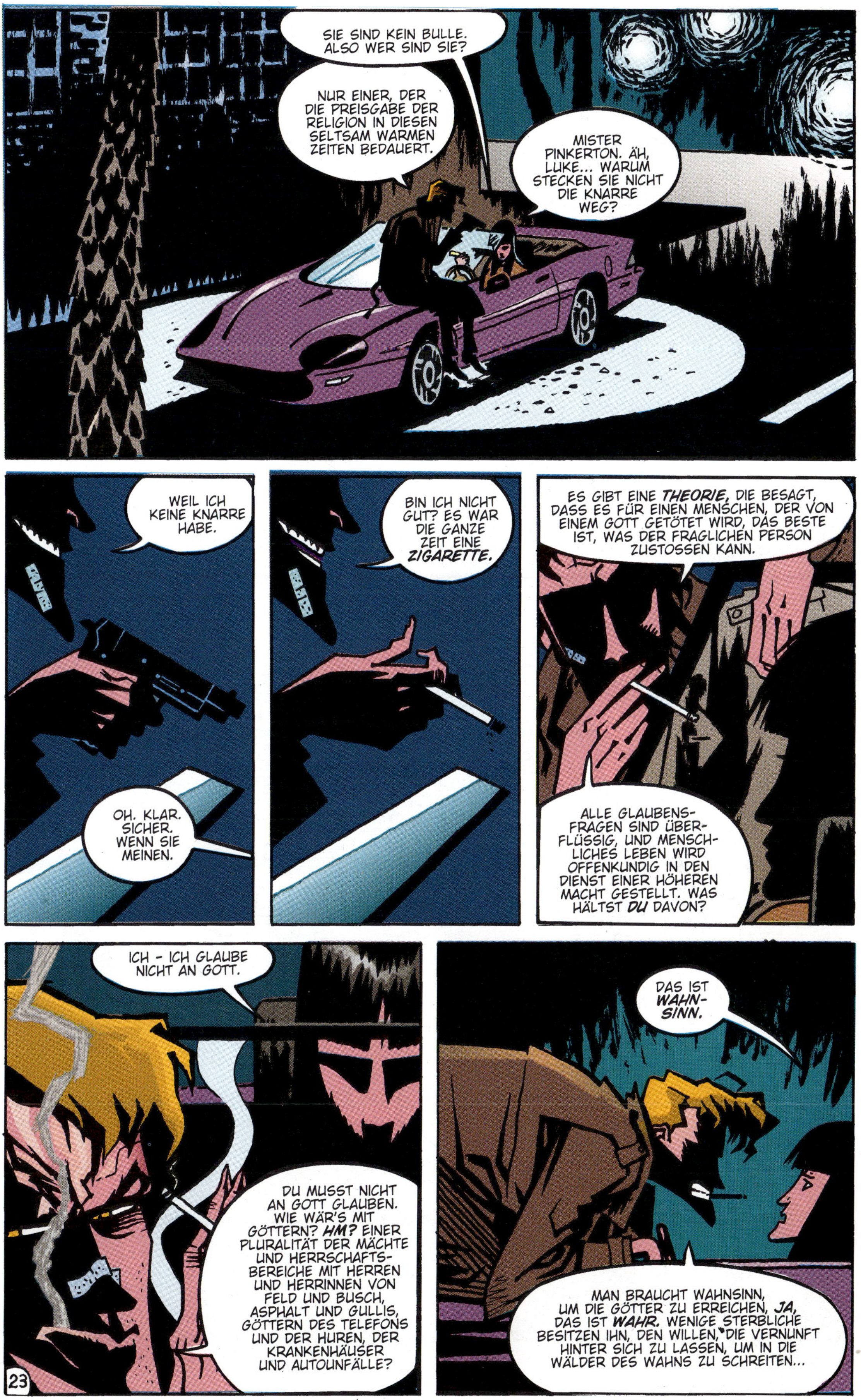
SIE SIND KEIN BULLE. ALSO WER SIND SIE?
NUR EINER, DER DIE PREISGABE DER RELIGION IN DIESEN SELTSAM WARMEN ZEITEN BEDAUERT.
MISTER PINKERTON. ÄH, LUKE... WARUM STECKEN SIE NICHT DIE KNARRE WEG?
WEIL ICH KEINE KNARRE HABE.
OH. KLAR. SICHER. WENN SIE MEINEN.
BIN ICH NICHT GUT? ES WAR DIE GANZE ZEIT EINE ZIGARETTE.
ES GIBT EINE THEORIE, DIE BESAGT, DASS ES FÜR EINEN MENSCHEN, DER VON EINEM GOTT GETÖTET WIRD, DAS BESTE IST, WAS DER FRAGLICHEN PERSON ZUSTOSSEN KANN.
ALLE GLAUBENSFRAGEN SIND ÜBERFLÜSSIG, UND MENSCHLICHES LEBEN WIRD OFFENKUNDIG IN DEN DIENST EINER HÖHEREN MACHT GESTELLT. WAS HÄLTST DU DAVON?
ICH - ICH GLAUBE NICHT AN GOTT.
DU MUSST NICHT AN GOTT GLAUBEN. WIE WÄR'S MIT GÖTTERN? HM? EINER PLURALITÄT DER MÄCHTE UND HERRSCHAFTSBEREICHE MIT HERREN UND HERRINNEN VON FELD UND BUSCH, ASPHALT UND GULLIS, GÖTTERN DES TELEFONS UND DER HUREN, DER KRANKENHÄUSER UND AUTOUNFÄLLE?
DAS IST WAHNSINN.
MAN BRAUCHT WAHNSINN, UM DIE GÖTTER ZU ERREICHEN, JA, DAS IST WAHR. WENIGE STERBLICHE BESITZEN IHN, DEN WILLEN, DIE VERNUNFT HINTER SICH ZU LASSEN, UM IN DIE WÄLDER DES WAHNS ZU SCHREITEN...
23

MISTER PINKERTON. ODER WIE SIE HEISSEN. BITTE. HÖREN SIE AUF.
WIE WÄR'S MIT EINEM KUSS? NEIN? ICH KÖNNTE IHN MIR NEHMEN, WENN ICH WOLLTE.
WEISST DU, WARUM MENSCHEN IMMER WEITERMACHEN? ES IST DER WUNSCH, DAS ENDE ZU SEHEN. IST WIE EIN SOG.
UND WEISST DU, WAS DAS TRAGISCHE AN DIR IST, CARLA?
MH-MH.
DASS DU TROTZ DEINES GUTEN WILLENS, DEINER HILFSBEREITSCHAFT NIE WUSSTEST, WORUM ES GEHT. WAS EIGENTLICH LOS WAR.
DU WEISST NICHT, WIE ES ENDET.
UND WIRST ES NIE HERAUSFINDEN.
BLEIB SITZEN. DU KANNST DICH NICHT BEWEGEN, RICHTIG?
NEIN.
WER SIND SIE?
ICH BIN DIE MUTTER VON ODINS HENGST SLEIPNIR. DER VATER VON FENRIR SONNENFRESSER, DER HALBVERFAULTEN HEL UND JÖRMUNGAND, DER WELTENSCHLANGE.
ICH BIN LOKI SCHANDMAUL, LOKI HIMMELSTÄNZER, LOKI RIESENKIND, LOKI LÜGENSCHMIED.
ICH BIN LOKI, BIN FEUER, GEIST UND HASS.
ICH BIN LOKI.
UND ICH BIN NIEMANDEM VERPFLICHTET.

Neil wollte ein Zitat aus dem **Puppenhaus** auf diesem Cover, daher nahm ich Cathy Peters Hand vom Cover für die Nr. 11 herein. Ich fange an zu glauben, dass Neil Fisch einfach nicht schreiben kann. **DM**

Dieses Kapitel war strukturell eine Reprise von SANDMAN Nr. 10. Mein schlechtes Gedächtnis für die Nummern der Ausgaben ist der Grund dafür, dass auf dem Cover ein Bild von SANDMAN Nr. 11 abgebildet ist, denn ich teilte Dave mit, es wäre eine Zusammenfassung von SANDMAN Nr. 11. Es ist ein schönes Cover, das ich nie bekritteln wollte. Jetzt kann man es ja zugeben. **NG**

DER DRUCK AUF DEN OHREN WECKTE MICH, ALS WIR ZUR LANDUNG ANSETZTEN.
ICH WACHTE DESORIENTIERT AUF.
ICH HIELT MIR MIT DEN FINGERN DIE NASE ZU, BLIES KRÄFTIG, BIS DER DRUCK AUF DIE OHREN UND DER SCHMERZ NACHLIESSEN.
ALS ICH AUFWACHTE, ERWARTETE ICH IRGENDWIE, MEINE MUTTER AUF DEM FENSTERPLATZ ZU SEHEN.
ICH WOLLTE IHR SCHON VON DEM TRAUM ERZÄHLEN, DEN ICH GEHABT HATTE. ER HANDEL-TE VON DER ZEIT MIT HAL UND CHANTAL UND GILBERT UND DEN ANDEREN IN FLORIDA.
ABER STATT MAM SITZT EIN KERL AM FENSTER, SO DICK WIE GILBERT.
GILBERT ROCH NACH ZIMT UND LAKRITZ, FAST WIE NIKOLAUS ODER WEIHNACHTEN. DIESER TYP RIECHT SAUER UND UNGEWASCHEN.
ER LIEST NOCH IMMER DASSELBE PORNOHEFT, DAS ER AUS DER TASCHE GEZOGEN HATTE, ALS WIR LOSFLOGEN.
WIE KANN MAN ZWÖLF STUNDEN DASSELBE PORNOHEFT ANSEHEN?
NICHT MAL BEI DER LANDUNG SIEHT ER AUS DEM FENSTER.
ARSCH.
GATWICK AIRPORT HAT SICH ÜBERHAUPT NICHT VERÄN-DERT. DIESES MAL WERDE ICH VON EINEM ZOLLBEAMTEN DURCHSUCHT. ER DURCHWÜHLT MEINEN KOFFER, ALS ICH DENSELBEN SAUREN GERUCH WAHRNEHME.
DER ARSCH FÄHRT MIT SEINER KARRE VORBEI. ICH BEOBACHTE, DASS ER MEINE VIELLEICHT-HAB-ICH-GLÜCK-HÖSCHEN GESEHEN HAT. UND FÜHLE MICH PLÖTZ-LICH ENTBLÖSST UND DUMM.

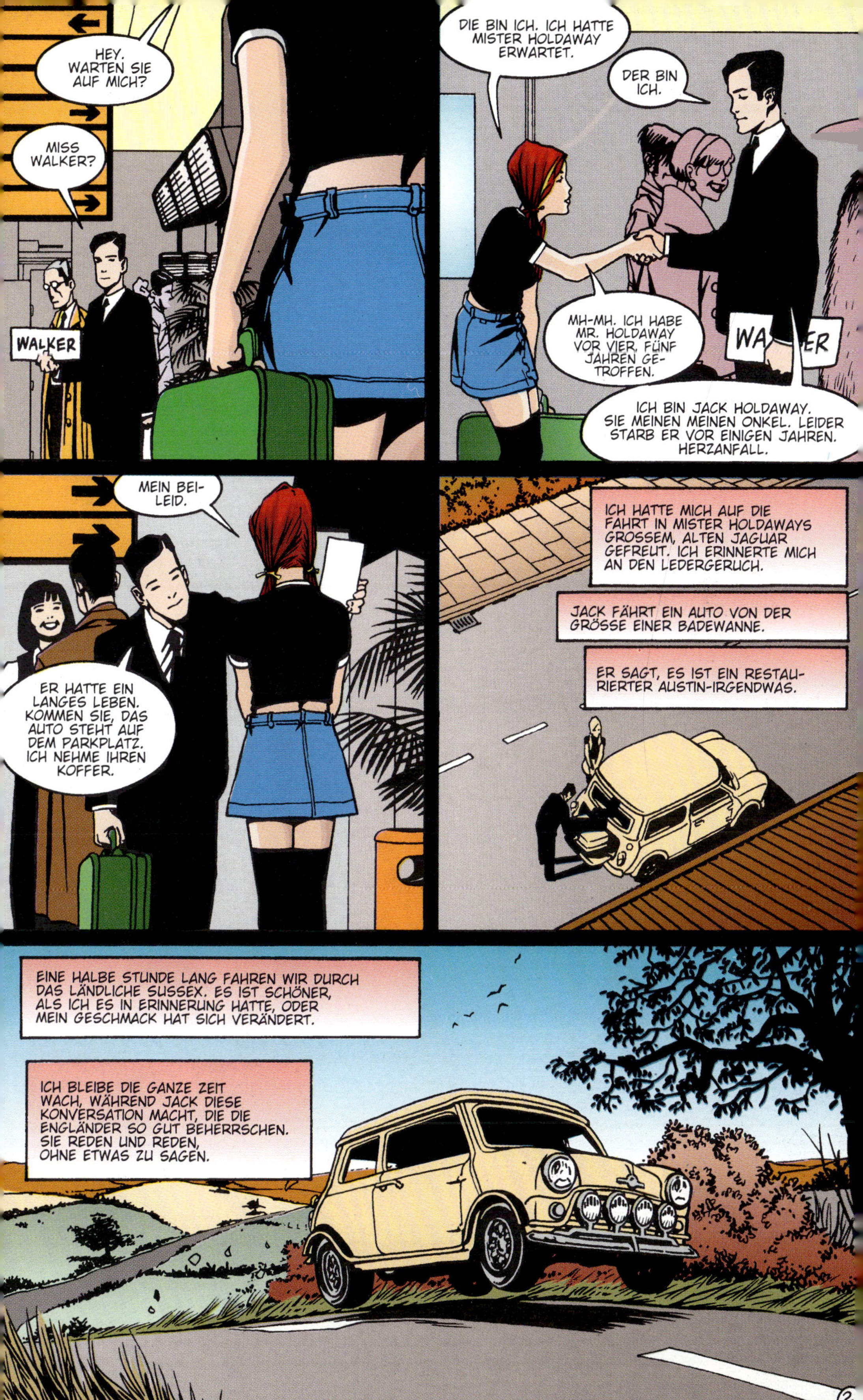
HEY. WARTEN SIE AUF MICH?
MISS WALKER?
WALKER
DIE BIN ICH. ICH HATTE MISTER HOLDAWAY ERWARTET.
DER BIN ICH.
MH-MH. ICH HABE MR. HOLDAWAY VOR VIER, FÜNF JAHREN GETROFFEN.
ICH BIN JACK HOLDAWAY. SIE MEINEN MEINEN ONKEL. LEIDER STARB ER VOR EINIGEN JAHREN. HERZANFALL.
MEIN BEILEID.
ER HATTE EIN LANGES LEBEN. KOMMEN SIE, DAS AUTO STEHT AUF DEM PARKPLATZ. ICH NEHME IHREN KOFFER.
ICH HATTE MICH AUF DIE FAHRT IN MISTER HOLDAWAYS GROSSEM, ALTEN JAGUAR GEFREUT. ICH ERINNERTE MICH AN DEN LEDERGERUCH.
JACK FÄHRT EIN AUTO VON DER GRÖSSE EINER BADEWANNE.
ER SAGT, ES IST EIN RESTAURIERTER AUSTIN-IRGENDWAS.
EINE HALBE STUNDE LANG FAHREN WIR DURCH DAS LÄNDLICHE SUSSEX. ES IST SCHÖNER, ALS ICH ES IN ERINNERUNG HATTE, ODER MEIN GESCHMACK HAT SICH VERÄNDERT.
ICH BLEIBE DIE GANZE ZEIT WACH, WÄHREND JACK DIESE KONVERSATION MACHT, DIE DIE ENGLÄNDER SO GUT BEHERRSCHEN. SIE REDEN UND REDEN, OHNE ETWAS ZU SAGEN.

DIE GÜTIGEN: 6
TEXT NEIL GAIMAN
ZEICHNUNGEN GLYN DILLON CHARLES VESS DEAN ORMTON D'ISRAELI
FARBEN DANIEL VOZZO
ÜBERSETZUNG GERLINDE ALTHOFF
LETTERING MATTHIAS ROTTLER & TORSTEN TAG
DIE SANDMAN-CHARAKTERE WURDEN ERDACHT VON GAIMAN, KIETH & DRINGENBERG
UND, ÄHM, WISSEN SIE, WIE LANGE SIE BLEIBEN?
NEIN. ICH MÖCHTE MICH NUR UMSEHEN. MIT LEUTEN REDEN.
WISSEN SIE, MEINE GROSSMUTTER HAT FAST IHR GANZES LEBEN HIER VERBRACHT.
JA, SICHER. ONKEL JACK HAT MIR EIN WENIG DAVON ERZÄHLT. KOMISCHE SACHE. DAS LEBEN VERSCHLAFEN.
WIE IN DIESEM ROBIN WILLIAMS FILM.
ICH STELLE SIE JETZT DER DIENSTHABENDEN SCHWESTER VOR, UND WENN SIE MICH NICHT MEHR BRAUCHEN, FAHRE ICH MIT DEM WAGEN NACH WYCH CROSS UND KÜMMERE MICH UM DAS HOTELZIMMER.
ICH HABE DAS WHITE HART AUSGESUCHT. ES SOLL SEHR NETT SEIN.
ICH KANN AUCH IHREN KOFFER HINBRINGEN.
DANKE.

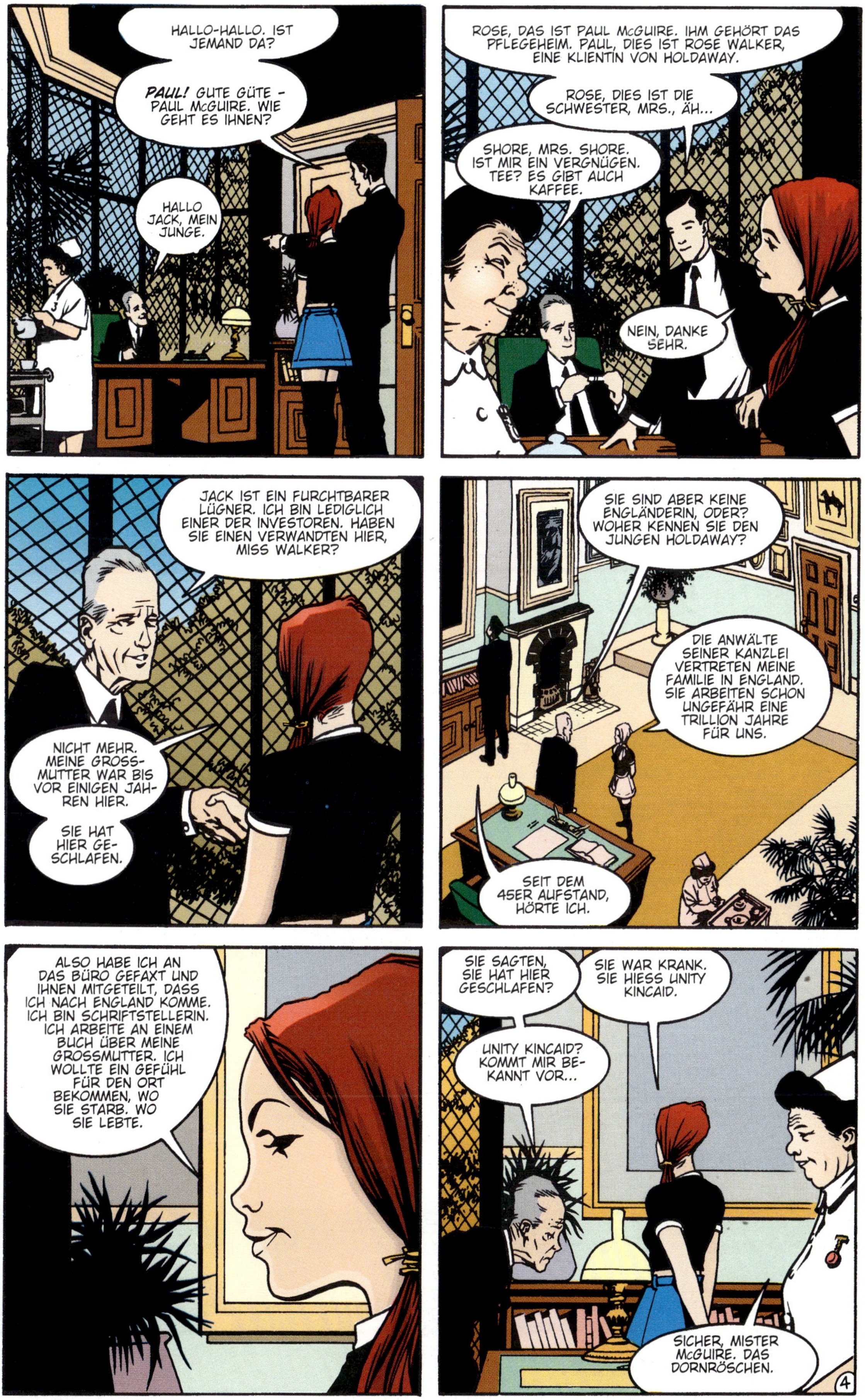
HALLO-HALLO. IST JEMAND DA?
PAUL! GUTE GÜTE - PAUL McGUIRE. WIE GEHT ES IHNEN?
HALLO JACK, MEIN JUNGE.
ROSE, DAS IST PAUL McGUIRE. IHM GEHÖRT DAS PFLEGEHEIM. PAUL, DIES IST ROSE WALKER, EINE KLIENTIN VON HOLDAWAY.
ROSE, DIES IST DIE SCHWESTER, MRS., ÄH...
SHORE, MRS. SHORE. IST MIR EIN VERGNÜGEN. TEE? ES GIBT AUCH KAFFEE.
NEIN, DANKE SEHR.
JACK IST EIN FURCHTBARER LÜGNER. ICH BIN LEDIGLICH EINER DER INVESTOREN. HABEN SIE EINEN VERWANDTEN HIER, MISS WALKER?
NICHT MEHR. MEINE GROSS-MUTTER WAR BIS VOR EINIGEN JAH-REN HIER.
SIE HAT HIER GE-SCHLAFEN.
SIE SIND ABER KEINE ENGLÄNDERIN, ODER? WOHER KENNEN SIE DEN JUNGEN HOLDAWAY?
DIE ANWÄLTE SEINER KANZLEI VERTRETEN MEINE FAMILIE IN ENGLAND. SIE ARBEITEN SCHON UNGEFÄHR EINE TRILLION JAHRE FÜR UNS.
SEIT DEM 45ER AUFSTAND, HÖRTE ICH.
ALSO HABE ICH AN DAS BÜRO GEFAXT UND IHNEN MITGETEILT, DASS ICH NACH ENGLAND KOMME. ICH BIN SCHRIFTSTELLERIN. ICH ARBEITE AN EINEM BUCH ÜBER MEINE GROSSMUTTER. ICH WOLLTE EIN GEFÜHL FÜR DEN ORT BEKOMMEN, WO SIE STARB. WO SIE LEBTE.
SIE SAGTEN, SIE HAT HIER GESCHLAFEN?
SIE WAR KRANK. SIE HIESS UNITY KINCAID.
UNITY KINCAID? KOMMT MIR BE-KANNT VOR...
SICHER, MISTER McGUIRE. DAS DORNRÖSCHEN.
4

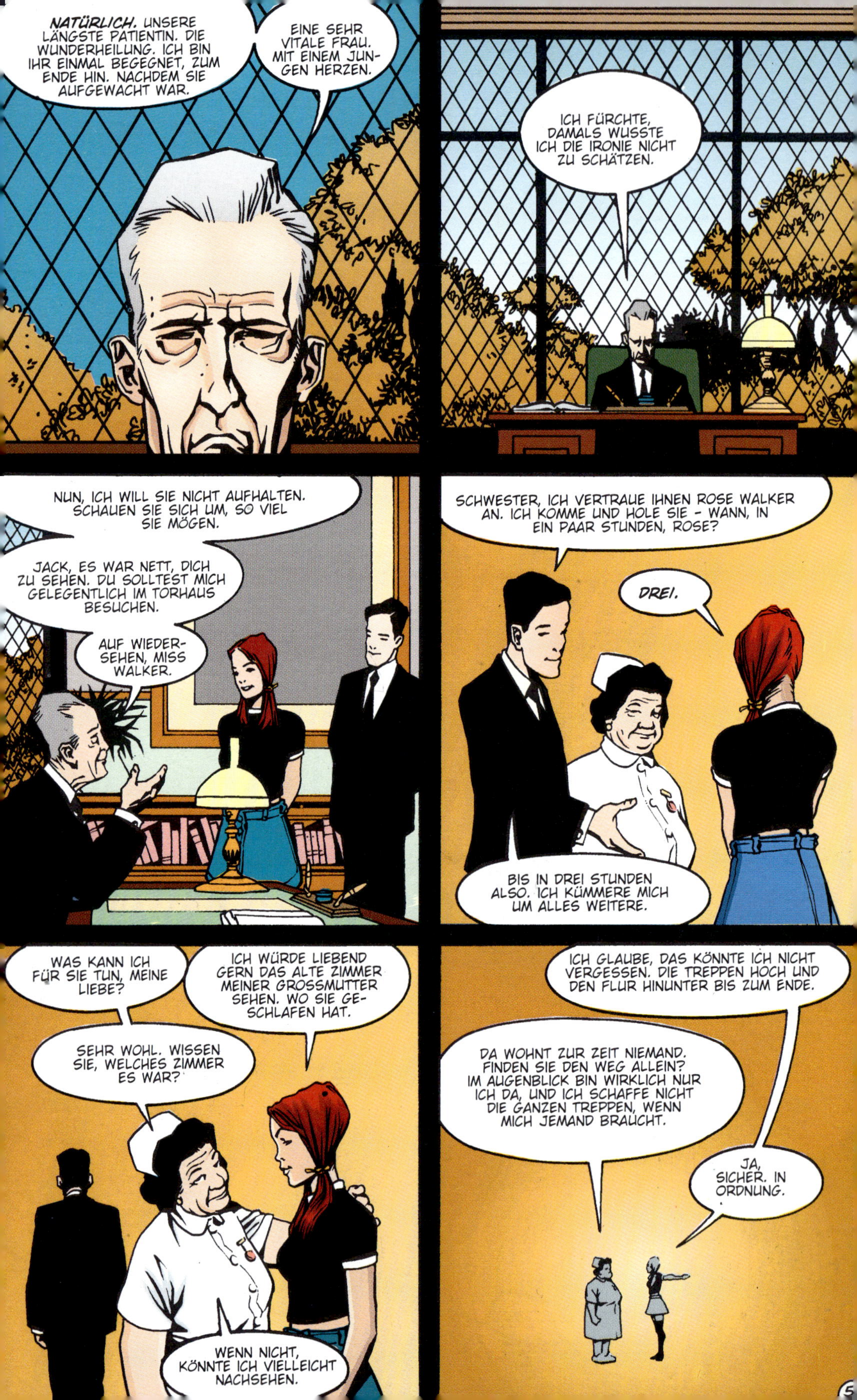
NATÜRLICH. UNSERE LÄNGSTE PATIENTIN. DIE WUNDERHEILUNG. ICH BIN IHR EINMAL BEGEGNET, ZUM ENDE HIN. NACHDEM SIE AUFGEWACHT WAR.
EINE SEHR VITALE FRAU. MIT EINEM JUNGEN HERZEN.
ICH FÜRCHTE, DAMALS WUSSTE ICH DIE IRONIE NICHT ZU SCHÄTZEN.
NUN, ICH WILL SIE NICHT AUFHALTEN. SCHAUEN SIE SICH UM, SO VIEL SIE MÖGEN.
JACK, ES WAR NETT, DICH ZU SEHEN. DU SOLLTEST MICH GELEGENTLICH IM TORHAUS BESUCHEN.
AUF WIEDERSEHEN, MISS WALKER.
SCHWESTER, ICH VERTRAUE IHNEN ROSE WALKER AN. ICH KOMME UND HOLE SIE - WANN, IN EIN PAAR STUNDEN, ROSE?
DREI.
BIS IN DREI STUNDEN ALSO. ICH KÜMMERE MICH UM ALLES WEITERE.
WAS KANN ICH FÜR SIE TUN, MEINE LIEBE?
ICH WÜRDE LIEBEND GERN DAS ALTE ZIMMER MEINER GROSSMUTTER SEHEN. WO SIE GESCHLAFEN HAT.
SEHR WOHL. WISSEN SIE, WELCHES ZIMMER ES WAR?
WENN NICHT, KÖNNTE ICH VIELLEICHT NACHSEHEN.
ICH GLAUBE, DAS KÖNNTE ICH NICHT VERGESSEN. DIE TREPPEN HOCH UND DEN FLUR HINUNTER BIS ZUM ENDE.
DA WOHNT ZUR ZEIT NIEMAND. FINDEN SIE DEN WEG ALLEIN? IM AUGENBLICK BIN WIRKLICH NUR ICH DA, UND ICH SCHAFFE NICHT DIE GANZEN TREPPEN, WENN MICH JEMAND BRAUCHT.
JA, SICHER. IN ORDNUNG.

ÄH. HALLO? IST JEMAND HIER?
6

TSS.
DAS HIER IST DIE BESENKAMMER, MEINE LIEBE. WAS WOLLEN SIE DA DRIN?
NUR GUCKEN.
WER SIND SIE DENN? DIE ENKELIN VON IRGENDJEMAN-DEM? ODER DIE NICHTE? SIND SIE ZU BESUCH? ODER GEHÖREN SIE ZUM HAUS?
SIE KÖNNEN MIR SAGEN, WENN ICH ZU VIELE FRAGEN STELLE. ABER WIR HABEN NICHT OFT EIN MÄDEL IN DER BESENKAMMER.
NA JA, DAS IST EINE LANGE GESCHICHTE.
WIR HABEN HIER ALLE ZEIT, SCHATZ. ICH GEHE HINUNTER IN DEN AUFENTHALTSRAUM.
KOMMEN SIE MIT?
JA, ICH GLAUBE SCHON.
ICH HOFFE, DAS IST NICHT FRECH VON MIR, ABER HÖRTE ICH SIE NICHT FRAGEN, OB JEMAND IN DER BESENKAMMER IST?
JA.
DACHTEN SIE, DA WÄRE JEMAND? IN DER BESENKAMMER?
NICHT WIRKLICH.
DANKE, MEINE LIEBE. WOHER KOMMEN SIE? FÜR MEINE OHREN KLINGEN SIE ETWAS NACH YANKEE DOODLE DANDY.
JA, ICH BIN AMERIKANERIN.
ICH HATTE EINEN FREUND AUS AMERIKA. MAN GLAUBT ES KAUM, WENN MAN MICH HEUTE SIEHT, ABER ES STIMMT.

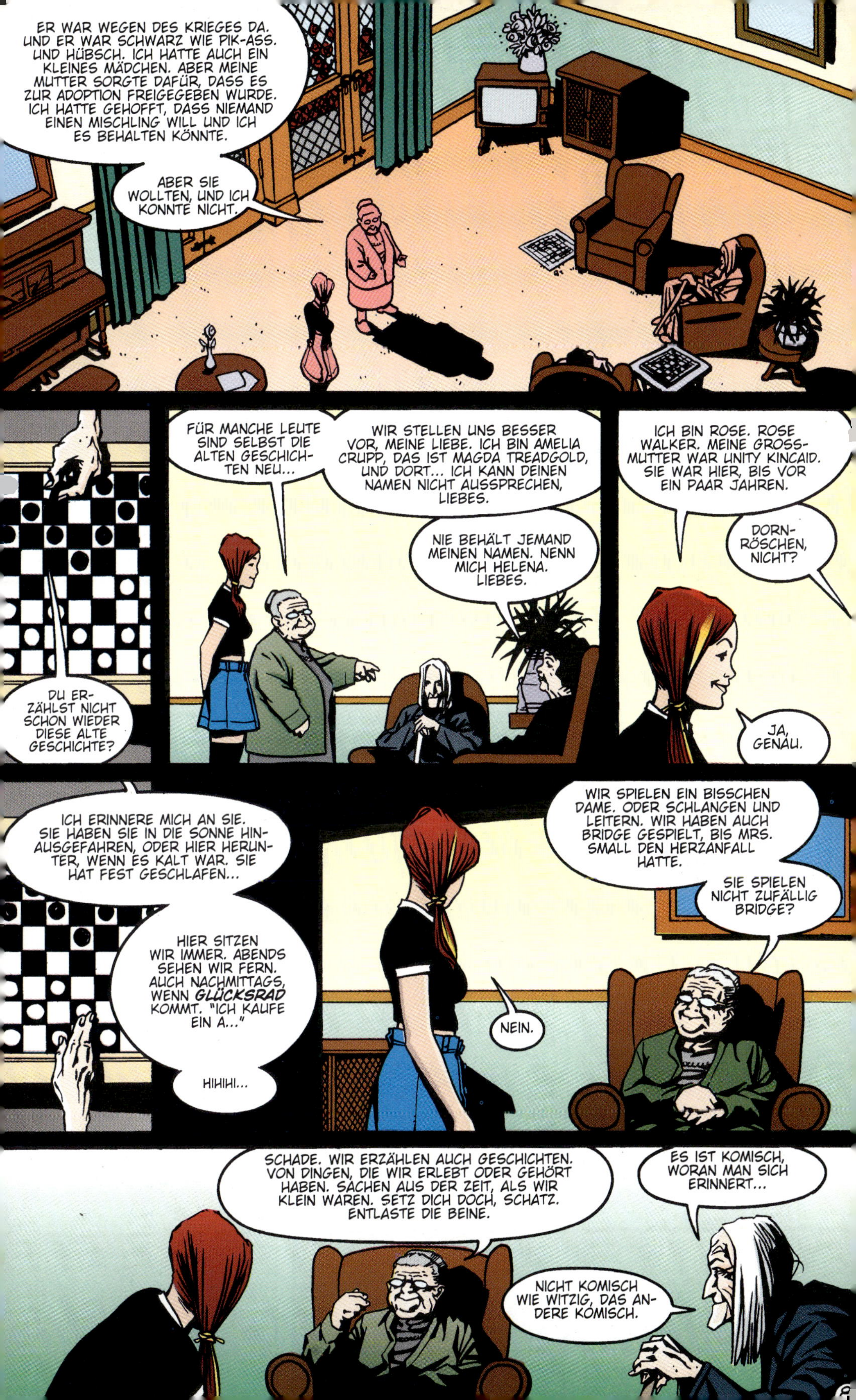
ER WAR WEGEN DES KRIEGES DA. UND ER WAR SCHWARZ WIE PIK-ASS. UND HÜBSCH. ICH HATTE AUCH EIN KLEINES MÄDCHEN. ABER MEINE MUTTER SORGTE DAFÜR, DASS ES ZUR ADOPTION FREIGEGEBEN WURDE. ICH HATTE GEHOFFT, DASS NIEMAND EINEN MISCHLING WILL UND ICH ES BEHALTEN KÖNNTE.
ABER SIE WOLLTEN, UND ICH KONNTE NICHT.
DU ERZÄHLST NICHT SCHON WIEDER DIESE ALTE GESCHICHTE?
FÜR MANCHE LEUTE SIND SELBST DIE ALTEN GESCHICHTEN NEU...
WIR STELLEN UNS BESSER VOR, MEINE LIEBE. ICH BIN AMELIA CRUPP, DAS IST MAGDA TREADGOLD, UND DORT... ICH KANN DEINEN NAMEN NICHT AUSSPRECHEN, LIEBES.
NIE BEHÄLT JEMAND MEINEN NAMEN. NENN MICH HELENA. LIEBES.
ICH BIN ROSE. ROSE WALKER. MEINE GROSSMUTTER WAR UNITY KINCAID. SIE WAR HIER, BIS VOR EIN PAAR JAHREN.
DORNRÖSCHEN, NICHT?
JA, GENAU.
ICH ERINNERE MICH AN SIE. SIE HABEN SIE IN DIE SONNE HINAUSGEFAHREN, ODER HIER HERUNTER, WENN ES KALT WAR. SIE HAT FEST GESCHLAFEN...
HIER SITZEN WIR IMMER. ABENDS SEHEN WIR FERN. AUCH NACHMITTAGS, WENN GLÜCKSRAD KOMMT. "ICH KAUFE EIN A..."
HIHIHI...
WIR SPIELEN EIN BISSCHEN DAME. ODER SCHLANGEN UND LEITERN. WIR HABEN AUCH BRIDGE GESPIELT, BIS MRS. SMALL DEN HERZANFALL HATTE.
SIE SPIELEN NICHT ZUFÄLLIG BRIDGE?
NEIN.
SCHADE. WIR ERZÄHLEN AUCH GESCHICHTEN. VON DINGEN, DIE WIR ERLEBT ODER GEHÖRT HABEN. SACHEN AUS DER ZEIT, ALS WIR KLEIN WAREN. SETZ DICH DOCH, SCHATZ. ENTLASTE DIE BEINE.
ES IST KOMISCH, WORAN MAN SICH ERINNERT...
NICHT KOMISCH WIE WITZIG, DAS ANDERE KOMISCH.
8

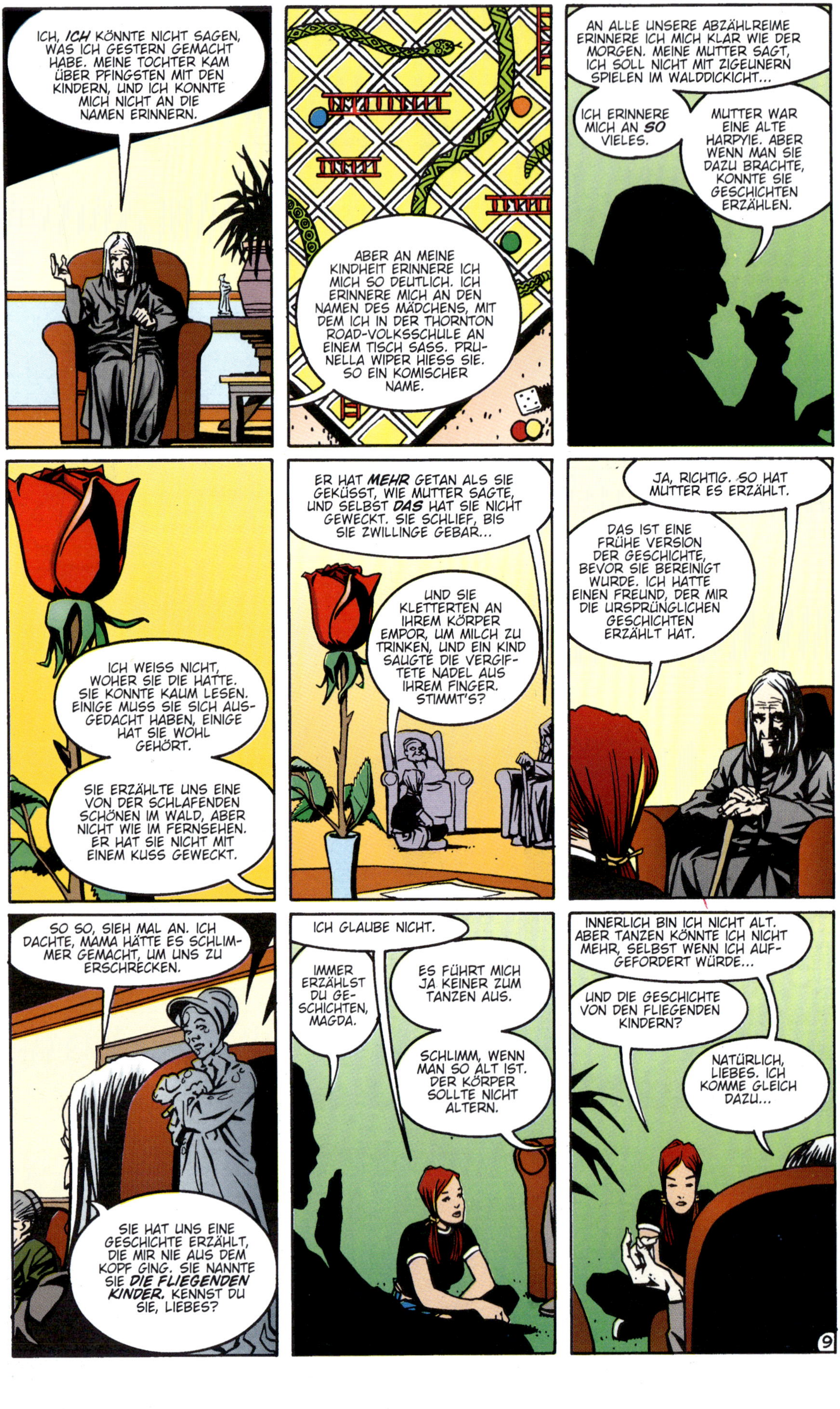
ICH, *ICH* KÖNNTE NICHT SAGEN, WAS ICH GESTERN GEMACHT HABE. MEINE TOCHTER KAM ÜBER PFINGSTEN MIT DEN KINDERN, UND ICH KONNTE MICH NICHT AN DIE NAMEN ERINNERN.
ABER AN MEINE KINDHEIT ERINNERE ICH MICH SO DEUTLICH. ICH ERINNERE MICH AN DEN NAMEN DES MÄDCHENS, MIT DEM ICH IN DER THORNTON ROAD-VOLKSSCHULE AN EINEM TISCH SASS. PRUNELLA WIPER HIESS SIE. SO EIN KOMISCHER NAME.
AN ALLE UNSERE ABZÄHLREIME ERINNERE ICH MICH KLAR WIE DER MORGEN. MEINE MUTTER SAGT, ICH SOLL NICHT MIT ZIGEUNERN SPIELEN IM WALDDICKICHT...
ICH ERINNERE MICH AN *SO* VIELES.
MUTTER WAR EINE ALTE HARPYIE. ABER WENN MAN SIE DAZU BRACHTE, KONNTE SIE GESCHICHTEN ERZÄHLEN.
ICH WEISS NICHT, WOHER SIE DIE HATTE. SIE KONNTE KAUM LESEN. EINIGE MUSS SIE SICH AUSGEDACHT HABEN, EINIGE HAT SIE WOHL GEHÖRT.
SIE ERZÄHLTE UNS EINE VON DER SCHLAFENDEN SCHÖNEN IM WALD, ABER NICHT WIE IM FERNSEHEN. ER HAT SIE NICHT MIT EINEM KUSS GEWECKT.
ER HAT *MEHR* GETAN ALS SIE GEKÜSST, WIE MUTTER SAGTE, UND SELBST *DAS* HAT SIE NICHT GEWECKT. SIE SCHLIEF, BIS SIE ZWILLINGE GEBAR...
UND SIE KLETTERTEN AN IHREM KÖRPER EMPOR, UM MILCH ZU TRINKEN, UND EIN KIND SAUGTE DIE VERGIFTETE NADEL AUS IHREM FINGER. STIMMT'S?
JA, RICHTIG. SO HAT MUTTER ES ERZÄHLT.
DAS IST EINE FRÜHE VERSION DER GESCHICHTE, BEVOR SIE BEREINIGT WURDE. ICH HATTE EINEN FREUND, DER MIR DIE URSPRÜNGLICHEN GESCHICHTEN ERZÄHLT HAT.
SO SO, SIEH MAL AN. ICH DACHTE, MAMA HÄTTE ES SCHLIMMER GEMACHT, UM UNS ZU ERSCHRECKEN.
SIE HAT UNS EINE GESCHICHTE ERZÄHLT, DIE MIR NIE AUS DEM KOPF GING. SIE NANNTE SIE *DIE FLIEGENDEN KINDER.* KENNST DU SIE, LIEBES?
ICH GLAUBE NICHT.
IMMER ERZÄHLST DU GESCHICHTEN, MAGDA.
ES FÜHRT MICH JA KEINER ZUM TANZEN AUS.
SCHLIMM, WENN MAN SO ALT IST. DER KÖRPER SOLLTE NICHT ALTERN.
INNERLICH BIN ICH NICHT ALT. ABER TANZEN KÖNNTE ICH NICHT MEHR, SELBST WENN ICH AUFGEFORDERT WÜRDE...
UND DIE GESCHICHTE VON DEN FLIEGENDEN KINDERN?
NATÜRLICH, LIEBES. ICH KOMME GLEICH DAZU...

Wie Mutter erzählte, gab es mal einen Mann, der die Frauen liebte. Ein hübsches Gesicht folgte dem anderen. Er liebte sie und vergaß sie, wie er so von Stadt zu Stadt wanderte.

Eines Tages erspähte er ein Mädchen, das sich im Fluss wusch, nackt, wie sie erschaffen war in ihrem Geburtstagsstaat. Und er versteckte ihre Kleider. Als sie aus dem Fluss stieg, sah sie ihn.

Er sagt, er gibt ihr die Kleider zurück, wenn sie seine Geliebte wird, aber sie will nicht seine Geliebte sein, ehe er nicht schwört, dass er sie zu seiner Frau macht – obendrein in der nächsten Kirche, an der sie vorbeikommen.

Ich schwöre, wenn ich einen Fuß in eine Kirche setze, dann, um Dich zu heiraten, sagt er (und ich werde den Teufel tun und jemals wieder eine Kirche betreten, schwört er heimlich).

Und was schwörst du, fragt sie, für den Fall, dass du den Schwur brichst?

Wenn ich dich nicht heirate, sagt er, sollen mich die Würmer fressen (denn das werden sie sowieso, denkt er, wenn meine Zeit um ist), und wenn ich dich nicht heirate, sollen unseren Kindern Flügeln wachsen, mit denen sie fortfliegen (ist auch egal, wenn sie's tun, denkt er.)

Sie küssen sich also auf der Stelle und tun noch andere Sachen, und als sie fertig sind, gibt er ihr die Kleider zurück, und sie folgt ihm die Straße hinunter.

Sie kommen an der ersten Kirche vorbei. Hier lass uns heiraten, sagt sie. Oh, sagt er, hier können wir nicht heiraten, denn der Pfarrer ist ein kranker Mann, und außerdem ist er auf der Jagd.

Sie sagt nichts, sieht ihn aber an, als zerbräche ihr das Herz im Leibe. Als sie zur nächsten Kirche kommen, fängt ihr Bauch an sich zu runden.

Lass uns hier heiraten, sagt sie. Diese Kirche betrete ich nicht, sagt er, denn der Pfarrer ist ein Säufer und auch sonst nicht gerade ein Heiliger, und mit dem Küster bin ich auch nicht eben befreundet.

Aber du hast GESCHWOREN, sagt sie. Ich gehe nicht in die Kirche, sagt er zu ihr und schlägt sie nieder. Ihr Gesicht blutet, als sie sich erhebt.

SO ist das also, sagt sie.

So ist das also, sagt er.

Ich habe einen dicken Bauch, sagt sie, von dem Kind. Ich möchte ein Weilchen nicht weiterziehen. Ich kann nicht auf der Straße bleiben. Gibt es nicht einen Ort, wo ich ausruhen kann?

Er heißt sie also anhalten und sich am Wegesrand niedersetzen und wandert weiter.

Er kommt zu einer Hütte und geht hinein, denn die Tür ist nur angelehnt und nicht verschlossen, und in der Hütte sieht er eine alte Frau, die im Bett liegt und fest schläft.

Manchmal erzählte Mutter, dass die Frau eine Hexe war, und manchmal nicht. Aber wie dem auch sei, sie war alt und gebrechlich, und er hielt ihr mit den Fingern Mund und Nase zu, bis sie nicht mehr atmete, trug sie nach hinten und vergrub sie in einem Misthaufen.

Er ging zu seiner Frau zurück und sagte: Es war gut, dass wir hier vorbeigekommen sind, denn meine alte Tante ist gerade gestorben und hat uns ihre Hütte hinterlassen.

Oh, er war ein schlechter Mensch, dieser Mann. Er nahm sie also mit zu der Hütte...

Er war ein Mann. Alle Männer sind schlecht.

Nicht mein Danny, der nicht, Gott hab ihn selig.

Er nahm sie also mit zu der Hütte...?

Aber Ja, Liebes, und dort ließ er sie. Alle paar Wochen kam er wieder, um zu sehen, ob sie noch dort war, und um seine Kinder zu sehen, denn in den nächsten Jahren bekam sie drei niedliche Mädchen. Aber er war nur ab und an einen Tag zu Hause, und dann war er wieder fort und streunte durch das ganze Land.

Es war ein einsamer Landstrich, aber im Garten gab es Gemüse, und dann und wann brachte er ihr ein Huhn oder ein Schwein, so dass sie nie hungerte und auch die Kinder nicht.

Doch als er eines Tages heimkommt, sind die Kinder nirgends zu sehen. Und die kleinen Mädchen waren doch sein Augapfel...

Wo sind die Kinder? Fragt er seine Frau. Sie sammeln Beeren, sagt sie.

Im Frühling? Sagt er. (Im Frühling gibt's keine Beeren, Schatz.
Ich weiss nicht, ob es Frühling gibt, wo du herkommst.)
Aber sie antwortet nicht, und die Kinder kommen nicht nach Hause.

Als die Nacht einbricht, sagt er zu ihr Wo sind die Kinder? Zum Angeln, sagt sie.

Auch das Baby? Fragt er. Aber sie tut so, als hätte sie nichts gehört.

Des Morgens weckt er sie: Wo sind die Kinder? WO SIND MEINE MÄDCHEN?
Sie sind weggeflogen, sagt sie.

Weggeflogen? Er schüttelt sie, damit sie ihm die Wahrheit sagt, aber sie bleibt dabei.

Also holt er von draußen die Axt und hackt sie in Stücke.

Draußen hört er ein Geräusch, und so schiebt er Fleisch und Knochen und Glieder unter das Bett.

Es sind seine Töchter, die älteste, die mittlere und die kleine,
die auf Flügeln vom Himmel herab kommen.

Sie betreten die Hütte.

Wo ist unsere Mutter? Fragen sie.

Sie ist Beeren pflücken gegangen, sagt er.

Und woher kommt das ganze Blut an deinen Händen und auf dem Boden?

Ich habe ein Schwein geschlachtet, sagt er.

Aber das jüngste Mädchen schaut unter das Bett und sieht dort das Gesicht der toten Mutter, das sie anstarrt.

Und sie weinten bitterlich, lange und traurig. Dann fielen sie mit Zähnen und Krallen über ihn her und töteten ihn. Seinen Körper ließen sie auf dem Boden liegen.

Sie flogen zurück in den Himmel, und niemand hat sie wieder gesehen.

Und sobald er sicher sein konnte, dass er tot war, erhob er sich und schüttelte sich und sah sich um, und da wartete auf dem Bett mit langen Krallen seine Frau auf ihn, und ihre Augen blitzten grün wie die einer Katze auf dem Sprung.

Natürlich sprang der Mann auf und rannte fort, doch im Nacken spürte er ihren kalten Atem.

Oh, und da rief er den Donner an: Schlag mich tot, doch der Donner konnte nicht, denn er war schon tot.

Und er lief zum Feuer und bettelte, das Feuer möge ihn verbrennen.

Doch das Feuer konnte ihn nicht verbrennen, denn die Kälte des Todes löschte es aus.

Und er warf sich ins Wasser und schrie: Lass mich blau anlaufen, doch das Wasser konnte nicht, denn die Farbe des Todes hatte schon sein Gesicht erreicht, und das Wasser spie ihn an Land.

Zuletzt warf er sich auf den Boden, auf den Misthaufen, und rief die Würmer, sie sollten kommen und ihn fressen, damit er in seinem Grab Ruhe fände und die Frau loswürde.

Er streckte eine Hand aus und stellte fest, dass er die Skeletthand der alten Frau hielt, die er der Hütte wegen umgebracht hatte.

Und so liegt er auf dem Boden, seine Hand fest in der Knochenhand, und wartet auf seine Frau...

Aber nach und nach kommt ein langer Wurm herangekrochen, ein seltsames Ding mit dem Gesicht seiner Frau am einen Ende des langen schleimigen Körpers, und der Wurm kriecht an ihm entlang und über ihn hin und um ihn herum und vertreibt alle anderen Würmer. Ihre Zähne sind lang und scharf.

Und sie wickelt den schleimigen Wurmkörper um den seinen und flüstert ihm ihren Namen ins Ohr.

Und er schreit: Töte mich, um Gottes Willen, damit es vorbei ist. Doch mit langer Wurmzunge leckt sie ihre Lippen und schüttelt den Kopf.

Ein so gutes Mahl darf man nicht übereilen, sagt sie. Halt still, Bursche, und lass mir meinen Spaß mit dir.

Und mit ihren scharfen, scharfen Zähnen nimmt sie den ersten, zarten Bissen aus seiner Wange...

So hat Mutter diese Geschichte erzählt.

DAS IST EINE SELTSAME GESCHICHTE.
SIE IST *GRAUSIG.*
ICH HABE MICH IMMER GEFRAGT, WAS AUS DEN KINDERN WURDE, ALS SIE WEGFLOGEN...
ES SIND NUR AUSGEDACHTE LEUTE. ES GIBT SIE NICHT WIRKLICH.
DAS HEISST NICHT, DASS SIE KEINE GESCHICHTE HABEN.
ICH HÄTTE *ALPTRÄUME* GEKRIEGT, WENN *ICH* SOLCH EINE GESCHICHTE ALS KIND GEHÖRT HÄTTE. SCHRECKLICH, SO ZU STERBEN. WENN EIN RIESENWURM DAS GESICHT FRISST.
DA IST ER NICHT GESTORBEN. GESTORBEN IST ER VORHER, ALS SEINE KINDER SICH GEGEN IHN WANDTEN.
*ALLE* TODE SIND SCHRECKLICH.
MEIN DANNY - DER AMERIKANER, VON DEM ICH DIR ERZÄHLT HABE, ROSE - ER STARB AN DEM TAG, ALS DER FRIEDEN AUSBRACH. FUHR MIT EINEM JEEP UND FEIERTE DAS ENDE DES KRIEGES.
ER LEHNTE SICH ZUR SEITE HINAUS, UND DER FAHRER KAM EINER BRÜCKE ZU NAH. IN PARIS. ES RISS DANNY GLATT DEN KOPF AB. *BUMS.*
ICH DENKE GERN, DASS WIR GEHEIRATET HÄTTEN.
ABER WAHRSCHEINLICH NICHT.
ER HAT ES VERDIENT. ES WAR RACHE. ER HAT GEMORDET UND GELOGEN.
*DANNY?* ER WAR SOLDAT. ES IST IHR JOB, TÖTEN. UND ICH GLAUBE NICHT, DASS ER WIRKLICH GELOGEN HAT. ER HAT NUR SACHEN GESAGT, DIE NICHT STIMMTEN. NA, DU KENNST JA MÄNNER. DAS MACHEN ALLE. SIE *MÜSSEN.*

DER MANN IN DER GESCHICHTE. ER HAT ES VERDIENT.
DIE RACHE IST *HEILIG.*
ICH HABE MICH AUCH GERÄCHT. ZWANZIG JAHRE VERBRACHTE ICH DAMIT, DEN MANN ZU SUCHEN, DER EINEN GELIEBTEN MENSCHEN GETÖTET HATTE. JAHREIN, JAHRAUS HABE ICH IHN DURCH DIE GANZE WELT VERFOLGT...
ICH FAND IHN SCHLIESSLICH IN ENGLAND, IM WINTER IN BRIGHTON: EINE TRÜBE, GRAUE STADT. ES IST KALT IN ENGLAND.
WIRKLICH? UND WAS HABEN SIE GETAN?
ICH HABE IHN UMGEBRACHT. ABER ERST HABE ICH SEIN LEBEN ZERSTÖRT.
DAS IST NUR EIN SCHERZ, ODER?
EIN SCHERZ? ABER SICHER: WENN ICH WIRKLICH JEMANDEN UMGEBRACHT HÄTTE, WÜRDE ICH ES WEITERERZÄHLEN?
JA, DAS HATTE ICH AUCH GEDACHT.
DU BIST SO WEISE, KIND.
NACHDEM ICH MEINE AUFGABE ERFÜLLT HATTE, VERLIESS MICH DAS LEBEN UND ICH KAM HIERHER.
KANNTEN SIE MEINE GROSSMUTTER?
HABEN SIE MIT IHR GESPROCHEN?
ICH ERINNERE MICH AN SIE. SIE SCHLIEF.
EINE FRAU SOLLTE IHR LEBEN NICHT VERSCHLAFEN MÜSSEN. FRAUEN STAMMEN NICHT AUS TRÄUMEN. WIR STAMMEN AUS DER WAHREN WELT.
SELBST DEINE GROSSMUTTER ERWACHTE, BEVOR SIE STARB.
FRAUEN HABEN MIT ERWACHEN ZU TUN, ROSE.
ALS MÜTTER ERWECKEN WIR SIE AUS DEM NICHTS ZUR EXISTENZ.
ALS JUNGFERN ERWECKEN WIR SIE ZU FREUD UND LEID DES ERWACHSENSEINS, ZU DEN WELTEN DER LUST UND DER VERANTWORTUNG.
UND WENN IHRE ZEIT UM IST, SIND WIR ES, DIE SIE ZUM LETZTEN MAL WASCHEN UND SIE AUF DIE LETZTE WACHE VORBEREITEN.

ABER EHRLICH, DU MUSST ES ALBERN FINDEN, MIT DREI ALTEN FRAUEN DAZUSITZEN UND ÜBER ALTWEIBERKRAM ZU TRATSCHEN.
WIR HABEN NOCH DAS ANGEFANGENE DAMESPIEL. UND AMELIA HÄLT JETZT IHR NICKERCHEN. DAS TUT SIE IMMER.
SIE HAT RECHT, LIEBES. DAS TUE ICH.
HE, PUSSY.
WIE HEISST DU DENN, HM?

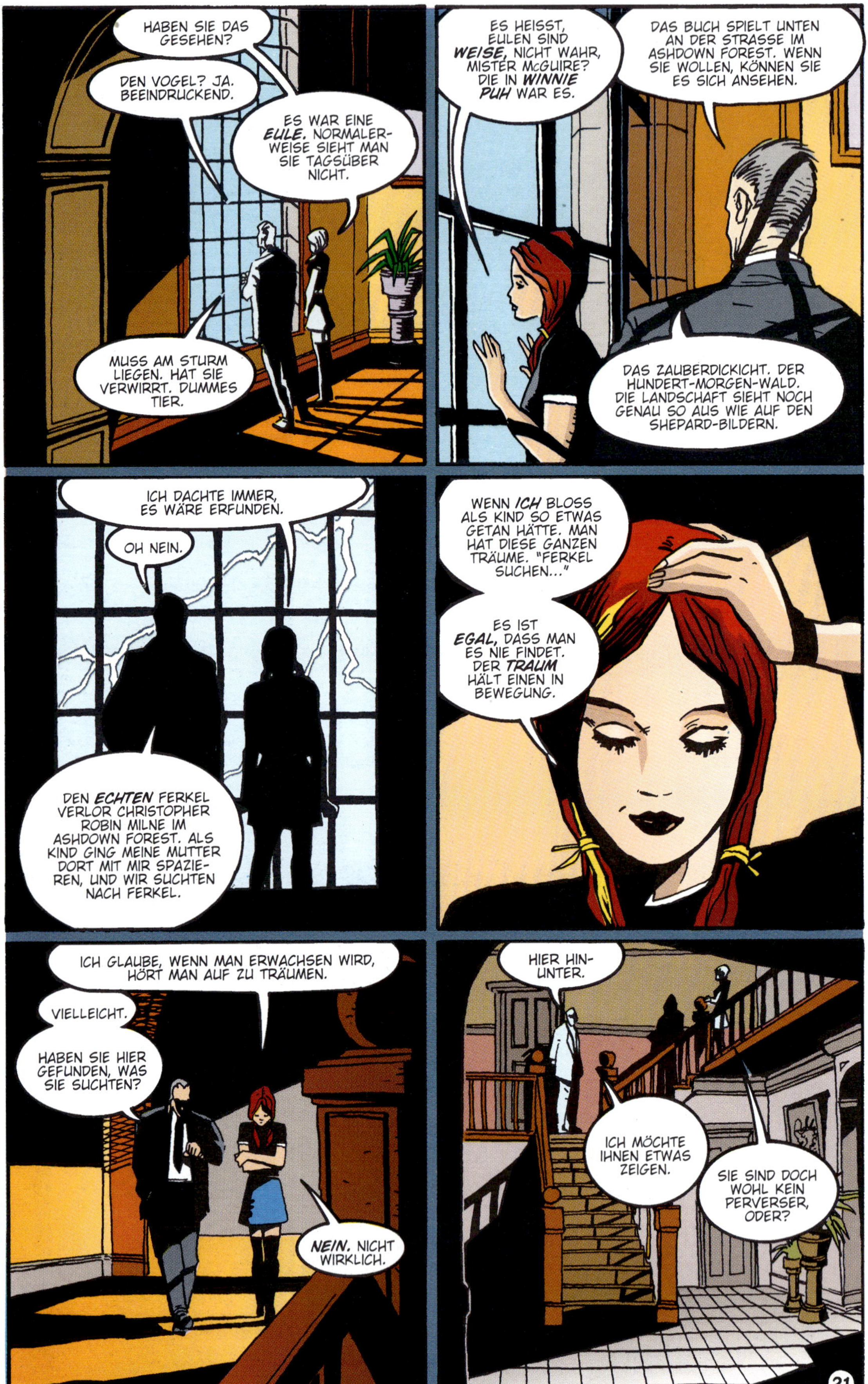
HABEN SIE DAS GESEHEN?
DEN VOGEL? JA. BEEINDRUCKEND.
ES WAR EINE *EULE.* NORMALERWEISE SIEHT MAN SIE TAGSÜBER NICHT.
MUSS AM STURM LIEGEN. HAT SIE VERWIRRT. DUMMES TIER.
ES HEISST, EULEN SIND *WEISE,* NICHT WAHR, MISTER McGUIRE? DIE IN *WINNIE PUH* WAR ES.
DAS BUCH SPIELT UNTEN AN DER STRASSE IM ASHDOWN FOREST. WENN SIE WOLLEN, KÖNNEN SIE ES SICH ANSEHEN.
DAS ZAUBERDICKICHT. DER HUNDERT-MORGEN-WALD. DIE LANDSCHAFT SIEHT NOCH GENAU SO AUS WIE AUF DEN SHEPARD-BILDERN.
ICH DACHTE IMMER, ES WÄRE ERFUNDEN.
OH NEIN.
DEN *ECHTEN* FERKEL VERLOR CHRISTOPHER ROBIN MILNE IM ASHDOWN FOREST. ALS KIND GING MEINE MUTTER DORT MIT MIR SPAZIEREN, UND WIR SUCHTEN NACH FERKEL.
WENN *ICH* BLOSS ALS KIND SO ETWAS GETAN HÄTTE. MAN HAT DIESE GANZEN TRÄUME. "FERKEL SUCHEN..."
ES IST *EGAL,* DASS MAN ES NIE FINDET. DER *TRAUM* HÄLT EINEN IN BEWEGUNG.
ICH GLAUBE, WENN MAN ERWACHSEN WIRD, HÖRT MAN AUF ZU TRÄUMEN.
VIELLEICHT.
HABEN SIE HIER GEFUNDEN, WAS SIE SUCHTEN?
*NEIN.* NICHT WIRKLICH.
HIER HINUNTER.
ICH MÖCHTE IHNEN ETWAS ZEIGEN.
SIE SIND DOCH WOHL KEIN PERVERSER, ODER?

ICH GEHÖRE ZUR BESTEN SORTE PERVERSER. IN DEN WORTEN DES UNSTERBLICHEN QUENTIN, ICH BIN EINER DER STATTLICHEN HOMOS ENGLANDS.
MISS WALKER, ICH VERSICHERE IHNEN, SIE HABEN NICHTS VON MIR ZU FÜRCHTEN.
SIE SIND *SCHWUL?*
WISSEN SIE, ICH MÖCHTE SCHWUL NIE ALS SYNONYM FÜR HOMOSEXUELL. EIN ÄUSSERST DEZENTES WORT IST HORS DE COMBAT. ABER DAS IST EIN VERLORENES PHILOLOGISCHES GEFECHT.
DANN WIRD DAUERND DAS WORT "ECHT" MISSBRAUCHT. UND "ANDENKEN" SOLL "ÜBERLEGEN" BEDEUTEN... ABER ICH FANGE AN ZU SCHWAFELN, ODER?
SCHON MÖGLICH.
WO IST ER...? MEHR LICHT, MEHR LICHT...
CLIK!
"WIR BESTEHEN AUS JENEM STOFF DER TRÄUME, UND UNSER KLEINES LEBEN RUNDET AB EIN SCHLAF."
EINE INTERESSANTE PERSPEKTIVE, HM? ENDET UNSER LEBEN MIT SCHLAF? TRÄUMEN WIR VOR DER GEBURT?
HM...
DENKEN SIE, ER TRÄUMT?
WER IST DAS? IHR VATER?
NEIN. ER WAR DIE LIEBE MEINES LEBENS. ICH GLAUBE, ER IST ES NOCH.

ER WAR EIN MAGIER OHNE TALENT FÜR DIE MAGIE. ES HEISST, SEIN VATER KONNTE DEN VIER WINDEN BEFEHLEN. ERPRESSTE PRINZEN UND PREMIER-MINISTER.
ALEX SAGTE MIR, DER ALTE SCHWINDLER CROWLEY HÄTTE ZUGEGEBEN, DASS ALEX' VATER BEI WEITEM DER BESSERE WAR. NICHT SEHR WAHRSCHEINLICH...
ALEX WAR KEIN MAGIER. ABER SEIN VATER HINTERLIESS IHM EINE VERPFLICHTUNG, WISSEN SIE.
ER WÄRE EIN GUTER MAKLER ODER SCHULLEHRER GEWORDEN. ODER VIELLEICHT REZENSENT FÜR EINE ANSPRUCHSVOLLE ZEITUNG. SEINE KRITISCHEN SCHRIFTEN WAREN NICHT UNINTERESSANT.
ER SCHLÄFT SEIT ÜBER FÜNF JAHREN. ICH HOFFE NUR, ER HAT ANGENEHME TRÄUME.
GLAUBEN SIE DAS?
NEIN. NICHT WIRKLICH.
BRR. WENN ES SO ANFÄNGT ZU REGNEN, KÖNNTE MAN GLAUBEN, ES HÖRT NIE WIEDER AUF.
BIS ES DIE GANZE WELT WEGSPÜLT.
DEINE... HM, GROSSMUTTER ERWACHTE AM 14. SEPTEMBER 1988.
SO UNGEFÄHR. WOHER WISSEN SIE DAS?
DA FIEL ALEX IN DEN SCHLAF. IRONIE, HM?
Roddy your slave in love Ethel
KANN SEIN.
ICH KOMME JEDEN TAG EIN ODER ZWEI STUNDEN HER, MANCHMAL LÄNGER.
ICH SITZE NUR DA. HOFFE, DASS ER AUFWACHT.
DANN IST ES GUT, DASS GROSSMUTTER AUFGEWACHT IST. SICHER WIRD IHR ALEX AUCH AUFWACHEN.
NIE DIE TRÄUME AUFGEBEN, WAS?
GENAU.

MISS WALKER? VERZEIHEN SIE DIE STÖRUNG. MISTER HOLDAWAY IST UNTEN. WENN SIE FERTIG SIND.
SAGEN SIE IHM BITTE, ICH KÄME GLEICH?
ABER SICHER.
ES WAR NETT, SIE KENNEN ZU LERNEN, MISS WALKER.
EBENFALLS.
ICH WEISS NICHT, WIE LANGE SIE BLEIBEN, ABER SCHAUEN SIE DOCH MAL IM TORHAUS VORBEI. JEDERZEIT NACH FÜNF.
WENN SIE SICH FÜR UNHEIMLICHE ALTE HERRENSITZE INTERESSIEREN, KÖNNEN WIR DAS HAUS BESICHTIGEN, UND ICH ZEIGE IHNEN ALLES. DIE INSTANDHALTUNG IST ZU VIEL FÜR MICH. WIR SIND ALLE NICHT MEHR DIE JÜNGSTEN.
ICH SCHON.
BITTE?
SICHER. HÖRTE SICH GUT AN.
FÜR DICH, ALEX. ALS TALISMAN. ER GEHÖRTE GROSSMUTTER.
DIE SÜNDEN DER VÄTER, HM, ALTER JUNGE?
DIE SÜNDEN DER VÄTER...

Neil schlug ein Bild mit Schlangenhaaren vor. Ich glaube, dies ist für alle Zeit mein SANDMAN-Lieblingscover. Keine Ahnung, warum. Ich kriegte den Computer richtig in den Griff, und die Montage war eine reine Freude. Wenn man eine Zeichnung oder ein Gemälde anfertigt, gibt es kaum Überraschungen. Sicher kann man die eigenartig expressive Note oder die Beschaffenheit aufregend finden, aber wenn man ein eigenes Werk ansieht, hat man hat selten dieselbe Art von Eindruck, wie wenn man die Werke anderer Leute betrachtet. Ich habe an jedem Element für dieses Cover separat gearbeitet und sie dann sehr schnell in der letzten Minute arrangiert. Ich erinnere mich, dass ich laut lachte, als alles an seinen Platz fiel. **DM**

HÄTTE NIE GEDACHT, DASS ICH HIERHER KOMME.
DAS SCHICKSAL HÄLT OFT ÜBERRASCHUNGEN BEREIT.
WOLLTEN SIE WIRKLICH HIERHER? EINE HÜBSCHE LADY WIE SIE?
DANKE, JA. WARTEN SIE HIER AUF MICH. ICH BEZAHLE IHNEN DAS WARTEN.
ICH GLAUBE, ICH MÖCHTE HIER LIEBER NICHT RUMHÄNGEN.
KEIN GUTER ORT. IN EINER BESSEREN NACHT WÄRE ICH NICHT MAL HERGEFAHREN. WISSEN SIE, WIE VIELE TAXIFAHRER IN DIESEM JAHR IN L.A. UMGEBRACHT WURDEN?
SEHEN SIE DEN HUNDERT-DOLLAR-SCHEIN? ICH GEBE IHNEN DIE HÄLFTE. SOLLTEN SIE NOCH DA SEIN, WENN ICH WIEDERKOMME, GEBE ICH IHNEN DIE ANDERE HÄLFTE.
OKAY. ICH WERDE DA SEIN. WENN KEINE WAFFEN IM SPIEL SIND. WENN DOCH, BIN ICH WEG.

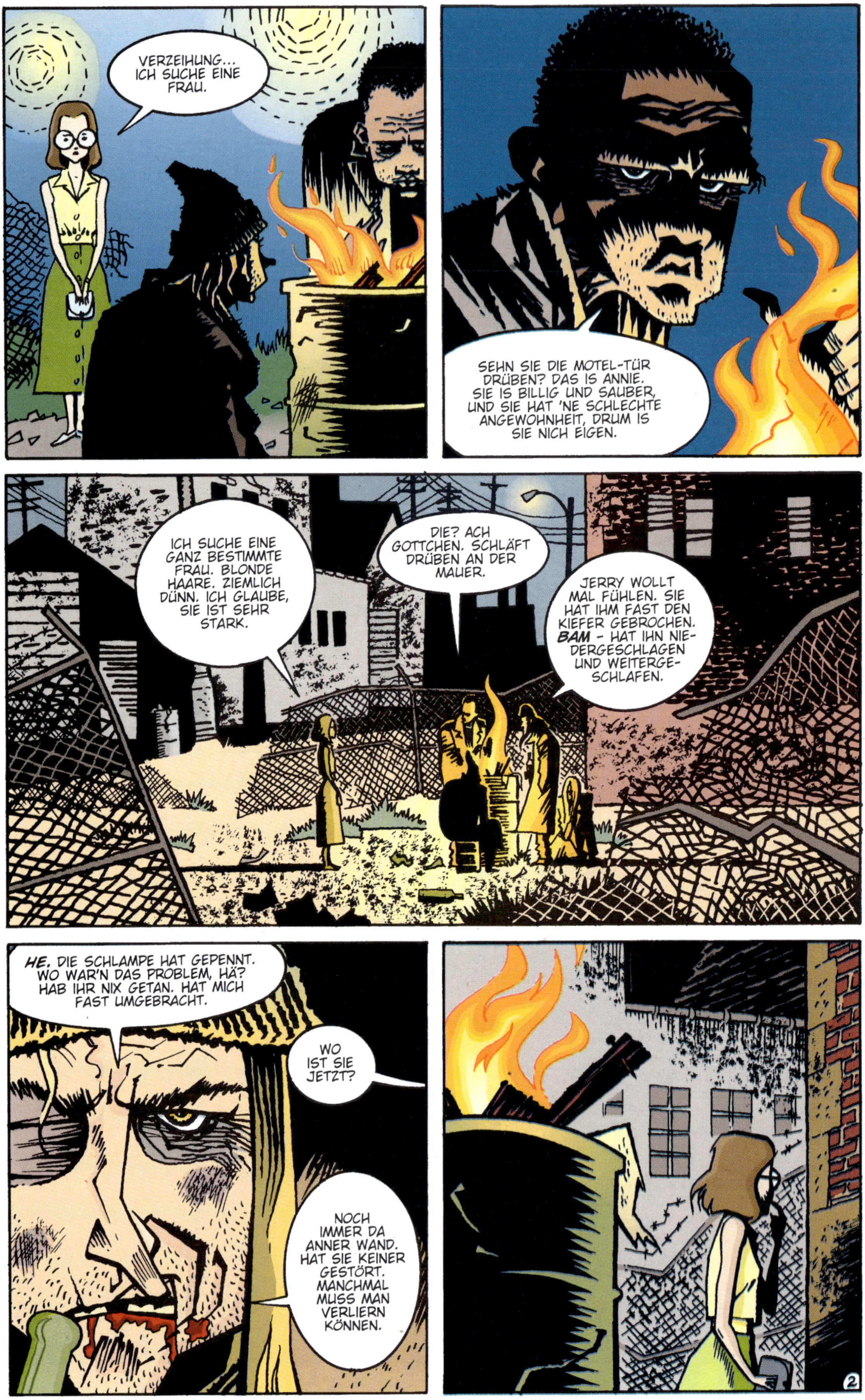
VERZEIHUNG... ICH SUCHE EINE FRAU.
SEHN SIE DIE MOTEL-TÜR DRÜBEN? DAS IS ANNIE. SIE IS BILLIG UND SAUBER, UND SIE HAT 'NE SCHLECHTE ANGEWOHNHEIT, DRUM IS SIE NICH EIGEN.
ICH SUCHE EINE GANZ BESTIMMTE FRAU. BLONDE HAARE. ZIEMLICH DÜNN. ICH GLAUBE, SIE IST SEHR STARK.
DIE? ACH GOTTCHEN. SCHLÄFT DRÜBEN AN DER MAUER.
JERRY WOLLT MAL FÜHLEN. SIE HAT IHM FAST DEN KIEFER GEBROCHEN. BAM - HAT IHN NIEDERGESCHLAGEN UND WEITERGESCHLAFEN.
HE. DIE SCHLAMPE HAT GEPENNT. WO WAR'N DAS PROBLEM, HÄ? HAB IHR NIX GETAN. HAT MICH FAST UMGEBRACHT.
WO IST SIE JETZT?
NOCH IMMER DA ANNER WAND. HAT SIE KEINER GESTÖRT. MANCHMAL MUSS MAN VERLIERN KÖNNEN.
2

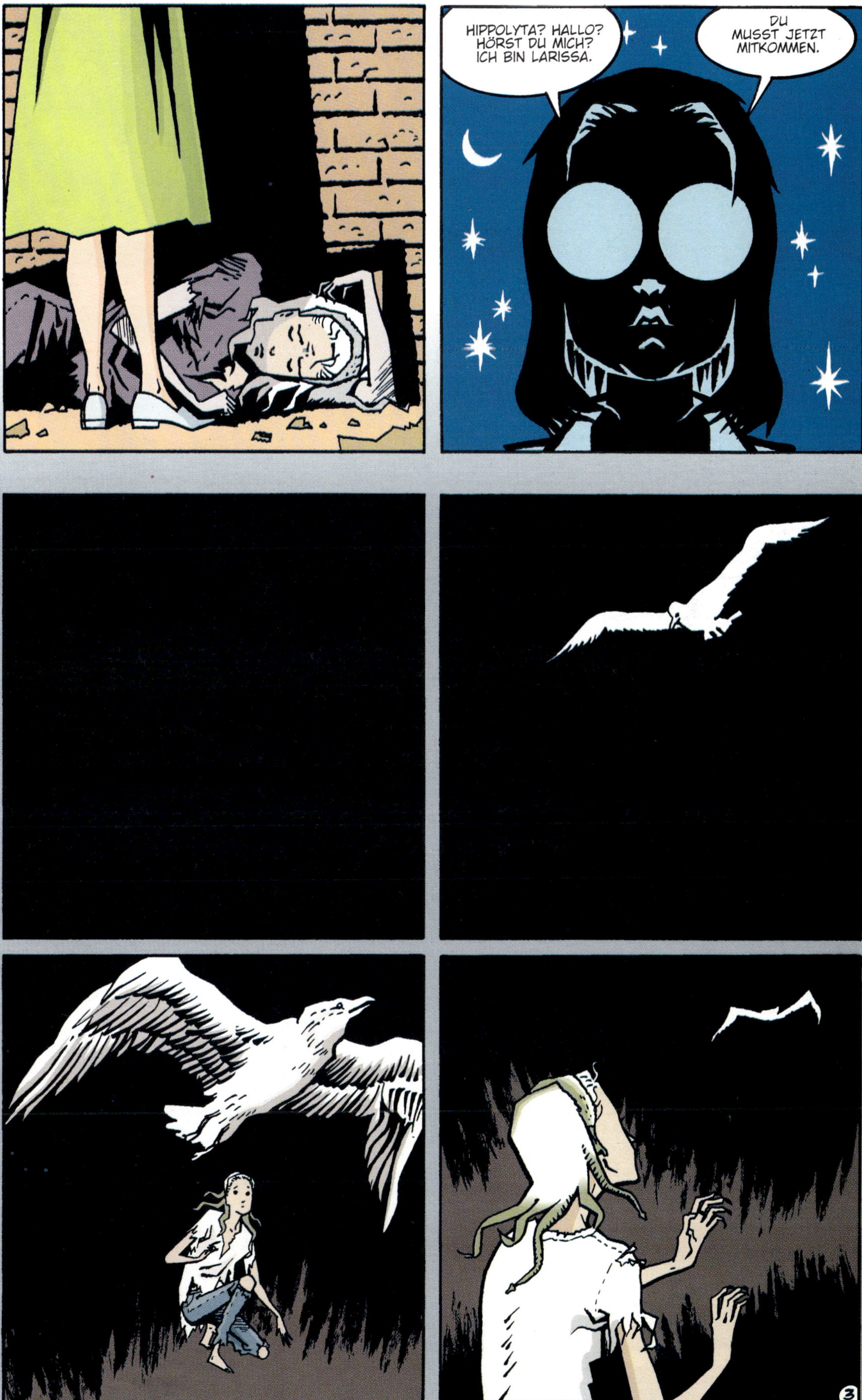
HIPPOLYTA? HALLO? HÖRST DU MICH? ICH BIN LARISSA.
DU MUSST JETZT MITKOMMEN.
3

OH JA... WEISSER VOGEL... KLEINER WEISSER VOGEL...
KLEINER VOGEL. ICH FOLGE DIR.
BRING MICH ZU DEN DAMEN. ZU DEN FREUNDLICHEN, GÜTIGEN DAMEN.
WAS HAT SIE GESAGT?
KEINE AHNUNG. SIE IST EIN BISSCHEN DURCHEINANDER. HELFEN SIE MIR, SIE INS AUTO ZU BRINGEN.
HIER IST DER REST VOM HUNDERTER.
PRIMA. SO, WIE IHRE FREUNDIN STINKT, BRAUCH ICH DAS, UM DEN WAGEN ZU SÄUBERN.
BLÖDSINN. JETZT ZUR ECKE SWEETZER UND MELROSE.
MOTE
HASTE 'NE IDEE, WAS DAS NUN SOLLTE?
MH-HM. DIE, DIE JERRY GESCHLAGEN HAT, WAR SO 'NE ART AUSSERIRDISCHER ROBOTER.
UN DIE ANNERE, DIE WAR WOHL VOM FBI ODER SO.
UN DAS TAXI WAR KEIN TAXI. DAS WAR 'N GETARNTES REGIERUNGS-RAUMSCHIFF.
GLAUBSTE DEN SCHEISS, DER DIR AUS'M MUND KOMMT?
GOTT, NEE.
4

DIE GÜTIGEN: 7
TEXT NEIL GAIMAN
ZEICHNUNGEN MARC HEMPEL
FARBEN DANIEL VOZZO
ÜBERSETZUNG GERLINDE ALTHOFF
LETTERING MATTHIAS ROTTLER & TORSTEN TAG
DIE SANDMAN-CHARAKTERE WURDEN ERDACHT VON GAIMAN, KIETH & DRINGENBERG
SAG DEINEM MEISTER, DEM TRAUMWEBER, DASS IHN JEMAND SPRECHEN WILL.
SAG IHM, ER SOLL HERAUSKOMMEN UND MIT MIR REDEN.
UND WER SEID IHR, DASS IHR EINLASS BEGEHRT?
ICH BEGEHRE *KEINEN* EINLASS. ICH BETRETE DAS HAUS MEINER FEINDE *NICHT*. ICH MÖCHTE NUR, DASS DEIN MEISTER ZU EINEM GESPRÄCH HERAUSKOMMT.
UND WER ICH BIN?
MAN NENNT MICH GRIMR, DEN MASKIERTEN, DEN HOHEN, DEN GALGENGOTT.
MAN NENNT MICH GONDLIR MIT DEM ZAUBERSTAB, ICH BIN GRIMNIR, DER VERHÜLLTE, DAS ENTSETZEN, DER WACHSAME. DU KENNST MICH: ICH BIN ODIN, SOHN VON BÖR.
UND DEIN MEISTER HAT MIR GROSSES UNRECHT GETAN.
5

HUST ÖRRPS
HUST
HRRACHHHH!
Sei gegrüßt, Lord Odin.
Ich heiße dich willkommen.
SEI GEGRÜSST, TRAUMWEBER, BETRÜGER. EINST ZÄHLTE ICH DICH ZU MEINEN FREUNDEN, DOCH ICH KANN ES NICHT MEHR.
ICH WERDE MEINE BESCHWERDE BEGRÜNDEN. **HÖRE:** VOR LANGER ZEIT FESSELTEN DIE ASEN MEINEN BLUTSBRUDER LOKI. SIE FESSELTEN IHN MIT DEN GEDÄRMEN SEINES SOHNES TIEF UNTER DER ERDE.
"DIE WEISE SKADI BAND EINE SCHLANGE ÜBER SEIN HAUPT, DEREN BRENNENDES GIFT IN LOKIS GESICHT TROPFTE, SO DASS ER SICH AUS SEINEM GEFÄNGNIS WEDER HINAUSDENKEN NOCH -REDEN KONNTE.
ER WAR ZU SCHLAU, ZU LISTIG, ZU BÖSWILLIG, UM FREI ZU BLEIBEN."
6

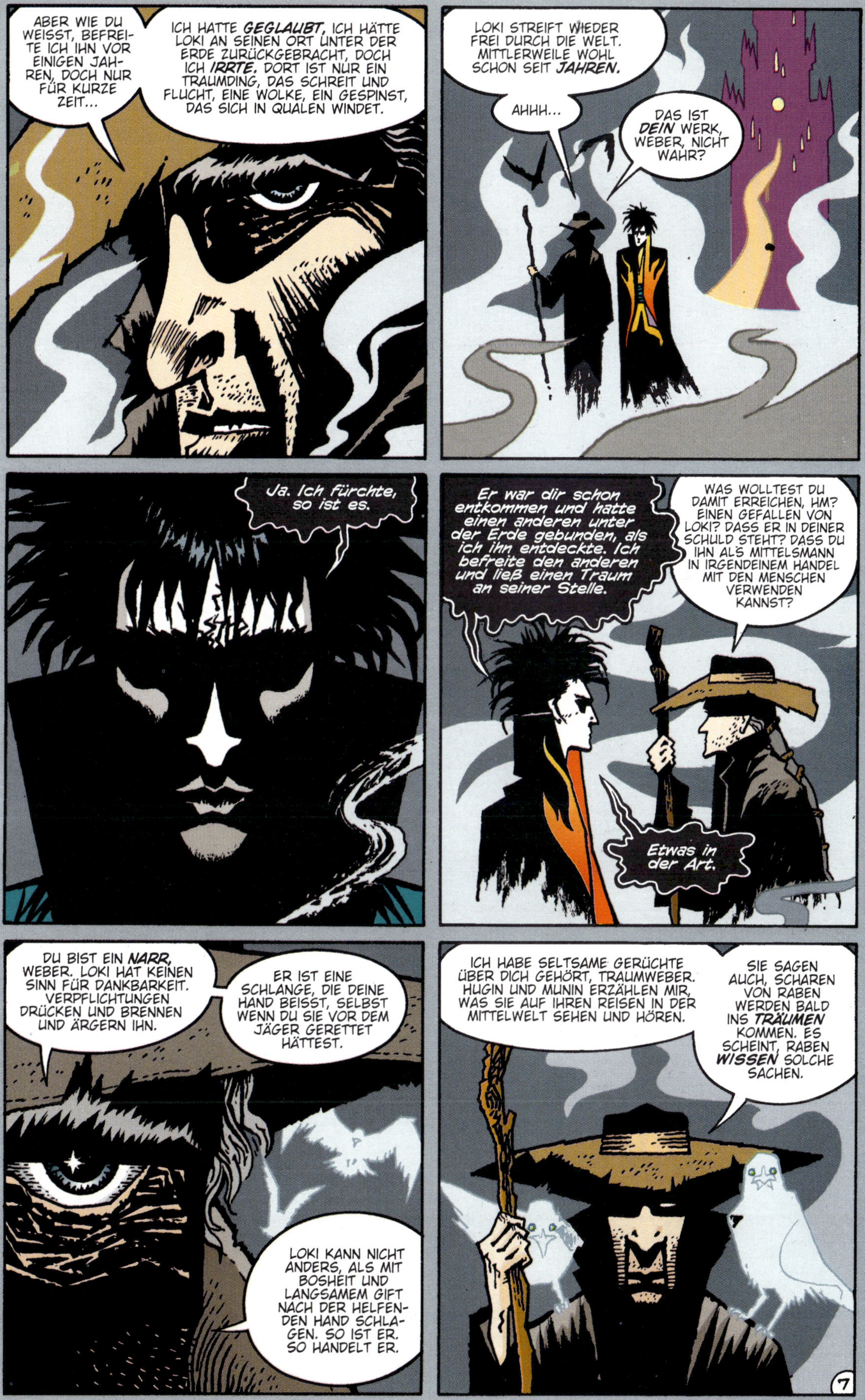

ABER WIE DU WEISST, BEFREITE ICH IHN VOR EINIGEN JAHREN, DOCH NUR FÜR KURZE ZEIT...
ICH HATTE GEGLAUBT, ICH HÄTTE LOKI AN SEINEN ORT UNTER DER ERDE ZURÜCKGEBRACHT, DOCH ICH IRRTE. DORT IST NUR EIN TRAUMDING, DAS SCHREIT UND FLUCHT, EINE WOLKE, EIN GESPINST, DAS SICH IN QUALEN WINDET.
LOKI STREIFT WIEDER FREI DURCH DIE WELT. MITTLERWEILE WOHL SCHON SEIT JAHREN.
AHHH...
DAS IST DEIN WERK, WEBER, NICHT WAHR?
Ja. Ich fürchte, so ist es.
Er war dir schon entkommen und hatte einen anderen unter der Erde gebunden, als ich ihn entdeckte. Ich befreite den anderen und ließ einen Traum an seiner Stelle.
WAS WOLLTEST DU DAMIT ERREICHEN, HM? EINEN GEFALLEN VON LOKI? DASS ER IN DEINER SCHULD STEHT? DASS DU IHN ALS MITTELSMANN IN IRGENDEINEM HANDEL MIT DEN MENSCHEN VERWENDEN KANNST?
Etwas in der Art.
DU BIST EIN NARR, WEBER. LOKI HAT KEINEN SINN FÜR DANKBARKEIT. VERPFLICHTUNGEN DRÜCKEN UND BRENNEN UND ÄRGERN IHN.
ER IST EINE SCHLANGE, DIE DEINE HAND BEISST, SELBST WENN DU SIE VOR DEM JÄGER GERETTET HÄTTEST.
LOKI KANN NICHT ANDERS, ALS MIT BOSHEIT UND LANGSAMEM GIFT NACH DER HELFENDEN HAND SCHLAGEN. SO IST ER. SO HANDELT ER.
ICH HABE SELTSAME GERÜCHTE ÜBER DICH GEHÖRT, TRAUMWEBER. HUGIN UND MUNIN ERZÄHLEN MIR, WAS SIE AUF IHREN REISEN IN DER MITTELWELT SEHEN UND HÖREN.
SIE SAGEN AUCH, SCHAREN VON RABEN WERDEN BALD INS TRÄUMEN KOMMEN. ES SCHEINT, RABEN WISSEN SOLCHE SACHEN.
7

Auch ich höre Gerüchte, Odin Einauge. Aber nur ein Narr hört auf Gerüchte.
NUR EIN NARR IGNORIERT SIE.
DU VERWIRRST MICH, TRAUMWEBER.
BIST DU EINE SPINNE, DIE EIN GEWEBE AUS LIST UND BETRUG GEWOBEN HAT UND NUN GEDULDIG AUF DIE BEUTE WARTET, ODER BIST DU EIN WILDTIER, GEBLENDET VOM LICHT DES JÄGERS, UND DAS VERHÄNGNIS NIMMT SEINEN LAUF?
Du kennst mich schon eine ganze Weile, alter Gott. Was würdest du sagen?
DU BIST EIN TIEFES WASSER. ABER WIE TIEF? WIE VIEL IST ILLUSION? DAS IST DIE FRAGE... UND DIES IST EIN SCHLECHTER ORT, UM ÜBER ILLUSIONEN ZU REDEN...
AHH. HUST... HUST!
IN WAHRHEIT GIBT ES ZWISCHEN UNS NICHT WIRKLICH FEINDSCHAFT. WOLLTE ICH MIT JEDEM, DEN LOKI GETÄUSCHT HAT, EINE BLUTFEHDE ANFANGEN, KÖNNTE ICH ZUERST MICH UMBRINGEN...
...UND WEITERMACHEN, BIS WEDER GOTT NOCH ZWERG NOCH RIESE ÜBRIG IST.
SO IST ER NUN MAL.
ABER IRGENDWIE BIN ICH ENTTÄUSCHT. ICH HATTE MEHR VON DIR ERWARTET, TRAUMWEBER.
Ich bitte dich um Verzeihung, weil ich dich enttäuscht habe, Odin Kriegsherr.

SO. JA.
DA WAR DOCH DIESES HUNDI. EIN SCHLAUES HUNDI. ES SAGTE SACHEN WIE... WIE...
"ICH WÜRDE MICH IN DEINER GESELLSCHAFT UNENDLICH VIEL BESSER FÜHLEN, WENN DU DIE SCHWERKRAFT ANERKENNEN WÜRDEST, ANSTATT EINE MENGE UNBEWIESENER MÖGLICHKEITEN."
DAS HAT ES GESAGT. DENKE ICH. IM KOPF.
UND UNSEREM BRUDER HABE ICH VERSPROCHEN, MICH UM DAS HUNDI ZU KÜMMERN, UM NICHT ZU SAGEN, ANDERSRUM.
BLOSS ALS MIR AUFFIEL, DASS ICH GANZ AUS FISCHCHEN BESTAND UND NICHT WUSSTE, WO ANFANGEN, UND MICH ÜBERALL IN MEINEM REICH UM- UND HOCH- UND RUNTERGESEHEN HABE, SOGAR IM SCHWEINESTALL, DA WAR ES NICHT DA.
ICH DACHTE ALSO, ICH MUSS NOCH EINE SUCHE ANFANGEN. DAS LETZTE MAL, ALS ICH JEMANDEN SUCHTE, HAB' ICH ES ECHT GUT GEMACHT. UND DU HAST SCHLIESSLICH GESAGT, WO WIR HIN MÜSSEN. UND DU HATTEST AUCH RECHT.
...ICH DACHTE... ICH SOLLTE ERST DICH FRAGEN.
STIMMT DOCH, ODER?
ICH GLAUBE, ES... KANN SEIN. AUSSER DAS MIT DEM SCHWEINESTALL. DAS HAB' ICH ERFUNDEN.
HM. LETZTES MAL WAR ICH EIN BISSCHEN BÖSE AUF DICH, ABER ICH DACHTE, WENN ICH ES NICHT ERWÄHNE, WÜRDEST DU ES VIELLEICHT VERGESSEN. SO WIE ICH. DAS IST OKAY.

ICH HEGE KEINEN GROLL. ICH SEHE DIE DINGE, WIE SIE SIND: WIE KÖNNTE ICH DA EINEN GROLL HEGEN?
ABER,... SCHWESTER, EINS MUSST DU VERSTEHEN: EREIGNISSE TRETEN NICHT EINZELN UND ISOLIERT AUF. UND ALLES, WAS ES WERT IST, HAT EINEN PREIS.
WENN ICH DAS HUND! NICHT FINDE, IST ES TRAUUURIG. VIELLEICHT SAGT ES GERADE: "ICH HÄTTE SIE NICHT AUS DEN AUGEN LASSEN SOLLEN BEI DER DIE-WELT-IST-DOCH-EIN-DORF-REGATTA".
ICH MUSS ES SO FEST WIE MÖGLICH IN DEN ARM NEHMEN UND MICH ENTSCHULDIGEN UND IHM SAGEN, DASS ICH ES NIE WIEDER ALLEIN LASSE.
SCHWESTER. DU BIST WEGEN EINES RATES GEKOMMEN. UND ICH RATE DIR: WENN DU DEINEN HUND SUCHST, WIRST DU IHN FINDEN. ABER WENN DU DEINEN HUND FINDEST, WIRST DU AUCH ANDERE DINGE FINDEN. DU HAST DIE WAHL.
VERSTEHST DU?
SIEH DIR DREAM AN.
10

WARUM SIEHT ER SO AUS?
VIELLEICHT SOLLTE ICH IHN AUFMUNTERN?
ICH GLAUBE, ICH KÖNNTE IHN FRÖHLICH MACHEN. ICH SINGE IHM ETWAS VOR.
DU HAST DIE WAHL, WIE ICH SAGTE. ABER ICH SCHLAGE VOR, DASS DU DICH NICHT UM SEINE PROBLEME KÜMMERST.
WIE ICH SCHON SAGTE, DU HAST DIE WAHL. DEINE HILFE KANN IHM NICHT SCHADEN, ABER MÖGLICHERWEISE HELFEN.
HURRA, HURRA! DAS WAR WUNDERBAR!
WIE HAST DU DAS GEMACHT? KANNST DU MIR DAS ZEIGEN? ICH KANN IMMER NUR EINS AUF EINMAL SAGEN.
HALLO?
HALLO?
DOCH DESTINY IST FORT. UND DA SIE SCHLIESSLICH KEINE WEITEREN ANTWORTEN AUF IHRE FRAGEN ERHÄLT, WÄHLT SEINE SCHWESTER SELBST EINEN WEG UND VERLÄSST DEN ORT.

5C
12
TAXI
DA SIND WIR, HIPPOLYTA. HIER HINEIN...
DU BLEIBST BESSER IM BETT.
ICH MUSS MIR NUR EBEN SELBST EIN BETT IN DER WANNE MACHEN. TSS.
ICH HABE DICH ALSO GEFUNDEN. DAS HÄTTEN WIR HINTER UNS.
ICH FRAGE MICH, WO DU BIST...
ICH FÜHLE DICH WEIT WEG.
KANNST DU *MICH* FÜHLEN?
NA, EGAL, OB DU'S KANNST ODER NICHT, WAS?
DU BRAUCHST SCHUTZ.
12

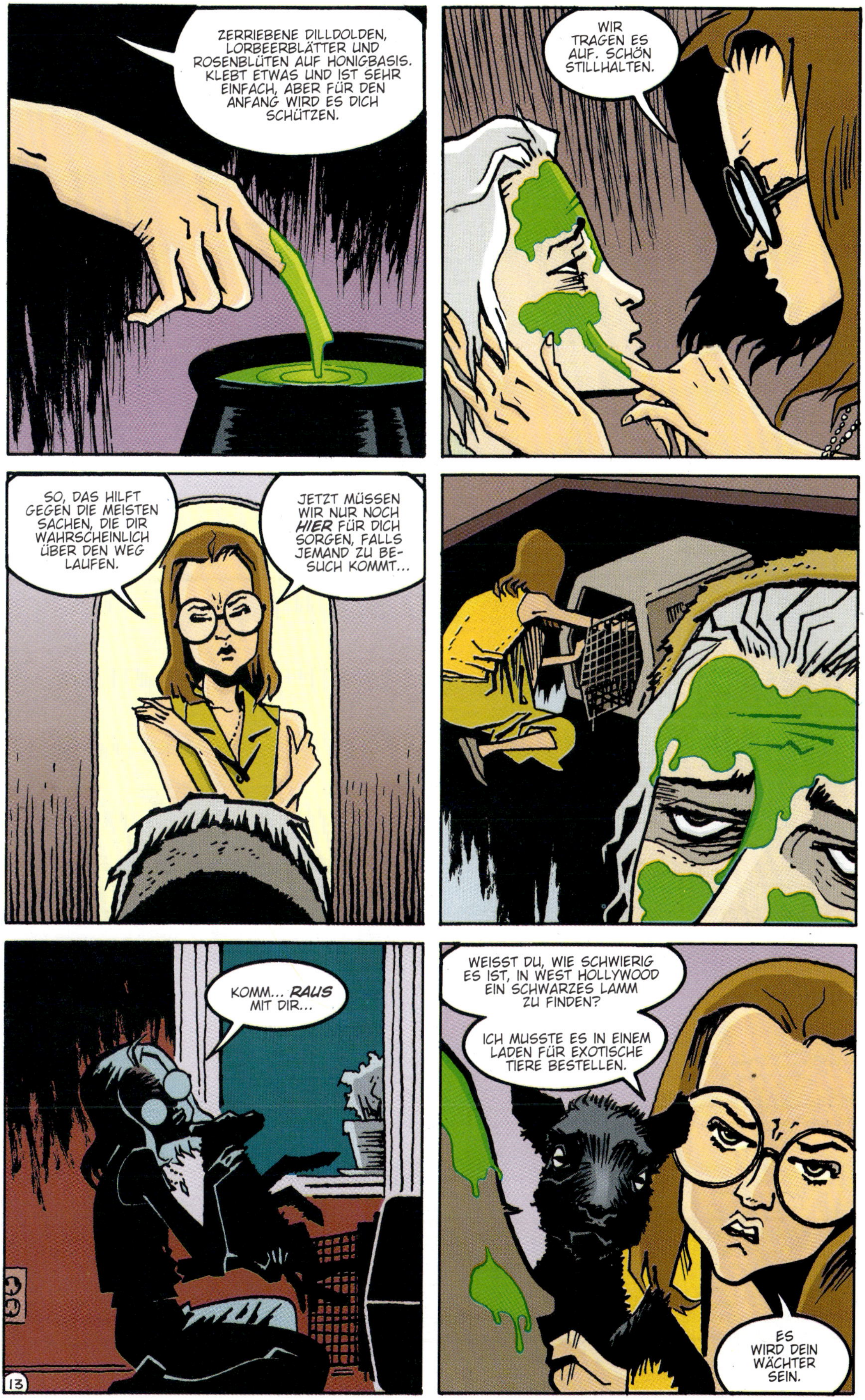
ZERRIEBENE DILLDOLDEN, LORBEERBLÄTTER UND ROSENBLÜTEN AUF HONIGBASIS. KLEBT ETWAS UND IST SEHR EINFACH, ABER FÜR DEN ANFANG WIRD ES DICH SCHÜTZEN.
WIR TRAGEN ES AUF. SCHÖN STILLHALTEN.
SO, DAS HILFT GEGEN DIE MEISTEN SACHEN, DIE DIR WAHRSCHEINLICH ÜBER DEN WEG LAUFEN.
JETZT MÜSSEN WIR NUR NOCH *HIER* FÜR DICH SORGEN, FALLS JEMAND ZU BESUCH KOMMT...
KOMM... *RAUS* MIT DIR...
WEISST DU, WIE SCHWIERIG ES IST, IN WEST HOLLYWOOD EIN SCHWARZES LAMM ZU FINDEN?
ICH MUSSTE ES IN EINEM LADEN FÜR EXOTISCHE TIERE BESTELLEN.
ES WIRD DEIN WÄCHTER SEIN.
13

WAK!
AU.
BLUT UM BLUT, WAS, ZICKLEIN?
SCHON LANGE HER, DASS ICH ETWAS GRÖSSERES ALS EIN KARNICKEL GEOPFERT HABE. TSS... DAS SOLL MIR EINE LEHRE SEIN, LYTA, UND FÜR DICH AUCH, WENN DU MICH HÖRST: NICHTS IST HARMLOS.
NICHTS IST ZU SÜSS UND NIEDLICH, UM NICHT GEFÄHRLICH ZU SEIN.
NICHTS IST SICHER.
CHK

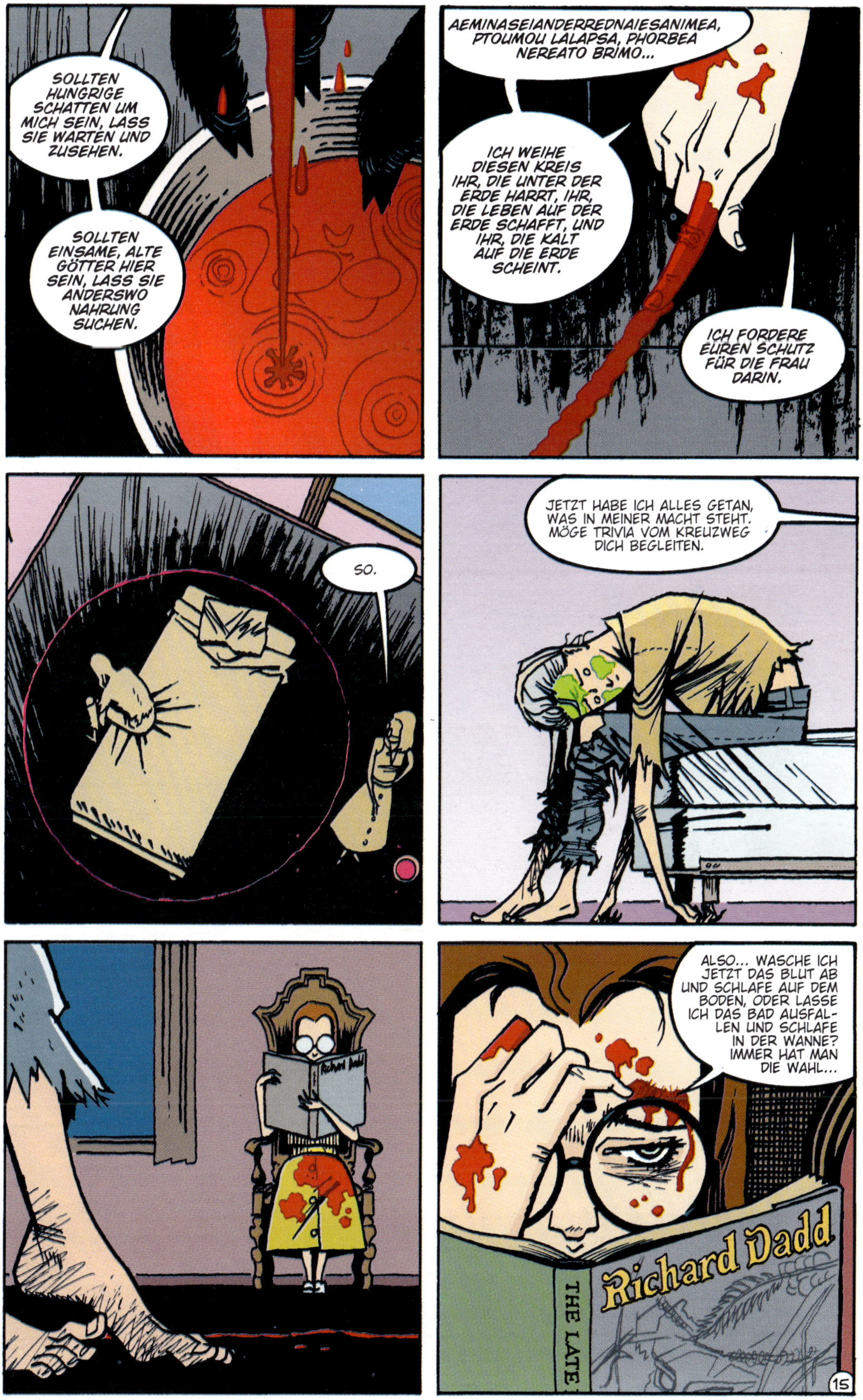
SOLLTEN HUNGRIGE SCHATTEN UM MICH SEIN, LASS SIE WARTEN UND ZUSEHEN.
SOLLTEN EINSAME, ALTE GÖTTER HIER SEIN, LASS SIE ANDERSWO NAHRUNG SUCHEN.
AEMINASEIANDERREDNAIESANIMEA, PTOUMOU LALAPSA, PHORBEA NEREATO BRIMO...
ICH WEIHE DIESEN KREIS IHR, DIE UNTER DER ERDE HARRT, IHR, DIE LEBEN AUF DER ERDE SCHAFFT, UND IHR, DIE KALT AUF DIE ERDE SCHEINT.
ICH FORDERE EUREN SCHUTZ FÜR DIE FRAU DARIN.
SO.
JETZT HABE ICH ALLES GETAN, WAS IN MEINER MACHT STEHT. MÖGE TRIVIA VOM KREUZWEG DICH BEGLEITEN.
ALSO... WASCHE ICH JETZT DAS BLUT AB UND SCHLAFE AUF DEM BODEN, ODER LASSE ICH DAS BAD AUSFALLEN UND SCHLAFE IN DER WANNE? IMMER HAT MAN DIE WAHL...
Richard Dadd
THE LATE

IHRE ZEHEN SUCHEN NACH RITZEN UND SPALTEN. DIE FINGER ZWÄNGEN SICH EISERN IN DIE WINZIGSTEN ZWISCHENRÄUME.
HINUNTER IST IMMER SCHWIERIGER ALS HINAUF. DIESER ABSTIEG IST DER SCHWIERIGSTE, DEN LYTA JE MACHTE.
ES GIBT DIE FURCHT, DAS WISSEN, WIE EINFACH ES WÄRE, ABZURUTSCHEN UND IN DIE FINSTERNIS ZU STÜRZEN.
ALLE REISEN HINTERLASSEN EINDRÜCKE.
IHRE KLEIDUNG ZERREISST. DIE HAUT IST AUFGESCHÜRFT. MUSKELN SCHMERZEN UND BRENNEN.
DER STURZ, SIE AHNT ES MIT DUNKLER GEWISSHEIT, WÄRE TÖDLICH.
SO SCHIEBT SIE SICH HINAB, IMMER NUR EIN KLEINES STÜCK, VOLLER WUNDEN UND ANGST.

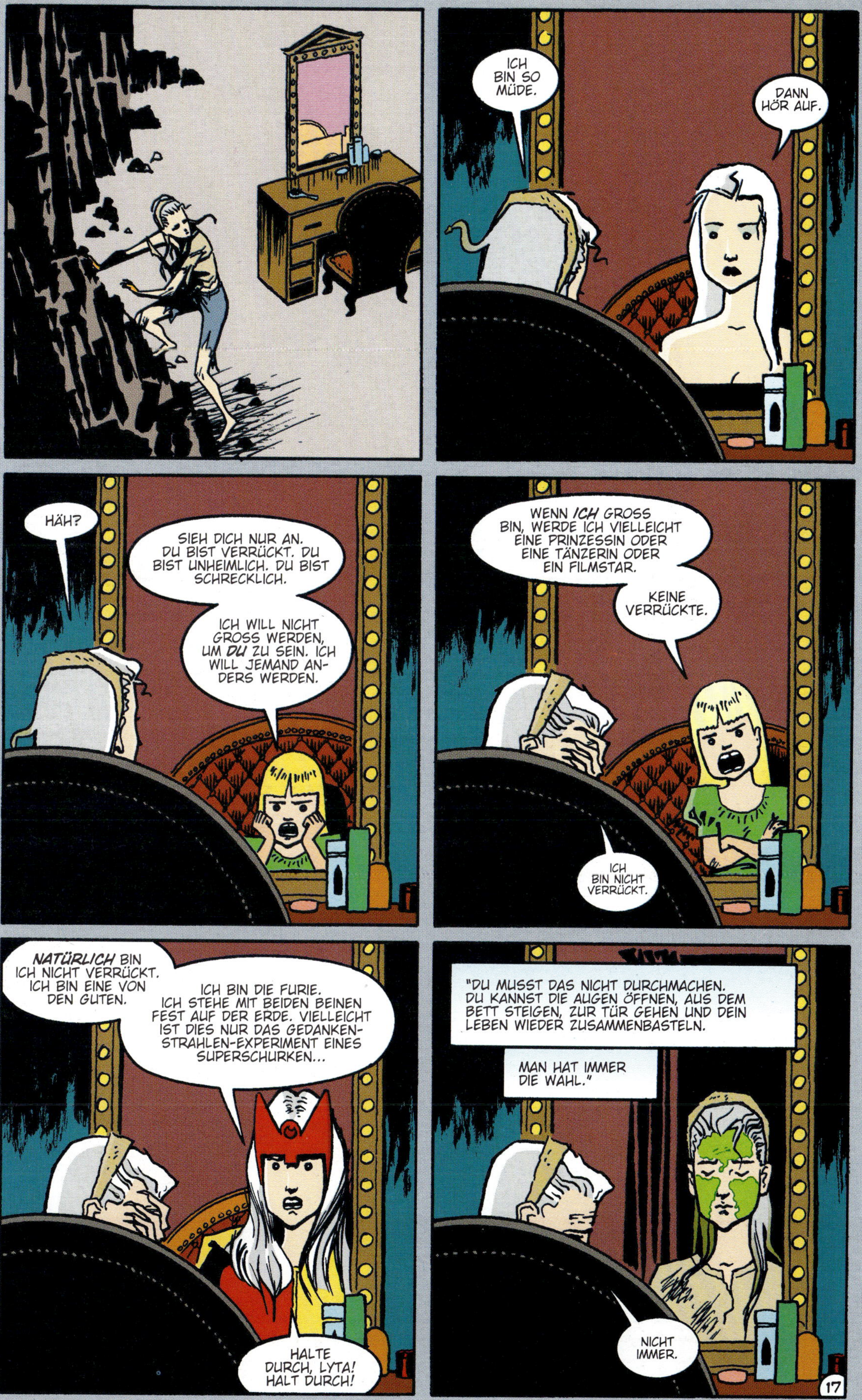

ICH BIN SO MÜDE.
DANN HÖR AUF.
HÄH?
SIEH DICH NUR AN. DU BIST VERRÜCKT. DU BIST UNHEIMLICH. DU BIST SCHRECKLICH.
ICH WILL NICHT GROSS WERDEN, UM *DU* ZU SEIN. ICH WILL JEMAND ANDERS WERDEN.
WENN *ICH* GROSS BIN, WERDE ICH VIELLEICHT EINE PRINZESSIN ODER EINE TÄNZERIN ODER EIN FILMSTAR.
KEINE VERRÜCKTE.
ICH BIN NICHT VERRÜCKT.
*NATÜRLICH* BIN ICH NICHT VERRÜCKT. ICH BIN EINE VON DEN GUTEN.
ICH BIN DIE FURIE. ICH STEHE MIT BEIDEN BEINEN FEST AUF DER ERDE. VIELLEICHT IST DIES NUR DAS GEDANKEN-STRAHLEN-EXPERIMENT EINES SUPERSCHURKEN...
HALTE DURCH, LYTA! HALT DURCH!
"DU MUSST DAS NICHT DURCHMACHEN. DU KANNST DIE AUGEN ÖFFNEN, AUS DEM BETT STEIGEN, ZUR TÜR GEHEN UND DEIN LEBEN WIEDER ZUSAMMENBASTELN.
MAN HAT IMMER DIE WAHL."
NICHT IMMER.

MANCHMAL GIBT ES ÜBERHAUPT KEINE WAHL...
HALLO?
ENDLICH, SCHWESTER.
SO, MEIN RUMKÜGELCHEN. WIR HABEN DICH ERWARTET.
HMPF. SIE HAT GANZ SCHÖN LANGE GEBRAUCHT.
WIR SAGTEN, DU WÜRDEST WIEDERKOMMEN...
18

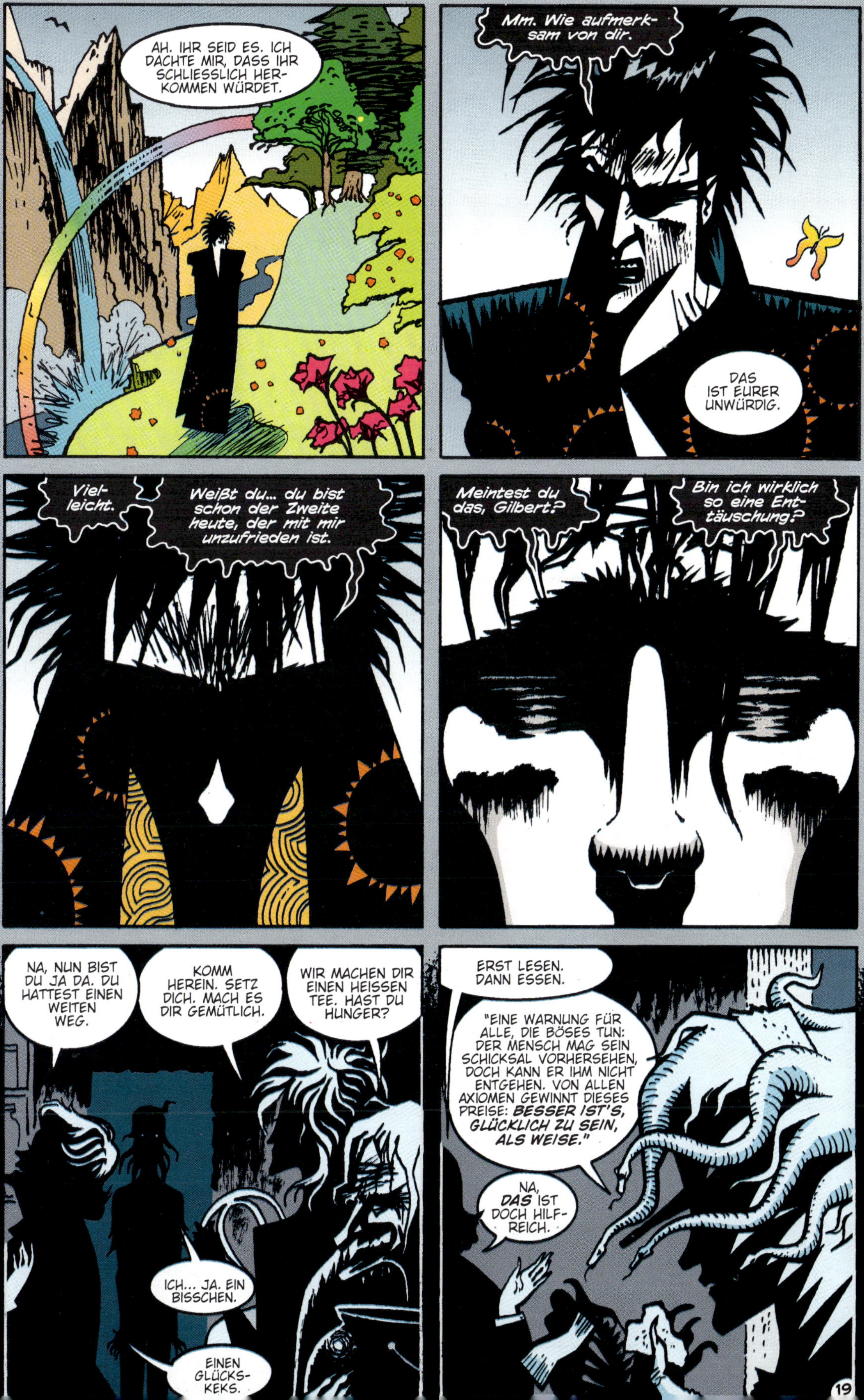
AH. IHR SEID ES. ICH DACHTE MIR, DASS IHR SCHLIESSLICH HERKOMMEN WÜRDET.
Mm. Wie aufmerksam von dir.
DAS IST EURER UNWÜRDIG.
Vielleicht.
Weißt du... du bist schon der Zweite heute, der mit mir unzufrieden ist.
Meintest du das, Gilbert?
Bin ich wirklich so eine Enttäuschung?
NA, NUN BIST DU JA DA. DU HATTEST EINEN WEITEN WEG.
KOMM HEREIN. SETZ DICH. MACH ES DIR GEMÜTLICH.
WIR MACHEN DIR EINEN HEISSEN TEE. HAST DU HUNGER?
ICH... JA. EIN BISSCHEN.
EINEN GLÜCKSKEKS.
ERST LESEN. DANN ESSEN.
"EINE WARNUNG FÜR ALLE, DIE BÖSES TUN: DER MENSCH MAG SEIN SCHICKSAL VORHERSEHEN, DOCH KANN ER IHM NICHT ENTGEHEN. VON ALLEN AXIOMEN GEWINNT DIESES PREISE: **BESSER IST'S, GLÜCKLICH ZU SEIN, ALS WEISE.**"
NA, **DAS** IST DOCH HILFREICH.

ENTTÄUSCHEND? HÖM... ICH GLAUBE, SO HÄTTE ICH ES NICHT FORMULIERT. NICHT GENAU SO...
ABER ICH... BIN... IN SORGE UM EUCH, HERR. UM UNS ALLE.
DIE HIMMEL ÜBER DEM TRÄUMEN SIND GRAU UND VOLLER TRAUER, SELBST HIER, IN MIR.
SEHT EUCH UM: DIES IST FIDDLER'S GREEN, WO TRAUER UND BESORGNIS UNBEKANNT SIND. ABER DAS BISSCHEN SONNE, DAS WIR JETZT BEKOMMEN, IST MÜDE UND ANGESPANNT.
SCHON SEIT DEM JÜNGSTEN TOD EURES SOHNES...
Genug. Diese Unterredung ist weit genug gegangen.
Ich kümmere mich um meine Pflichten.
UND ICH KÜMMERE MICH UM MEINE GÄSTE. ICH MAG SIE. ICH BIN VERANTWORTLICH FÜR SIE - FÜR DIE SEELEUTE UND ZENTAUREN UND KINDER UND TRÄUMER...
ABER ALS ES MIR VOR EINIGER ZEIT ZU VIEL WURDE, ENTWENDETE ICH DIE IDEE FÜR DIESEN KÖRPER UND GING IN DIE WACHWELT.
Ja. Ganz recht. Aber da du aus freien Stücken zurückgekehrt bist, wurdest du nicht bestraft.
HÖM.
ICH GLAUBE, WIR REDEN HIER NICHT ÜBER DIESELBE SACHE.
Ich habe meine Pflichten.
SEID IHR...
SEID IHR DIE FURIEN?
SIND WIR DIE FURIEN?
BIST DU EINE HAND? ODER EIN AUGE? EIN ZAHN?
NATÜRLICH NICHT, NEIN. ICH BIN ICH. ABER ICH HABE DIESE DINGE BEI MIR...
ALSO DANN, KLEINER SKORPIONDRESCHER...

Da ist eine Heide, von kalten Winden umtost.
Es gibt ein Haus auf dieser Heide, aus totem Stein und trockenen Knochen, in dem lebt eine Frau, oder drei oder keine.
Sie erhält oder erhalten Kraft von dem Blutbach, der neben dem Haus fliesst. Einst war es ein Fluss, doch das war vor langer Zeit.
Hier liegt Pulvergeruch in der Luft, Reste von Schrapnellen und Knochen leuchten in der roten Erde.
Es wird immer Opfer geben für die Morrigan, die Herrin des Krieges...
Ein Rabe wandert langsam um ihr Haus, seine Haltung ist die eines älteren Gentleman im Gehrock, der sich stolzierend vorwärts neigt.
Ein schwarzer Hund wartet vor der Tür.
Im Garten am Bach spielt ein Mädchen mit etwas gelblichem, rundem, das offenbar ein Ball sein könnte.
Raben sind Einsiedler: sie leben nicht in Schwärmen, sondern reisen allein.
Der Vogel blickt auf.
Mit den Schlägen seiner grossen Flügel schwingt er sich in den strengen, grauen Himmel und reitet auf dem Wind weit fort vom Haus auf der Heide.
ICH KOMME VON WEIT HER. WEITER, ALS ICH JEMALS GEGANGEN BIN.
ICH SUCHE DIE FURIEN.
NICHT DIE FURIEN, MEIN BLÜMLEIN. DAS IST EIN ALBERNER NAME. EINER DER BEGRIFFE, MIT DENEN FRAUEN BELEGT WERDEN, UM SIE IN DIE SCHRANKEN ZU WEISEN...
XANTHIPPE.
ZICKE.
HEXE.
SCHLAMPE.
NUTTE.
DRACHE.
SEHEN WIR DENN WIE FURIEN AUS?
NEIN. IHR SEHT NETT AUS. WEISE. SEHR FREUNDLICH.
21

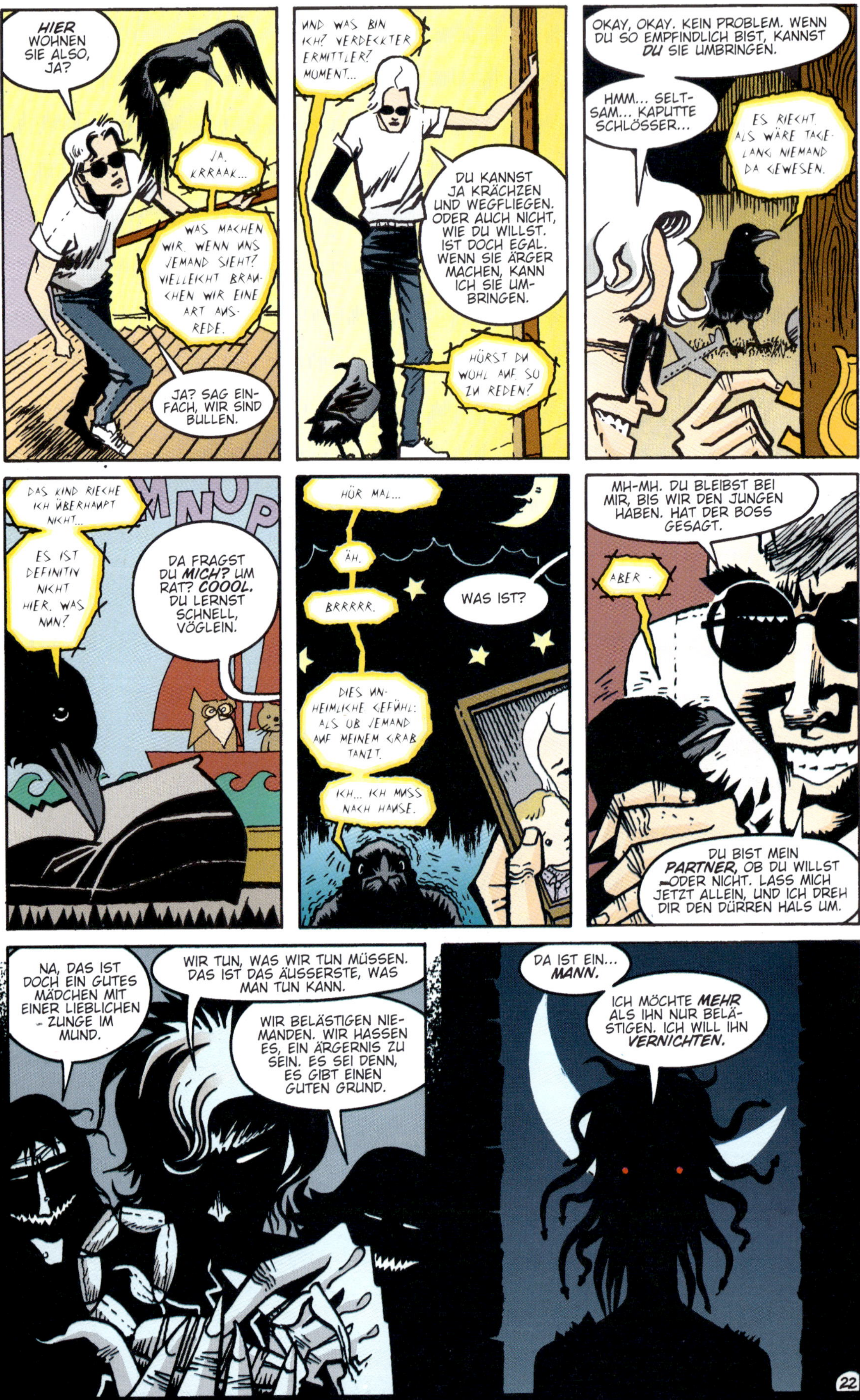

HIER WOHNEN SIE ALSO, JA?
JA. KRRAAK...
WAS MACHEN WIR, WENN UNS JEMAND SIEHT? VIELLEICHT BRAUCHEN WIR EINE ART AUSREDE.
JA? SAG EINFACH, WIR SIND BULLEN.
UND WAS BIN ICH? VERDECKTER ERMITTLER? MOMENT...
DU KANNST JA KRÄCHZEN UND WEGFLIEGEN. ODER AUCH NICHT, WIE DU WILLST. IST DOCH EGAL. WENN SIE ÄRGER MACHEN, KANN ICH SIE UMBRINGEN.
HÖRST DU WOHL AUF, SO ZU REDEN?
OKAY, OKAY. KEIN PROBLEM. WENN DU SO EMPFINDLICH BIST, KANNST DU SIE UMBRINGEN.
HMM... SELTSAM... KAPUTTE SCHLÖSSER...
ES RIECHT, ALS WÄRE TAGELANG NIEMAND DA GEWESEN.
DAS KIND RIECHE ICH ÜBERHAUPT NICHT...
ES IST DEFINITIV NICHT HIER. WAS NUN?
DA FRAGST DU MICH? UM RAT? COOOL. DU LERNST SCHNELL, VÖGLEIN.
HÖR MAL...
ÄH.
BRRRRR.
WAS IST?
DIES UNHEIMLICHE GEFÜHL: ALS OB JEMAND AUF MEINEM GRAB TANZT.
ICH... ICH MUSS NACH HAUSE.
MH-MH. DU BLEIBST BEI MIR, BIS WIR DEN JUNGEN HABEN. HAT DER BOSS GESAGT.
ABER -
DU BIST MEIN PARTNER, OB DU WILLST ODER NICHT. LASS MICH JETZT ALLEIN, UND ICH DREH DIR DEN DÜRREN HALS UM.
NA, DAS IST DOCH EIN GUTES MÄDCHEN MIT EINER LIEBLICHEN ZUNGE IM MUND.
WIR TUN, WAS WIR TUN MÜSSEN. DAS IST DAS ÄUSSERSTE, WAS MAN TUN KANN.
WIR BELÄSTIGEN NIEMANDEN. WIR HASSEN ES, EIN ÄRGERNIS ZU SEIN. ES SEI DENN, ES GIBT EINEN GUTEN GRUND.
DA IST EIN... MANN.
ICH MÖCHTE MEHR ALS IHN NUR BELÄSTIGEN. ICH WILL IHN VERNICHTEN.

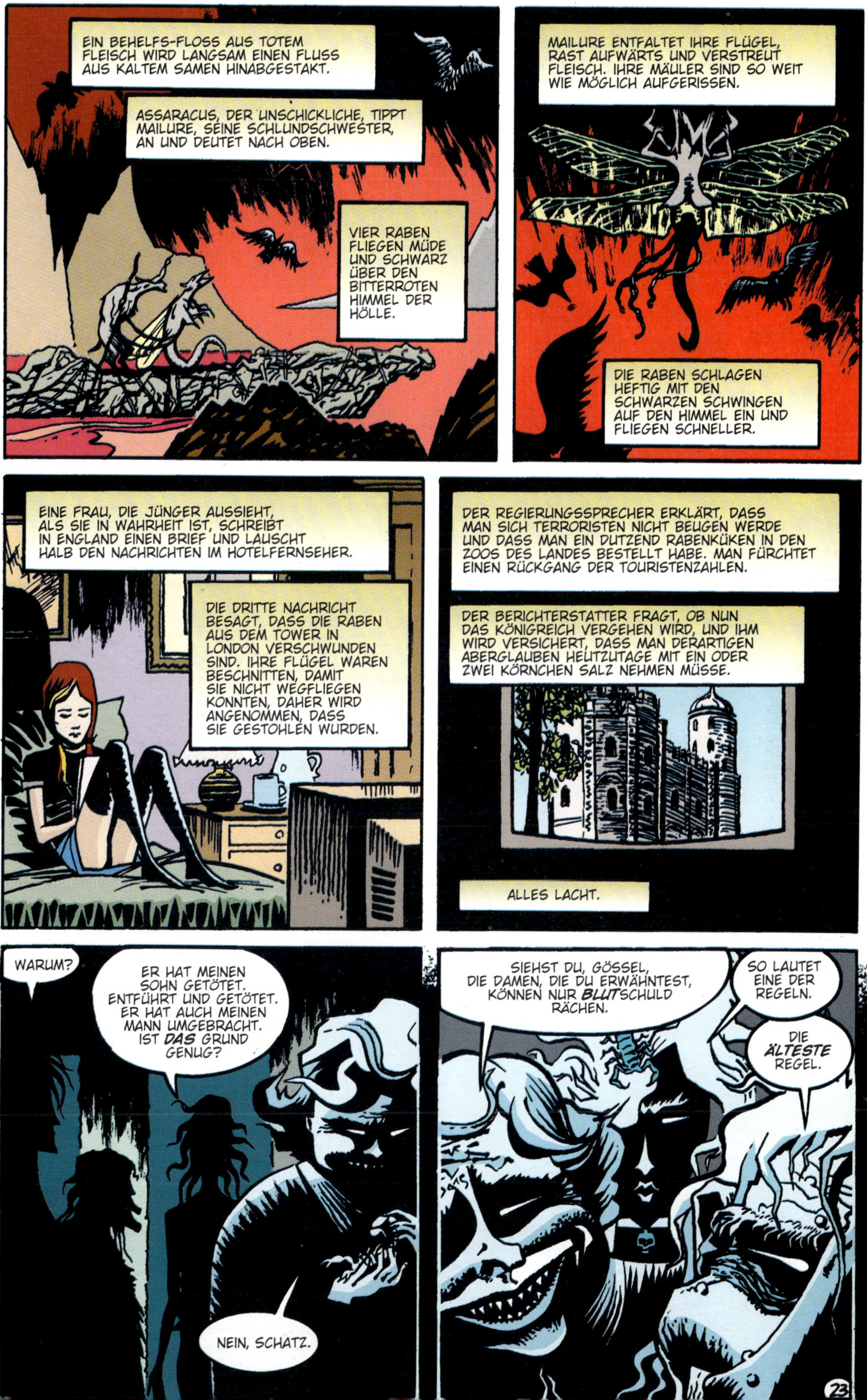
EIN BEHELFS-FLOSS AUS TOTEM FLEISCH WIRD LANGSAM EINEN FLUSS AUS KALTEM SAMEN HINABGESTAKT.
ASSARACUS, DER UNSCHICKLICHE, TIPPT MAILURE, SEINE SCHLUNDSCHWESTER, AN UND DEUTET NACH OBEN.
VIER RABEN FLIEGEN MÜDE UND SCHWARZ ÜBER DEN BITTERROTEN HIMMEL DER HÖLLE.
MAILURE ENTFALTET IHRE FLÜGEL, RAST AUFWÄRTS UND VERSTREUT FLEISCH. IHRE MÄULER SIND SO WEIT WIE MÖGLICH AUFGERISSEN.
DIE RABEN SCHLAGEN HEFTIG MIT DEN SCHWARZEN SCHWINGEN AUF DEN HIMMEL EIN UND FLIEGEN SCHNELLER.
EINE FRAU, DIE JÜNGER AUSSIEHT, ALS SIE IN WAHRHEIT IST, SCHREIBT IN ENGLAND EINEN BRIEF UND LAUSCHT HALB DEN NACHRICHTEN IM HOTELFERNSEHER.
DIE DRITTE NACHRICHT BESAGT, DASS DIE RABEN AUS DEM TOWER IN LONDON VERSCHWUNDEN SIND. IHRE FLÜGEL WAREN BESCHNITTEN, DAMIT SIE NICHT WEGFLIEGEN KONNTEN, DAHER WIRD ANGENOMMEN, DASS SIE GESTOHLEN WURDEN.
DER REGIERUNGSSPRECHER ERKLÄRT, DASS MAN SICH TERRORISTEN NICHT BEUGEN WERDE UND DASS MAN EIN DUTZEND RABENKÜKEN IN DEN ZOOS DES LANDES BESTELLT HABE. MAN FÜRCHTET EINEN RÜCKGANG DER TOURISTENZAHLEN.
DER BERICHTERSTATTER FRAGT, OB NUN DAS KÖNIGREICH VERGEHEN WIRD, UND IHM WIRD VERSICHERT, DASS MAN DERARTIGEN ABERGLAUBEN HEUTZUTAGE MIT EIN ODER ZWEI KÖRNCHEN SALZ NEHMEN MÜSSE.
ALLES LACHT.
WARUM?
ER HAT MEINEN SOHN GETÖTET. ENTFÜHRT UND GETÖTET. ER HAT AUCH MEINEN MANN UMGEBRACHT. IST **DAS** GRUND GENUG?
NEIN, SCHATZ.
SIEHST DU, GÖSSEL, DIE DAMEN, DIE DU ERWÄHNTEST, KÖNNEN NUR ***BLUT***SCHULD RÄCHEN.
SO LAUTET EINE DER REGELN.
DIE ***ÄLTESTE*** REGEL.

ABER ER HAT MEINEN SOHN UMGEBRACHT. DAS IST EINE BLUTSCHULD.
EHHH... DEIN BLUT, NICHT SEINES.
SELBST WENN ER DEINEN SOHN GETÖTET HAT, KÖNNEN WIR NICHTS UNTERNEHMEN.
WENN ER SEINEN EIGENEN SOHN UMGEBRACHT HÄTTE, WÄRE ES ETWAS ANDERES.
DANN – WENN WIR ES WÜNSCHEN – KÖNNTEN WIR IHN JAGEN, SEIN LEBEN UND SEINE WELT VERNICHTEN, IHN BIS INS GRAB UND WEITER HETZEN.
VERSTEHE.
TUT MIR LEID, DASS ICH EURE ZEIT VERGEUDET HABE.
TOCHTER?
ER HAT SEINEN SOHN UMGEBRACHT.